LES PREMIÈRES RIDES

PAR

JULES LACROIX.

PREMIÈRE PARTIE.

I

Prologue.

La vicomtesse de Forestan était fort belle encore, malgré ses trente-cinq ans sonnés; et le soir, en grande toilette, à la clarté des bougies, elle pouvait lutter sans crainte avec les plus jolies femmes et les plus jeunes. Elle avait pour mari un excellent homme, naïf et sans caractère, un respectable vicomte qu'elle menait par le nez, comme dirait Molière. L'honnête époux, qui proclamait sa femme la plus vertueuse personne du monde, la nommait continuellement le modèle des épouses et des mères de famille; mais bien qu'il eût pour elle une adoration profonde, sa plus ardente passion, sa plus impétueuse, était celle des insectes, des papillons et des coquillages. Il avait Paris en horreur, et n'était jamais plus heureux que dans sa maison de campagne, lorsqu'il pouvait courir les champs et les bois, armé de son échiquier et de sa pelotte couverte d'épingles.

Le vicomte avait un fils et une fille; il les aimait beaucoup tous deux, mais sa fille était la préférée. La vicomtesse, au contraire, ne pouvait la souffrir, tandis qu'elle idolâtrait son fils, beau jeune homme de dix-huit ans. Alexandrine, qui venait d'achever sa dix-neuvième année, était encore en pension, et la vicomtesse ne se hâtait pas de l'en faire sortir, car elle craignait de paraître dans le monde avec sa fille, et de ne pouvoir très victorieusement soutenir la comparaison.

La vicomtesse de Forestan était ce qu'on appelle une femme d'énergie, une femme forte dans toute la signification du mot. Il fallait que chez elle tout lui cédât sans réplique : elle ne redoutait qu'une seule personne au monde, son beau-père, le comte de Forestan.

Le vieux comte haïssait cordialement sa bru ; il savait qu'autrefois la la vicomtesse, quelques années après son mariage, avait eu plusieurs intrigues ; un duel même s'en était suivi, et le vieillard avait tué d'un coup d'épée un jeune militaire qui passait pour l'amant de la vicomtesse.

Le comte de Forestan jouissait de l'estime générale ; il était bon, noble et généreux, mais d'un caractère orgueilleux, inflexible, et plein de préjugés aristocratiques. Il voulait conserver pur le nom glorieux de ses ancêtres, et fût mort plutôt que de souffrir une tache à leur écusson.

Epouvantée par les menaces du vieillard, qui avait juré de la punir lui-même si jamais elle osait renouer une coupable intrigue, madame de Forestan, malgré les passions bouillantes qui fermentaient dans son âme, s'était contenue pendant une dizaine d'années. On citait bien plusieurs personnes qui lui avaient fait la cour, mais la chronique scandaleuse n'assurait pas que les choses fussent allées plus loin. Jusqu'à trente ans la vicomtesse avait mis beaucoup de prudence et de politique dans sa conduite ; elle s'était contentée d'admirateurs plus ou moins exigeans, plus ou moins hardis ; mais quand elle eut passé la trentaine, cette période assez critique dans la vie d'une femme, quand elle crut s'apercevoir que sa beauté n'était plus qu'un soleil couchant, alors elle voulut jouir au moins de ses derniers beaux jours.

Un hiver, elle rencontra dans le monde un jeune homme riche, élégant et spirituel, M. Adolphe Dernouville. Ce jeune homme pourtant, malgré sa bonne tournure et son esprit, était fort timide, fort peu entreprenant ; et, comme la fortune aime les audacieux, il n'avait jamais réussi auprès des femmes qu'il aimait véritablement. Adolphe Dernouville, à l'exemple de presque tous les jeunes gens qui ne sont pas encore blasés, courtisait de préférence les femmes *d'un certain âge,* pourvu qu'elles fussent belles encore et qu'elles n'eussent pas quarante-cinq ans avoués : il trouvait qu'une femme n'était vraiment complète qu'à trente ans ; qu'elle était plus enivrante encore à trente-cinq, et qu'alors seulement la beauté près de s'éteindre jetait plus de flamme et d'éclat ; que ces yeux déjà fatigués et voluptueusement cernés promettaient plus d'ardeur et d'amour. Il ne prisait guère l'âme vierge et neuve d'une jeune fille qui rougit au moindre regard, et certes il eût bien mieux aimé faire battre un cœur déjà mûr et sillonné par les passions.

La vicomtesse de Forestan avait donc tout ce qu'il fallait pour le charmer ; Adolphe en devint éperdument amoureux, et, comme il était brillant valseur, il plut tout de suite à la vicomtesse, qui n'aimait rien tant que les douces et voluptueuses émotions de la valse.

Après une quinzaine de jours, Adolphe avait complétement perdu la tête. Enfin, sûr de ne pas déplaire, il résolut d'avoir du courage une fois dans sa vie ; il hasarda quelques mots très significatifs, puis une déclaration des plus téméraires, et bien que la vicomtesse fît la prude et jouât la femme tremblante et sincèrement attachée à ses devoirs, il fut écouté sans trop de colère ; mais par malheur il ne sut pas mettre à profit une occasion qui ne se présenta plus. La vicomtesse, qui sans doute au fond du cœur lui gardait un peu de rancune, partit brusquement avec son mari pour la campagne, et ne revint plus à Paris de l'année.

Alors le pauvre Adolphe, qui était bien le moins fat de tous les hommes, croyant avoir mal lu dans l'âme indéchiffrable de la vicomtesse, prit la résolution de l'oublier.

Mais il songeait avec douleur qu'il avait vingt-quatre ans, et que jamais une bouche adorée ne lui avait dit ce mot charmant : *je t'aime !* ce mot suave et délicieux qui parfume le cœur, et qu'on veut au moins entendre une fois avant de mourir!

Beau, jeune, spirituel, il ne pouvait parvenir à se faire aimer, tandis qu'il voyait partout dans le monde une foule d'impertinens fashionables, dont le seul mérite était une cravate bien mise et beaucoup d'effronterie, de pitoyables fats réussir auprès des plus adorables femmes, et proclamer insolemment leurs conquêtes!

Enfin, au désespoir d'être si timide, et soupirant après le bonheur et l'amour, faute de mieux il pensa très sérieusement au mariage. Sa mère l'encourageait fort dans ce projet: plusieurs fois elle lui avait parlé d'une jeune fille très bien élevée et très jolie, dont elle connaissait les parens depuis longues années. Cette famille qui jouissait d'une honnête aisance avait des mœurs patriarcales, et demeurait, hiver comme été, dans une belle maison de campagne à quelques lieues de Rouen.

Madame Dernouville entretenait une correspondance fort suivie avec madame de Baumare; celle-ci l'engagea très instamment à venir passer deux ou trois jours chez elle avec Adolphe, et l'invitation fut bien vite acceptée: madame Dernouville avait son plan et son idée fixe.

Adolphe trouva la jeune personne charmante; elle chantait parfaitement, était fort instruite, et passait pour un modèle de candeur et de beauté. Il crut voir qu'Amélie ne le regardait pas avec indifférence; et bientôt, grâce à cette intimité délicieuse et franche qui s'établit si vite à la campagne entre deux jeunes gens, ils devinrent inséparables.

Ils chantaient ensemble, lisaient ensemble, allaient se promener tous les deux au fond du parc; et le soir quelquefois au clair de lune ils marchaient silencieux en se regardant, ou bien leurs paroles étaient mélancoliques et tendres comme la clarté vaporeuse qui s'infiltrait mollement à travers le feuillage.

Quelques semaines s'écoulèrent dans une félicité calme et pure. Adolphe qui, chaque jour, sentait son cœur battre plus fort à l'approche d'Amélie, finit par s'imaginer qu'il aimait d'un amour éternel et profond; que cette jeune fille était créée tout exprès pour lui; qu'elle seule pourrait le comprendre, et que c'était l'angélique et mystérieuse apparition qu'il avait tant de fois vue dans ses rêves avant de la connaître. Il parla d'amour; on rougit, on baissa deux beaux yeux timides, et l'on ne fut pas offensée. Alors il dit à sa mère qu'il aimait Amélie, que décidément il ne pouvait être heureux qu'avec elle: madame Dernouville était au comble de ses vœux; elle lui conseilla pourtant de réfléchir encore, de ne pas se hâter; mais, voyant la résolution d'Adolphe inébranlable, elle demanda pour lui mademoiselle de Baumare en mariage, et les parens d'Amélie furent enchantés de la proposition. Adolphe avait une fortune assez considérable: c'était pour Amélie un établissement fort avantageux.

Les choses furent donc bien vite arrangées: Adolphe repartit avec sa mère pour Paris, afin de mettre ordre à quelques affaires importantes, et de choisir un appartement plus grand et plus commode. Il eut beaucoup de peine à quitter Amélie: elle était fort amoureuse, et la séparation fut pénible. On échangea quelques larmes, et même un baiser... baiser timide et délicieux qui brûla bien long-temps sur les lèvres de la jeune fille.

II.

La mère d'Adolphe était dans le ravissement; elle se voyait déjà grand'mère, environnée d'enfans blonds et jolis: l'excellente femme n'avait jamais été plus heureuse.

Quand Adolphe fut de retour à Paris, il arrangea ses affaires et fit ses préparatifs de mariage. Nuit et jour il pensait à la tendre et douce Amélie; il trouvait le temps bien long et n'aspirait qu'à la félicité conjugale. Par malheur il survint quelques embarras d'affaires qui retardèrent l'époque du mariage.

Adolphe était fort triste, et pour distraire ses ennuis et son chagrin, il alla beaucoup dans le monde et ne manqua pas un bal, pas une soirée. Il revit madame de Forestan, valsa plusieurs fois avec elle, et ne put échapper aux regards enivrans et magnétiques de la charmante vicomtesse. Ils eurent ensemble quelques conversations très animées et très brûlantes; et le jeune Dernouville eut beau appeler à son aide et la raison et l'image attrayante d'Amélie, il fut effrayé des battemens de son cœur et trembla de s'être engagé sur une pente irrésistible.

Une semaine après, le pauvre jeune homme avait complétement perdu la tête; il rêvait toutes les nuits de la vicomtesse, et ne songeait plus que très rarement à mademoiselle de Baumare.

C'était une si éblouissante femme que la vicomtesse de Forestan! Quels yeux! quelle chevelure! et dans cette belle physionomie grecque, quel mélange de noblesse et de volupté! Elle avait la démarche et le port d'une impératrice ou d'une déesse!

Enfin, après quelques hésitations craintives, le grand mot: *je vous aime!* sortit pour la seconde fois des lèvres d'Adolphe. On s'effaroucha d'abord, on baissa les yeux comme de coutume, on parut se fâcher... mais la comédie ne fut pas longue: on se calma tout à coup, les regards enflammés de courroux ne lancèrent plus que d'humides éclairs, pleins de tendresse et d'amour!... on répandit même quelques larmes, et plusieurs rendez-vous furent accordés.

Parfois c'était sous les marronniers des Tuileries, parfois au Jardin des Plantes, au Luxembourg, dans les allées solitaires; ou bien on montait fort discrètement dans un fiacre, et le cocher allait toujours tout droit.

Avant quinze jours, le souvenir d'Amélie était presque rayé du cœur impressionnable et changeant d'Adolphe, et quand sa mère lui parlait de mariage, il ne répondait pas ou n'avait pas l'air de la comprendre. Il eût sans doute oublié tout à fait Amélie, sans les lettres continuelles de madame de Baumare, qui le pressait fort de hâter le mariage.

Bientôt l'imagination d'Adolphe s'embrasa tellement, et ses désirs devinrent si vifs, si impétueux, que, malgré sa timidité presque invincible, il se trouva beaucoup plus téméraire et plus entreprenant qu'il n'aurait jamais cru. C'est au point qu'il n'en revenait pas. La vicomtesse, qui lisait très couramment dans le cœur des hommes, et qui savait parfaitement tout ce qu'une femme doit faire pour succomber avec honneur, voulait que le combat fût opiniâtre et long, la place rudement disputée: elle n'ignorait pas qu'on ne tient guère à ce qu'on a gagné sans trop de peine; aussi Adolphe ne faisait-il que de lents progrès. Le naïf assaillant était au moment de perdre courage et de regarder la citadelle comme imprenable, quand la vicomtesse, craignant d'avoir soutenu le siége trop long-temps, crut devoir se relâcher un peu de son héroïque résistance, et devint tout à coup bien plus humaine.

Un rendez-vous très décisif fut donné pour la semaine suivante: c'était, selon toute probabilité, le grand jour de sacrifice et de récompense. Adolphe, qui trouvait le terme horriblement long, et qui s'imaginait avoir encore un siècle à franchir, avait conjuré la vicomtesse d'avoir pitié de lui et de faire moins languir son impatience; mais toutes les prières du monde, les supplications les plus tendres n'avaient servi de rien.

— Quoi! disait Adolphe avec un serrement de cœur, huit jours encore! huit jours sans vous voir! mais il y a de quoi mourir! Au nom du ciel, que ce soit demain!

— Adolphe, c'est impossible, répondait la vicomtesse en soupirant; il faut rester huit jours sans nous voir, sans nous rencontrer dans le monde.

Nous pourrions éveiller les soupçons, et alors je serais perdue!... Le comte de Forestan!... Ah! si vous connaissiez cet homme!... Il est capable de me tuer!... Depuis quelque temps on observe mes pas, on me surveille!... Le vieux comte a des espions qui ont toujours les yeux sur moi. Dans huit jours, Adolphe! pas avant!

Adolphe fit de nécessité vertu; il se résigna. Les craintes de la vicomtesse étaient réelles, mais elle avait encore un autre motif de se montrer inflexible et de retarder l'époque du fameux rendez-vous. Huit jours d'attente! oh! comme pendant ces huit jours le cœur d'Adolphe allait battre et bondir, son imagination fermenter, l'amour bouillonner dans ses veines, l'ardente lave s'amasser au fond du volcan!

Cependant on avait remarqué dans le monde les attentions d'Adolphe pour la vicomtesse; on en parlait: la chose même était revenue aux oreilles de madame de Baumare. Elle écrivit lettre sur lettre à madame Dernouville, et se plaignit amèrement des retards étranges qu'Adolphe apportait à son mariage. Elle disait qu'Amélie devenait chaque jour plus triste, plus mélancolique, que la pauvre enfant ne se croyait plus aimée, et d'un moment à l'autre allait tomber malade.

Un matin madame Dernouville entra dans la chambre de son fils, et lui dit que sous aucun prétexte il ne pouvait plus différer cette union; qu'il avait l'air, avec toutes ces hésitations incompréhensibles, de vouloir manquer à sa parole, et qu'une semblable conduite n'était pas digne de lui.

— J'en suis désolé, ma mère, répondit Adolphe qui semblait d'assez mauvaise humeur; il m'est impossible de songer pour le moment à ce mariage.

— Mais pourquoi?

— J'ai des raisons.

— Lesquelles, Adolphe? Est-ce que tu n'aimes plus Amélie?

— Je ne dis pas cela, ma bonne mère... Mais, en vérité, je ne sais pas où j'avais la tête, quand je me suis engagé de la sorte. Depuis ce temps-là, j'ai réfléchi moi-même, et je crains d'être encore un peu jeune pour le mariage.

Madame Dernouville parut très affligée du nouveau retard qu'elle prévoyait; elle supplia son fils d'adopter franchement un parti, et lui représenta combien un pareil abandon serait coupable. Il finit par en convenir; il dit à sa mère qu'il aimait toujours Amélie, qu'il tiendrait sa promesse, mais plus tard; il ne voulait pas encore se marier, pas avant deux ou trois mois, disait-il.

Madame Dernouville fit part de la résolution d'Adolphe à madame de Baumare, qui répondit que ces continuelles tergiversations, ces délais inexplicables avaient tout l'air d'un refus:

« C'est pour gagner du temps, écrivait-elle; mais une pareille conduite n'est pas celle d'un galant homme; ma fille est très gravement compromise par tous ces retards. Vous savez comme on est en province: on prétend que M. Dernouville n'a jamais eu l'intention de l'épouser. Enfin, madame, il est certain que si votre fils avait l'indélicatesse d'abandonner Amélie, j'aurais toutes peines du monde à marier la pauvre enfant. Je ne vous parle pas de son amour pour votre fils... Entre mères pourtant l'on peut se confier ces sortes de choses... Je vous dirai seulement que la santé d'Amélie me donne de vives inquiétudes. Elle est d'une tristesse à fendre l'âme et dépérit à vue d'œil! Hélas! madame, croyez-vous qu'Adolphe n'ait rien à se reprocher?... Pourquoi est-il venu troubler la vie pure et tranquille d'une jeune fille qui s'estimait heureuse auprès de sa mère! »

Adolphe, qui était le meilleur des hommes, malgré son humeur versatile et changeante, comprit qu'il n'avait pas le droit de rendre malheureuse une pauvre jeune fille qui l'aimait et ne consultant que la générosité de son cœur, il écrivit à madame de Baumare que rien ne l'arrêtait plus et qu'il était fort impatient d'épouser Amélie.

Tout cela se fit en moins de trois jours, pendant lesquels Adolphe et madame de Forestan ne s'étaient point revus. La vicomtesse n'osait presque plus se montrer dans le monde : elle avait reçu de son beau-père, le comte de Forestan, une lettre menaçante, où revenait plusieurs fois le nom d'Adolphe Dernouville.

Enfin, le jour du rendez-vous arriva. Jamais le cœur d'Adolphe n'avait battu plus fort, jamais Adolphe ne s'était vu si près du bonheur! être aimé d'une femme si belle, si rayonnante, d'une femme qu'il avait tant de fois suppliée vainement dans ses rêves de feu. Une lutte des plus ardentes s'engagea dans son âme.

— Que faire? se disait-il dans un muet monologue, tomber aux genoux de cette femme, lui dire que je l'aime, que je n'aime qu'elle seule au monde, que je l'aimerai toujours, sans partage!... et quand, vaincue par mes prières et mes protestations brûlantes, elle m'aura fait le plus grand sacrifice qu'une femme soit capable de faire, je la récompenserai par la plus noire ingratitude, je la tromperai comme un lâche, je l'abandonnerai dans quelques jours pour une autre femme!... Non, je n'aurai jamais cette barbarie, cette lâcheté! Mais que résoudre? dois-je tout lui avouer, lui dire que mon cœur n'est plus à moi, que ma parole est donnée?... Alors elle m'accusera de mensonge et de cruauté! elle me dira que je me suis fait un jeu de sa faiblesse, de son amour, de son bonheur!... et je n'aurai plus que sa haine! Perplexité affreuse, insupportable!

Néanmoins, après de longues hésitations, après de bien douloureux combats, il résolut d'écouter la voix de sa conscience. Adolphe avait encore toute sa pureté d'âme, toute cette innocence primitive qui se fane bien vite au flétrissant contact du libertinage, mais qui ne s'efface jamais entièrement de certains cœurs privilégiés. On peut dire même qu'Adolphe avait toujours été jusque alors beaucoup trop honnête homme pour avoir un grand nombre de bonnes fortunes, et que sa délicatesse, plus encore que sa timidité naturelle, l'avait empêché de réussir mainte et mainte fois.

Il ne pensait pas, comme la plupart des roués fashionables, qu'avec les femmes il faut jouer toujours au plus fin, et que la délicatesse et les scrupules, en matière d'amour, sont quelque chose de profondément stupide. Il ne savait pas dire à une femme *je vous aime*, lorsqu'il ne l'aimait pas; et quand il était véritablement amoureux, son cœur parlait beaucoup plus que ses lèvres. Langage du cœur! pauvre langage que les dames ne trouvent point assez éloquent et qui ne vaut pas les plus fades paroles, les plus insignifiantes cajoleries!

Adolphe, tout fier de sa noble résolution, monta dans un cabriolet qui le conduisit au jardin du Luxembourg. Il se dirigea précipitamment vers une allée déserte, du côté de cette horrible fontaine mythologique qui n'a pas une goutte d'eau, et qui est le rendez-vous habituel des cœurs amoureux ou souffrans.

Il aperçut de loin la vicomtesse qui se promenait le long des arbres, enveloppée d'une pelisse noire. Adolphe sentit ses yeux se couvrir d'un nuage, et son cœur bondir dans sa poitrine.

Il fut obligé de s'arrêter un moment pour reprendre haleine.

III.

Ils échangèrent quelques paroles timides, embarrassées. Adolphe tremblait de tout son corps.

— Montons sur-le-champ dans une voiture de place, dit la vicomtesse en promenant autour d'elle des regards inquiets. Je sais qu'on observe mes pas ; j'ai peur ici.

Et s'appuyant sur le bras d'Adolphe, elle sortit brusquement du jardin. Un fiacre les attendait à la grille; mais au moment où la vicomtesse montait sur le marchepied de la voiture, elle tourna la tête et jeta un cri de frayeur ; un homme à cheveux gris, un homme qu'elle avait très bien reconnu, venait de passer auprès d'elle et l'avait regardée fixement.

La vicomtesse se cacha promptement dans la voiture, et quand Adolphe y fut monté, les chevaux partirent au grand trot.

Madame de Forestan était fort pâle.

— J'espère qu'il ne m'a pas reconnue, dit-elle.

— De qui parlez-vous, madame? demanda M. Dernouville avec étonnement.

— C'est un misérable homme qui a toujours les yeux sur moi, un espion qui est en correspondance avec le comte de Forestan !... O mon ami, si vous saviez combien je suis malheureuse ! Certes, ma cruelle position doit me rendre excusable. Depuis que je suis mariée, je n'ai jamais goûté un seul moment de bonheur. Jamais une âme jeune et brûlante n'a compris la mienne !... Mon mari est le plus trivial et le plus prosaïque de tous les êtres. Ah ! pourquoi n'avez-vous point quelques années de plus, cher Adolphe ! Si je vous avais connu plus tôt !...

Adolphe sentait comme une flamme circuler dans ses veines : il aurait donné plusieurs années d'existence pour avoir un peu de courage. Il répondit pourtant à la vicomtesse une foule de choses tendres et passablement significatives ; mais il était fort embarrassé et balbutiait.

Les stores de la voiture était baissés, et la vicomtesse commençait à ne plus trop comprendre la froideur et l'hésitation d'Adolphe; mais, avec un peu de réflexion, elle interpréta cette immobilité singulière, ce manque absolu d'énergie, fort avantageusement pour elle ; et cette espèce de paralysie physique et morale lui sembla provenir d'une trop grande surabondance d'amour. D'ailleurs, elle entendait battre le cœur du jeune homme et devinait qu'un violent orage grondait sous ce calme.

— Adolphe, reprit-elle avec une inflexion caressante qui le fit tressaillir, il faut en vérité que je vous aime bien pour m'exposer à la colère du comte de Forestan. C'est un homme si terrible dans ses emportemens, si dur, si impitoyable ! Il me hait, il m'abhorre. Et si jamais il venait à savoir notre liaison, je serais perdue !... Mais n'importe ! quoi qu'il arrive... je puis compter sur votre amour, Adolphe !... Une femme, quand elle aime, est prête à faire tous les sacrifices, même celui de son honneur et de sa vie... Mais, oh ! dites-moi encore, Adolphe, dites-moi que vous m'aimez... que vous m'aimerez toujours.

— Oui ! oui ! vous êtes belle ! s'écria Dernouville avec exaltation, je n'ai jamais aimé que vous, Ermance !...

— Eh bien ! jurez-moi donc que vous n'en aimerez jamais une autre, Adolphe ! Vous êtes plus jeune que moi de quelques années, et je sais qu'à votre âge on est changeant, mobile. Hélas ! il faut que je sois bien folle, et que vous ayez pris sur ma raison un furieux empire, pour que je tienne un pareil langage ! Dire que j'ai consenti à vous donner un rendez-vous !... que je me trouve seule, dans une voiture, avec un homme que j'aime, qui sait que je l'aime !... O mon Dieu ! mon Dieu ! est-il possible !... Vous le voyez, Adolphe, je vous dis tout ce que j'ai dans le cœur ; je dépouille ce masque de pruderie et de convenance qu'une femme ne devrait jamais quitter... Adolphe, Adolphe, c'est pour vous que j'ai fait tout cela ! Jusqu'à présent, je vous le jure, malgré le cercle brillant d'adorateurs qui assiégeaient mes pas, j'ai résisté courageusement à tous les piéges, à toutes les séductions enivrantes dont le monde m'environnait !... Comment cela se fait-il, Adolphe ?... quel charme... quel prestige avez-vous donc employés contre moi?... Je ne m'appartiens plus, je suis à vous!

Adolphe ne s'était jamais trouvé dans une position aussi cruelle. Ballotté entre deux sentimens souvent bien contraires, l'amour et l'honneur, il ne savait auquel se livrer; et cette bizarre indécision n'était pas faite pour lui donner beaucoup d'aplomb et d'assurance.

— Oui, madame, balbutia-t-il en baissant les yeux pour ne pas voir la vicomtesse qui ne lui avait jamais paru si éblouissante d'attraits, oui, madame, vous m'avez fait sans doute un bien grand sacrifice!... et je suis le plus reconnaissant des hommes!... Je donnerais ma vie pour m'acquitter envers vous. Tant que mon cœur battra, votre image y sera toute vivante... Je n'oublierai jamais que vous n'avez pas dédaigné mon amour, que vous avez eu pitié de moi, pauvre jeune homme qui n'avais jamais entendu une voix de femme lui dire *je t'aime!* Mais plus le sacrifice que vous me faites est grand, inappréciable, plus je serais infâme si j'en abusais, si je récompensais votre confiance par une dissimulation lâche et coupable! Non, vous saurez tout, madame, vous êtes trop charmante et trop bonne pour que j'aie le courage de vous tromper.... Vous avez droit à l'amour comme au respect!...

La vicomtesse le regarda d'un air fort étonné.

— Non, jamais je n'oublierai, madame, tout le respect profond que vous dois.

— Le respect! interrompit la vicomtesse qui changea tout à coup de physionomie et d'accent.

Elle crut d'abord que Dernouville avait l'intention de se moquer d'elle; mais un regard jeté sur Adolphe la fit presque aussitôt changer d'opinion : Adolphe était pâle, troublé, ses yeux roulaient une flamme humide qui n'avait rien de commun avec le pétillement du sarcasme et de l'ironie.

La vicomtesse lui prit les mains et poussant un soupir.

— Adolphe, dit-elle, ce n'est qu'à force d'amour et de fidélité que vous pourrez me faire croire à votre reconnaissance et me sauver d'un repentir!... car je sais combien je suis coupable! Je sais que je vous donne ce qu'une femme a de plus cher au monde, ma réputation! Un jour ou l'autre il faudra bien que tout se découvre!... mais n'importe, j'y suis résolue! je ne veux pas réfléchir!... je vous aime!... et dussé-je être malheureuse toute ma vie, dussé-je mourir... Mais je vous connais Adolphe... vous êtes noble et généreux! vous êtes un homme d'honneur...

— Oui! je suis un homme d'honneur! s'écria impétueusement Dernouville en couvrant de baisers les mains de la vicomtesse. Oui, vous m'avez bien jugé! je serai digne de vous, de votre amour, de votre confiance! Que je meure plutôt que d'être un misérable ingrat!.. Une femme comme vous, Ermance, on doit l'aimer jusqu'au tombeau, sans partage! sans partage... ou bien, quand par une nécessité fatale on se trouve engagé dans une autre chaîne, il faut alors renoncer noblement à un amour qui ne peut se concilier avec l'honneur!...

— Que voulez-vous dire? interrompit la vicomtesse avec un mélange de surprise et de reproche : je ne vous comprends pas.

Adolphe garda un instant le silence; mais enfin il parut faire un grand effort sur lui-même, et d'une voix plus ferme, il répondit :

— Je ne dois rien vous cacher, madame... Je vais me marier...

— Vous marier!

— La conversation demeura quelque temps interrompue : la vicomtesse le considérait d'un œil étincelant de colère.

— Expliquez-vous, monsieur, bégaya-t-elle.

Alors Adolphe avoua qu'il n'était plus libre, et versa des larmes; il dit que sans amour il allait épouser une jeune fille innocente et pure, qu'il ne rendrait pas heureuse peut-être !... Mais, hélas ! il avait promis, il ne pouvait plus se dédire sans commettre une infamie.

— Oui, s'écria-t-il avec chaleur, je n'hésite pas ! je ferai ce que m'ordonne la voix de ma conscience !... Je vous aime comme jamais femme ne fut aimée, mais je suis incapable d'une mauvaise action !

La vicomtesse gardait le silence.

— Parlez, madame, continua-t-il chaleureusement, qu'eussiez-vous fait à ma place ? Vous qui avez jeté sur moi des regards si bons, si compatissans, pouvais-je vous tromper comme un indigne, vous séduire et récompenser si cruellement le plus généreux, le plus grand sacrifice qu'une femme puisse accomplir ?... Hélas ! et d'un autre côté, aurais-je la barbarie d'abandonner une jeune fille, une pauvre jeune fille qui m'aime et que j'ai fait serment d'épouser ? Si je violais ma promesse, la réputation de cette enfant pourrait en souffrir ! Qui sait ? peut-être ne se marierait-elle jamais ! Ah ! madame, plaignez-moi, plaignez-moi ! je vous aime bien plus que cette jeune fille, sans doute, mais vous êtes mariée... vous ne pouvez être à moi pour la vie ! Une belle et noble créature comme vous n'est pas une de ces victimes qu'on peut immoler sans remords à un caprice de jeune homme ! Je ne veux pas que vous puissiez dire un jour : « C'est un misérable ! Il m'a fait manquer à mes devoirs d'épouse et de mère pour m'abandonner ensuite, pour se jeter presque aussitôt dans les bras d'une autre femme ! » Ermance, Ermance, je connais toute la délicatesse de votre âme, et je suis bien sûr que vous approuvez ma conduite ! Il est impossible que vous ne disiez pas : « Adolphe n'eût pas été si généreux, s'il m'avait moins aimée ! »

La vicomtesse se mordait les lèvres de dépit ; elle était rouge de honte et de colère ; toutefois, en femme d'esprit, elle se garda bien de se fâcher ; au contraire, elle accorda de grands éloges au procédé noble et franc de M. Dernouville, lui jura qu'elle eût fait la même chose à sa place, et qu'une pareille conduite était celle d'un galant homme ; elle ne put s'empêcher de répandre quelques larmes et de laisser échapper trois ou quatre soupirs qui venaient d'un cœur profondément blessé : elle aimait véritablement Adolphe ; mais ce qui souffrait le plus en elle, c'était l'amour-propre et la vanité.

Après quelques minutes de silence et d'hésitation, la vicomtesse pria Dernouville de descendre et de la laisser retourner seule à son hôtel. Adolphe fit arrêter la voiture et descendit. Il éprouvait un si grand trouble qu'il ne songea pas même à saluer madame de Forestan et s'éloigna sans dire une parole.

La voiture était déjà loin. Adolphe la suivit long-temps des yeux ; et ne l'apercevant plus :

— Décidément j'ai bien fait ! pensa-t-il. C'était le seul parti honorable ! il n'y avait pas même à balancer ! Oui, je le ferais encore, si j'avais à le faire ! N'importe, c'est cruel... c'est désespérant ! La seule femme que j'aie aimée !... Il faut avouer que l'honneur impose quelquefois de terribles sacrifices !

IV.

La vicomtesse de Forestan fut profondément humiliée, et ne put retenir des larmes de colère ; mais bien qu'elle en voulût beaucoup à Dernouville, elle ne pouvait cependant se défendre d'un sentiment d'estime et d'admiration pour ce magnanime jeune homme qui avait mieux aimé s'exposer au ridicule que de commettre une action coupable. Bientôt même la fureur de la vicomtesse s'évanouit pour faire place à un amour plus vif et plus violent. Elle était sûre qu'Adolphe l'aimait à l'adoration, et dans le fond de son cœur elle jura une haine mortelle à la femme qui la privait d'un amant jeune, ardent et beau comme Adolphe.

Aussi ne perdit-elle pas courage, et sachant très bien et par expérience qu'une femme jolie et spirituelle fait tout ce qu'elle veut d'un homme qui l'aime, et le façonne à plaisir comme une cire molle et docile, elle attendit patiemment l'occasion de prendre sa revanche.

Il y avait trois mois à peu près que Dernouville était marié ; madame de Forestan ne l'avait pas revu depuis le fatal et dernier rendez-vous. Elle n'espérait guère pouvoir le rencontrer dans le monde avant le retour des bals et des réunions ; il fallait attendre encore sept ou huit mois, qui allaient paraître autant de siècles à l'amoureuse vicomtesse.

Tout à coup, par hasard, elle apprit que M. Dernouville se disposait à faire un voyage en Bretagne avec sa femme. Dès lors un rayon d'espoir se ralluma dans le cœur de madame de Forestan, et son plan de conduite fut sur-le-champ tracé.

Depuis quelque temps elle était triste et languissante, et bien qu'elle ne fût pas précisément malade, les médecins lui conseillaient de voyager et de changer d'air. Elle dit au vicomte de Forestan qu'elle pensait que les bains de mer lui feraient beaucoup de bien.

— A merveille ! dit le vicomte, nous irons prendre les bains à Dieppe ; je ne demande pas mieux, et je profiterai justement de l'occasion pour acheter une collection complète de lépidoptères magnifiques qui vient d'arriver dernièrement de la Chine. Bon, c'est une chose arrêtée, demain nous montons en voiture.

— Oui, nous monterons en voiture, monsieur le vicomte, mais ce n'est pas à Dieppe qu'il faut aller. Dieppe est insuportable maintenant ; on y trouve plus de monde qu'à Paris, et j'ai besoin de repos, de solitude.

— Vous m'étonnez, madame, répondit le vicomte ; je ne vous reconnais plus! vous qui aimiez tant les plaisirs, les bals, les fêtes ! songez donc que madame la duchesse de Berri est à Dieppe et que tout le faubourg Saint-Germain s'y trouve.

— Eh bien ! c'est précisément la raison, monsieur le vicomte, qui me fait préférer tout autre endroit. Je vous répète que l'idée seule de toutes ces fêtes, de tous ces tourbillons de plaisir me fatigue et m'étourdit. Je ne suis décidement pas bien portante, et si je vais dans un port de mer, ce n'est pas pour aller retrouver les ennuis du grand monde.

— Où donc alors voulez-vous diriger vos pas, madame la vicomtesse ? parlez, car moi je ne connais point un autre endroit que Dieppe où l'on puisse décemment aller prendre les bains.

— J'ai beaucoup entendu parler d'un petit port de mer fort agréable, à quelque distance de Nantes.

— Est-ce bien Nantes ? demanda le vicomte avec inquiétude.

— Non, vraiment, c'est l'affaire de quelques heures, dit la vicomtesse Une centaine de lieues...

— Comment ! une centaine de lieues ! interrompit le vicomte épouvanté, mais c'est au bout du monde ! non, non, madame, je ne me déciderai jamais à un voyage aussi lointain. Que diantre, madame, avant de monter en voiture, il faudrait faire son testament.

— Allons, allons, mon ami, répliqua madame de Forestan avec un ton de douceur passablement méprisante, ne vous faites pas plus étrange que vous êtes. On dirait que c'est la première fois que vous sortez de Paris. Songez que de toute manière nous sommes obligés d'aller rendre visite à votre père qui souffre beaucoup de la goutte, et qui certainement ne bougera pas de son château avant l'hiver prochain.

— Vous avez raison, madame, répondit le vicomte, qui se frappa soudainement le front comme une personne qui fait une réflexion subite et contrariante. C'est un voyage auquel je ne songeais pas, et que nous ne pouvons guère nous empêcher de faire ; mais enfin c'est déjà bien terrible et bien long d'aller à Tours!... au moins si Nantes était sur la route, je ne dirais pas non !

Il fallut beaucoup de temps et d'efforts à la vicomtesse pour persuader à son mari que le chemin de Tours conduit tout naturellement à Nantes; elle fut obligée de prendre une carte de France; et, comme le vicomte hésitait encore et jetait des exclamations de terreur en calculant la distance qui le séparait de Nantes, sa femme, presque honteuse d'avoir pris tant de peine et de circonlocutions pour triompher de la faiblesse du vicomte, lui dit que jamais il n'aurait une meilleure occasion de recueillir une foule de papillons et d'insectes excessivement rares. Elle lui fit une pompeuse description d'une phalène énorme, qu'on prenait le soir pour un véritable oiseau de nuit, et qui ne se trouvait qu'en Bretagne, au bord de la mer, sur les rochers et les sables.

Le vicomte ouvrait de grands yeux et de grandes oreilles; son cœur de naturaliste battait d'admiration et de convoitise à cette magnifique peinture; et, comme il n'était pas fort instruit dans l'histoire des insectes, et qu'il aimait seulement les papillons à cause de leurs brillantes couleurs, ainsi que la plupart des personnes qui se ruent dans les galeries du Louvre, le premier jour de l'exposition des tableaux, il promit sur-le-champ à sa femme d'aller où elle voudrait.

Quelques jours après cette conversation, ils se mirent en route.

Il était convenu que l'on s'arrêterait à Tours, pour faire une visite au comte de Forestan, mais qu'on ne resterait au château que trois ou quatre jours tout au plus. La vicomtesse brûlait d'arriver à Pornic en même temps que la personne qu'elle espérait y rencontrer.

Le vieux comte de Forestan parut enchanté de voir son fils qu'il aimait tendrement, bien qu'il n'eût jamais trouvé en lui qu'une pauvre tête et des idées terriblement mesquines et bourgeoises; mais il fit à sa bru un accueil froid et sévère; il ne l'embrassa point, et la considéra avec une expression de regard qui déconcerta la vicomtesse, elle qui ne se déconcertait pas facilement. Elle essaya vainement de l'adoucir, et lui adressa quelques paroles tendres et amicales auxquelles le vieillard ne répondit que d'une manière sèche et brève.

Le lendemain, dans la matinée, le vieux comte, qui, malgré son âge et la goutte qui le tourmentait, avait l'habitude de se lever toujours de bonne heure, fit demander la vicomtesse pour une affaire importante et pressée.

La vicomtesse, qui n'avait pas encore achevé sa toilette, fit attendre assez long-temps son beau-père.

Le comte s'impatientait. Plusieurs fois il agita la sonnette avec violence et dit au domestique que madame de Forestan ne se hâtait pas d'arriver. Certainement, s'il n'eût pas été retenu dans son fauteuil à bras par un accès de goutte qui lui paralysait les jambes, il serait allé lui-même au devant de la vicomtesse, pour soulager la mauvaise humeur et l'irritation qu'il ne contenait qu'à grand' peine.

Le comte de Forestan achevait sa soixante-dixième année. C'était une de ces belles têtes de vieillard, larges et chauves, à front élevé, une de ces physionomies pleines de noblesse et de sévérité, que les rides et les sillons de l'âge ne font que rendre plus solennelles et plus majestueuses, un de ces types fiers et princiers qui se perpétuent de race en race dans les hautes familles, et qu'on ne trouve pas ailleurs; son fils pourtant ne lui ressemblait guère : on ne pouvait imaginer un assemblage plus grotesque et moins distingué que le vicomte. Mais il y a dans ce monde tant de choses qu'on ne sait pas, tant de choses fort simples en elles-mêmes, et qui restent éternellement un mystère, lorsqu'elles pourraient expliquer tout naturellement les imbroglios de la vie les plus incompréhensibles! Les plus nobles fleuves ne sont-ils pas souillés dans leur cours par une foule de ruisseaux ignobles qui leur apportent souvent plus de fange que d'eau? Il ne faut d'ailleurs qu'un orage pour ternir la source comme le fleuve, et très probablement un orage avait passé dans l'existence de madame la comtesse de Forestan.

Enfin la vicomtesse parut.

— Comment, madame, dit sévèrement le vieillard, en grande toilette de si grand matin? et pourquoi, s'il vous plaît? pour les mariniers de la Loire?

— Monsieur le comte, excusez-moi de vous avoir fait attendre, répondit-elle en se mordant les lèvres avec une expression d'embarras et de dépit.

— Madame, allons droit au but, et parlons franchement, reprit le comte d'une voix brève et sévère. Etes-vous toujours dans l'intention d'aller à Pornic?

— Oui, monsieur le comte. Ce voyage est indispensable à ma santé.

— Mais il me semble, madame, que vous ferez beaucoup mieux de vous rendre à Dieppe. Une grande partie de la cour s'y trouve maintenant réunie, et je ne vois aucune raison qui vous empêche de choisir un endroit fréquenté par la noblesse et le beau monde.

— Certainement, monsieur le comte, répondit-elle avec hésitation, si je ne consultais que mon goût et mes désirs, je préférerais de beaucoup le séjour de Dieppe à celui d'une petite ville sans plaisirs et sans distractions; mais je suis obligée de me conformer aux intentions de mon mari... Vous savez qu'il n'a jamais aimé le monde, maintenant moins que jamais peut-être; et, quoi qu'il m'en coûte, je ne puis faire autrement que de me soumettre...

— Oui, en vérité, madame, interrompit le vieillard, dont la belle et noble figure prit tout à coup une expression de sarcasme qui ne lui était pas habituelle, en vérité, vous êtes bien à plaindre, vous vous êtes toujours sacrifiée au bon plaisir marital! Mais alors ayez la bonté de me dire pourquoi vous n'avez pas manqué un bal, une soirée, cet hiver. Je voudrais bien savoir quel charme si puissant peut vous attirer à Pornic... dans un misérable village de Bretagne, qui n'est qu'une espèce de rocher couvert de cabanes?

— Pardon, monsieur le comte, vous êtes dans l'erreur. Pornic n'est plus comme autrefois une réunion de pauvres cabanes : c'est une jolie petite ville maintenant, toute neuve, toute blanche; et je vous assure qu'on y trouve fort bonne société dans la saison des bains... Quoique pourtant, continua-t-elle en forme de correctif, le séjour d'une pareille ville soit bien maussade en comparaison de Dieppe, sous le rapport des bals et des divertissemens.

— D'après la peinture que vous me faites de Pornic, je vois qu'il est bien changé à son avantage depuis une vingtaine d'années que j'y suis passé par hasard. Mais enfin, madame, vous ne m'apprenez pas le motif qui vous fait choisir un pareil endroit de préférence à tout autre.

— Monsieur le comte, je crois vous avoir dit plusieurs fois que j'ai le plus grand désir de parcourir la Bretagne. Nous resterons sept ou huit jours tout au plus à Pornic, et de là nous irons à Brest; nous visiterons tout le littoral...

— Madame, interrompit le vieillard en arrêtant sur elle un regard profond et interrogateur, savez-vous où est maintenant M. Adolphe Dernouville?

— Monsieur...

La vicomtesse, qui ne s'attendait pas le moins du monde à une semblable question, devint très pâle; elle balbutia, et toute sa fermeté habituelle parut l'abandonner un instant.

— Il ne faut pas vous troubler, madame, dit le vieillard en ne la quittant pas des yeux. Je vous adresse une question qui n'a rien que de très simple : je vous demande si vous savez où est M. Adolphe Dernouville?

— Mais enfin, monsieur le comte, pourquoi cette question?...

Elle tâchait de gagner du temps pour reprendre une contenance, et préparer une réplique et tous ses moyens de défense.

— Répondez, madame. Je sais très bien que vous l'avez vu fréquemment cet hiver. Vous vous rencontriez dans tous les bals; il dansait avec vous; il vous faisait même valser, madame... ce qui, je dois vous le dire en passant, n'est plus guère de votre âge. Enfin, partout, dans les salons comme aux théâtres, quand on apercevait l'un de vous deux, on était sûr que l'autre n'était pas loin... Je me suis même laissé dire que vos entrevues ne se bornaient pas aux bals et aux spectacles...

Et les yeux du vieillard étincelaient d'une étrange manière.

— Qu'est devenu ce jeune homme, madame?

La vicomtesse était en proie à la plus violente anxiété; elle ne savait que répondre. Elle changeait de couleur à chaque moment, et ne pouvait soutenir le regard fixe et flamboyant de son beau-père. Enfin, elle comprit qu'elle ne pouvait garder plus long-temps le silence, sans donner gain de cause à tous les soupçons du vieux comte, et, s'armant de tout son courage, et d'un semblant d'indifférence qui n'était que sur ses lèvres, elle répondit :

— M. Adolphe Dernouville est marié depuis trois mois.

— Marié! s'écria le comte de Forestan, avec un mélange de surprise et de doute; en êtes-vous bien sûre?

— Parfaitement, monsieur le comte; il m'a fait l'honneur de m'adresser un billet de part.

— Bien, très bien, madame... Et depuis cet hiver vous ne l'avez pas revu?

— Non, monsieur le comte. Il voyage, je crois, avec sa femme. Je ne sais pas au juste où il est... Je présume que c'est en Italie.

— J'en suis fort aise, madame! pour lui comme pour vous. Ecoutez, je n'ai pas besoin d'employer de détours... Il m'est revenu de par le monde que votre conduite se fait remarquer depuis quelque temps d'une manière qui n'est pas à votre avantage. Vous avez pour mari le meilleur, le plus indulgent, le plus faible des hommes; mais quoiqu'il soit mon fils, il ne me ressemble guère, et vous savez que je ne vous passerai rien! Je ne plaisante pas avec l'honneur, madame! rappelez-vous qu'il y a dix-sept ans M. le chevalier de Formont a payé cher son audace!... qu'il a payé de sa vie l'outrage!... Je suis un vieillard de soixante-dix ans, madame, mais j'ai encore du sang dans les veines, de la vigueur dans le bras, et je me sens très capable encore de tenir une épée!

La vicomtesse était d'une pâleur mortelle; elle frissonnait; sentant ses genoux ployer, elle s'assit.

Il y eut un moment de silence.

V.

— Madame, reprit le comte dont les sourcils blancs s'abaissèrent avec une expression de ressentiment douloureux, vous êtes cause que le nom de Forestan, ce nom qui remonte à huit siècles, n'est pas sans tache et sans souillure!... Mon fils est la fable de tous les salons, grâce à vous, madame! mais s'il est d'une nature patiente et débonnaire, s'il n'est pas d'une trempe assez mâle, assez vigoureuse pour ressentir une injure et la venger, c'est moi, c'est moi, son vieux père, qui prendrai sa querelle et qui défendrai l'honneur de mon blason. Vous savez que l'ombre seule du ridicule m'épouvante plus que la mort! Malheur, malheur à vous, si vous oubliez le nom que vous portez, malheur si vous êtes coupable, car c'est moi qui vous punirai, et d'une façon terrible, exemplaire! Puisque les tribunaux ne savent pas laver un outrage fait à toute une famille, je ne chargerai que mon bras du soin de ma vengeance! Oh! tremblez, madame! j'empêcherai bien qu'on rie de mes cheveux blancs, de mes douleurs, de ma honte, de ma rage! on saura que le sang de mes ancêtres n'est pas encore tari! Songez-y bien, madame, si la moindre imprudence, le moindre oubli de vos devoirs, la moindre faute peut faire croire au monde que vous trompez mon fils...

— Monsieur le comte, interrompit-elle avec un mouvement d'indignation, pourquoi m'adressez-vous de si cruelles paroles?... Ah! sans doute on m'a noircie encore auprès de vous!... mais c'est une calomnie, je vous le jure!... je n'ai pas mérité de semblables reproches!

— Je veux bien croire, madame, que les rapports qu'on m'a faits sont exagérés, répondit le comte, avec une inflexion moins rude. Si j'avais la certitude que vous êtes coupable, le châtiment ne se ferait pas attendre!... mais enfin, madame, c'est un conseil de père que je vous donne! tâchez de mener à Paris une vie moins dissipée, moins bruyante. Ne passez pas vos nuits au bal : plus de valses, je vous en conjure!... un pareil divertissement ne convient pas du tout à une mère de famille, à une femme de votre âge : c'est ridicule, c'est pitoyable! Faites place aux jeunes, madame.

La vicomtesse se mordit les lèvres : cette dernière phrase du vieillard l'avait blessée au cœur plus douloureusement que tout le reste.

— Quoi, monsieur, répliqua-t-elle avec une certaine aigreur, parce que je n'ai plus vingt ans, est-ce une raison pour me séquestrer, pour m'ensevelir toute vivante? En vérité vous êtes bien peu tolérant de vouloir m'interdir d'agréables distractions qui ne font de mal à personne, et qui sont les plus inocentes du monde!

Vous feriez bien mieux, madame, au lieu de ne rêver que bals et grandes toilettes, vous feriez bien mieux de songer à l'établissement de votre fille. Allez au bal tant que vous voudrez, mais pour l'y conduire. N'est-il pas inconcevable qu'une jeune personne de dix-neuf ans soit encore au couvent? Jusqu'à quel âge avez-vous donc l'intention de l'y laisser?

— Encore un an, monsieur le comte. Alexandrine est très ignorante pour son âge. Je suis forcée de vous avouer que son caractère est bien loin d'être formé. Elle a grand besoin de s'instruire encore et d'adoucir toutes les aspérités de sa nature rebelle avant d'entrer dans le monde. Vous avez pu voir plusieurs fois par vous-même combien son humeur est désagréable et maussade... Elle est aussi colère et sournoise que son frère Ernest est doux, franc, serviable...

— Oui, oui, interrompit brusquement le comte, je sais que vous êtes folle de votre fils, et que vous ne pouvez souffrir sa pauvre sœur! Vous êtes pour elle d'une sévérité qui, pour la plupart du temps, n'est que de l'injustice! voilà pourquoi le caractère de cette jeune personne se gâte et s'aigrit de jour en jour, au lieu de devenir facile et doux comme celui de son frère!... Et cependant c'est une fille pleine d'excellentes qualités, elle a un bon cœur...

— Je ne crois pas, monsieur le comte, elle me déteste, elle déteste aussi son frère.

— Parce qu'elle est jalouse, et c'est bien concevable. Vous n'avez pour elle que des paroles dures et sèches : votre fils, lui, a toutes vos caresses. Ce n'est pas au moins que je veuille déprécier ce jeune homme : bien au contraire, il est bon, il est charmant, et j'ai pour lui beaucoup de tendresse. Mais vous l'avez gâté, vous le gâtez tous les jours. Il est rempli de moyens, d'esprit et d'aptitude, et cependant il n'a jamais rien fait. Au lieu d'entrer à l'école Polytechnique, comme nous le désirions tous, il gaspille son temps à Paris; il court les spectacles, les cercles, les maisons de jeu peut-être, et finira, j'en ai peur, par devenir un mauvais sujet.

— Non, monsieur le comte, répartit la vicomtesse, offensée dans son amour-propre et sa tendresse de mère, mon fils ne tournera pas mal.

D'ailleurs, il ne perd pas son temps à Paris, comme on a pu vous le dire : il suit tous les cours d'histoire au collége de France, il apprend les langues modernes.

— Oui, belles occupations, madame, c'est le prétexte de tous les fainéans. Lorsqu'on apprend tant de choses à la fois, c'est signe qu'on ne veut rien apprendre, qu'on ne sait rien, qu'on ne saura jamais rien! Je vous répète que je vois avec douleur mon peti-tfils Ernest s'engager dans une voie mauvaise! il aurait fait un chemin superbe avec le nom qu'il porte et la fortune qui doit lui revenir un jour. Il serait à l'école Polytechnique depuis plus d'un an, si vous n'aviez pas fait tous vos efforts pour l'en détourner.

— Vous savez que mon fils est d'une complexion faible, très délicate, et les élèves de l'école Polytechnique sont soumis à de si rudes travaux, que cette vie de fatigue intellectuelle aurait bien vite compromis la santé d'Ernest.

— Beaucoup moins que les excès de tout genre qu'il fait sans doute, madame, répliqua le comte avec impatience. Je vous répète que je suis informé de la conduite qu'il mène. On ne parle que de ses maîtresses, de ses paris extravagans et de ses orgies plus folles encore. Vous verrez que ce jeune homme se perdra dans cette vie de dissipation et de fainéantise. Ne lui donnez plus d'argent, une fois pour toutes, je ne le veux pas. C'est moi qui me charge de son entretien. Quand sa pension ne lui suffira pas, je veux bien qu'il demande de l'argent, mais à moi seul, et je pourrai juger de ses besoins. Mais revenons, je vous prie, à votre fille, décidément elle est trop grande pour rester au couvent. J'exige qu'elle en sorte.

— Puisque vous l'exigez, monsieur le comte, je ne demande pas mieux que de vous obéir ; mais souffrez au moins qu'elle achève l'année ; le temps des vacances ne va pas tarder à venir.

— A la bonne heure, dit le comte. Nous attendrons jusqu'aux vacances ; mais je ne veux pas qu'elle rentre au couvent, quand une fois elle en sera dehors. La place d'une jeune fille est auprès de sa mère, auprès de ses parens. Il y a déjà plusieurs années qu'elle devrait être dans la maison paternelle. Mais votre mari est d'une mollesse, d'une indifférence pour ses enfans !... j'en ai honte ! Au lieu de s'occuper de fadaises, de papillons et d'insectes, il ferait beaucoup mieux de voir ce qui se passe chez lui, et de songer à sa famille.

Il parlait encore quand un cri lamentable se fit entendre dans le jardin. Les fenêtres de l'appartement du comte étaient toutes grandes ouvertes, et les rayons du soleil pénétraient dans la chambre avec la fraîcheur de la brise et le parfum des fleurs.

C'était une journée magnifique du mois de juillet. Le ciel était d'un bleu vif et pur comme un ciel du midi; un vent délicieux faisait frissonner le feuillage, et l'on entendait au loin le chant mystérieux des oiseaux cachés dans les taillis ombragés du parc.

— Fermez les croisées! fermez vite ! criait une voix enrouée et haletante.

Le vieux comte était assis dans un fauteuil de velours, à quelque distance d'une fenêtre. Il put, en avançant un peu la tête voir ce qui se passait dans le jardin, et aperçut son fils le vicomte dans un accoutrement des plus grotesques.

Qu'on s'imagine un petit homme, gros, court, trapu, les joues rouges et vineuses. Il est emmailloté dans une espèce de blouse, passablement triviale de forme et de couleur ; ses énormes jambes, aussi rondes à la cheville qu'au mollet, sont emprisonnées dans des guêtres de cuir jaune. Il porte une immense casquette à large visière, et sur la plate-forme de cette casquette ridicule est un pauvre papillon qui se débat douloureusement, le corps traversé d'une épingle. Un petit paysan d'une douzaine d'années escorte en boitant cet étrange personnage, et porte de longs échiquiers de gaze, des boîtes, et une foule d'autres ustensiles dont les naturalistes connaissent seuls l'usage.

Le vicomte de Forestan, car c'est lui-même, balance d'une manière formidable une espèce d'entonnoir mobile et transparent, fixé au bout d'une longue perche. Il lève une main vers le ciel, pousse des cris inarticulés; tout son visage exprime tour à tour la joie et la douleur, la crainte et l'espérance.

— Eh bien! qu'avez-vous, mon fils? demanda vivement le comte, qui craignait d'apprendre un malheur. Que signifie tout cela?

— Fermez les fenêtres! continue le naturaliste d'une voix suppliante et brisée de fatigue. Il est dans votre chambre! il vient d'entrer!

— Qui? je ne vois personne, répond le comte en promenant ses yeux autour de lui.

— Fermez les fenêtres, vous dis-je! c'est le plus bel individu de son espèce que j'aie jamais rencontré dans mes chasses! Je monte! je monte!

Et M. de Forestan se précipite vers le perron.

La vicomtesse avait jeté un coup d'œil rapide dans la chambre, et, voyant un papillon qui volait sur les rideaux, elle ferma les croisées.

Le vieillard, comprenant alors de quoi il s'agissait, haussa les épaules et soupira profondément.

A l'instant même la porte s'ouvrit toute grande, et battit le mur avec fracas; le vicomte apparut tout essoufflé, son filet de gaze à la main, puis il s'élança vers le papillon, qui, plus léger que son antagoniste, échappa très habilement à l'échiquier, et vola des rideaux au plafond, du plafond contre une glace placée au dessus de la cheminée. Le vicomte le poursuivit avec acharnement, mais en vain.

— Je t'aurai! tu as beau faire! murmurait-il d'une voix tremblotante; tu es comme les coquettes! il faut te prendre de force! Voyez! voyez! quelles couleurs vives! quelles dimensions colossales! C'est le sphinx du laurier-rose! le roi des sphinx! ou je ne m'y connais pas!

Pendant que le vicomte s'agitait convulsivement et disait mille choses plus ou moins incohérentes, son père demeurait immobile et silencieux, plein de tristesse et de pitié. Madame de Forestan était assise près du comte, et restait plongée dans ses réflexions.

— Enfin! le voilà! s'écria le naturaliste.

Et, ce disant, il donne un vigoureux coup d'échiquier sur la glace et fait tomber de la cheminée un vase magnifique en porcelaine de Chine, qui se brise en mille pièces sur le parquet.

— Vous ne serez donc jamais raisonnable, mon fils! dit froidement le comte. A votre âge, il est temps de le devenir, ce me semble, ou jamais!

Le vicomte se confondit en excuses; mais le sort du vase le touchait fort peu: une seule chose l'occupait, son papillon! Il saisit avec une petite pince de fer le beau sphinx qui voltigeait dans sa prison de gaze; et, quant il l'eut empêché de se débattre, il lui plongea dans son corselet rose une longue épingle qui transperça le malheureux insecte de part en part.

— Magnifique bête! criait-il avec une intonation triomphante, superbe animal! c'est le premier que j'aie vaincu, dompté! Oh! jamais je ne fus plus heureux! Voilà certes le plus beau jour de ma vie! Quel effet splendide il va produire dans ma collection, ce roi des lépidoptères, qui l'emporte autant sur les autres sphinx que la lune sur les astres qui l'entourent! *velut inter ignes luna minores*, comme dit je ne sais plus quel philosophe! Non! non! je ne l'échangerais pas contre le plus gros diamant de la couronne, contre le Régent! Il faut convenir que l'Etre suprême est diablement ingénieux d'avoir créé ces charmantes fleurs vivantes qui voltigent! Qu'il est beau! qu'il est beau, mon sphinx! en vérité, si je n'étais vicomte de Forestan, je voudais être sphinx du laurier-rose!

L'heureux vicomte ne savait plus ce qu'il disait : c'était un véritable délire. Mais, tout en faisant le panégyrique de sa victime éblouissante, il lui serrait la tête si cruellement avec les pinces de fer, que le pauvre sphinx agitait convulsivement ses ailes roses, et frissonnait dans sa douloureuse agonie.

— Quoi ! cet homme est mon fils ! pensait le comte en fronçant le sourcil.

— Etre condamnée à vivre auprès de cet idiot ! murmurait madame de Forestan avec un tressaillement nerveux. Oh ! le mariage ! le mariage ! sotte et misérable prostitution, la plus affreuse de toutes !

VI.

Quelques jours après, deux voitures élégantes, dont l'une était armoriée, arrivèrent presque en même temps à Pornic.

C'est une petite ville située à quelques lieues de Paimbœuf, sur le bord de la mer. Elle est assez mal bâtie, mais fort propre ; tous les ans, chaque maison est badigeonnée à la chaux, et les contrevents peints en vert produisent un effet charmant sur les murailles éblouissantes de blancheur. Pornic est construit sur un banc de rocher dans lequel on a creusé partout des marches inégales, qui ne sont pas très commodes aux piétons, mais elles contribuent à l'effet pittoresque de la ville, qui s'élève d'étage en étage. Le port ne contient guère que des chasse-marée, ou des bateaux-pêcheurs qui reviennent de Noirmoutiers, chargés d'huîtres ou de goëmons qui servent à fumer les terres.

Les environs de Pornic sont assez fertiles ; on trouve çà et là quelques jolies vallées, pleines d'ombre et de verdure, où le vent sec et desséchant de la mer ne pénètre pas. Une longue chaîne de rochers dentelés hérisse la côte et s'étend fort loin dans la baie, où l'on voit incessamment, d'espace en espace, la vague écumer et blanchir contre la pointe des écueils qui défendent beaucoup mieux le rivage des tentatives nocturnes du fraudeur que les corps-de-garde où veillent la nuit comme le jour de malheureux douaniers.

Pornic est, depuis quelques années, très fréquenté des baigneurs et des buveurs d'eau, qui viennent chercher la guérison de leur gastrite dans le mince filet d'une source ferrugineuse, qui tombe à petites gouttes d'un rocher noir et profond. C'est le rendez-vous fashionable de tous les flâneurs et les dandies de Nantes : on y vient de Rennes, de Tours et même d'Orléans ; mais on peut dire que Pornic est principalement le Dieppe des Nantais. Ils se logent à fort bon compte dans l'établissement des bains, qui est une petite Babylone où l'on fait d'excellens dîners, où l'on chante, où l'on danse du matin au soir, au son du piano, quand il se trouve, par hasard, une main capable d'en toucher, ou bien au bruit maussade et discord de la serinette et de l'orgue, quand la société tout entière ne fournit pas un *Thalberg* improvisé.

Il faut avouer que c'est une délicieuse résidence ! Quels magnifiques points de vue ! quels beaux paysages ! et le dimanche soir sur la terrasse plantée d'arbres, quelles charmantes paysannes à l'œil noir et vif, aux belles chevelures coquettement relevées, aux costumes brillans et pittoresques !

Et certes, il faudrait être de bien mauvaise humeur et bien exclusif, pour ne pas convenir que le salon de l'établissement est plein de femmes adorables, dont la plupart, à la vérité, sont anglaises ; de jeunes Anglaises blanches, rêveuses, à la taille svelte et souple.

Les réunions et les bals de Pornic doivent leurs plus aimables fleurs à l'antique Albion, qui n'est pas toujours aussi prude qu'on veut bien le dire.

Les deux équipages, qui faisaient retentir les pavés durs et pointus de la ville, causèrent une espèce de révolution dans les rues ordinairement si paisibles. Les marchandes et les servantes d'auberge accouraient sur le seuil de leur porte en ouvrant de grands yeux effarés.

— C'est madame la Dauphine! murmurait une blanchisseuse en laissant reposer son battoir.

— C'est le ministre de l'intérieur! disait un marchand de sabots.

— Non, c'est l'ambassadeur d'Angleterre, ajoutait un autre. J'ai lu dans le journal de l'établissement qu'il allait venir.

Enfin les conjectures les plus extraordinaires, les exclamations les plus bizarres se croisèrent pendant quelque temps comme un feu d'artifice. Ce ne fut qu'une ou deux heures après, qu'on sut dans toute la ville que la voiture aux panneaux armoriés était celle du vicomte de Forestan, et que l'autre appartenait à M. Adolphe Dernouville, qui venait prendre les bains de mer avec sa jeune femme.

Le soir justement il y avait un bal, et le salon de l'établissement, illuminé tant bien que mal par sept ou huit quinquets et une lampe enfumée, contenait toute la société aristocratique et commerciale, qui se heurtait, s'agitait, se coudoyait, sans pourtant se mêler et se confondre. Les nobles dansaient avec les filles de nobles, les négocians avec les roturières, les Anglaises avec tout le monde indifféremment; et le pianiste, qui ne jouait pas en mesure, s'arrêtait à chaque instant au milieu d'une contredanse pour tirer son mouchoir et prendre sa tabatière.

Le vicomte et la vicomtesse de Forestan étaient dans le salon depuis le commencement du bal: M. Dernouville et sa femme venaient d'arriver; mais, trouvant que la chaleur était accablante au milieu de cette foule, ils se disposaient à sortir, quand ils se trouvèrent tout à coup face à face avec le vicomte et la vicomtesse.

Adolphe, qui ne s'attendait nullement à cette rencontre, ne put s'empêcher de tressaillir. Madame de Forestan l'aborda le plus gracieusement du monde, et joua l'étonnement de le rencontrer à Pornic.

— Comment! vous ici, monsieur Dernouville? mais par quel hasard, mon Dieu! Que je suis surprise et charmée de vous voir! Je croyais être à peu près la seule personne qui sût qu'il y avait en France un rocher appelé Pornic. Je m'imaginais que vous étiez en Italie depuis un grand mois.

— En effet, madame, répondit Adolphe, qui parvint à dissimuler son trouble, je devrais être à Rome depuis long-temps; mais des affaires imprévues ont retardé mon voyage. J'ai une partie de ma famille à Nantes, et j'étais venu...

— Ah! vous avez des parens à Nantes? interrompit la vicomtesse avec un air d'étonnement. Je ne le savais pas.

— Oui, des parens de ma femme, répondit Adolphe en hésitant.

— Ah! fit la vicomtesse avec un sourire qui voulait être gracieux, mais où perçait un peu de sarcasme. Puis elle reporta les yeux sur madame Dernouville, qui demeurait silencieuse, et la salua avec beaucoup d'aménité.

On s'assit dans un coin du salon, à distance respectueuse des valseurs qui entraînaient tout sur leur passage; et l'on causa quelque temps de Pornic, des bains de mer, de la beauté du temps, et d'une foule de choses aussi insignifiantes, pour empêcher la conversation de s'éteindre à tout moment.

La vicomtesse fit beaucoup d'avances à madame Dernouville; elle lui dit qu'elle était ravie de la connaître, et qu'elle espérait bien que leur liaison ne se bornerait pas à quelques jours passés ensemble dans une petite ville de province, où l'on se recherche la plupart du temps par oisiveté et désœuvrement. Cependant les regards de la vicomtesse ne se détachaient pas de madame Dernouville, qu'elle toisait des pieds à la tête avec un mélange de curiosité et de dépit qu'elle savait habilement cacher sous les formes les plus aimables.

— Elle est jolie, pensait-elle douloureusement. Dix-huit ans à peine! ah!

Le vicomte de Forestan déploya tous ses trésors de galanterie pour madame Dernouville, qu'il combla de complimens ridicules, et compara, pour la fraîcheur et l'éclat des couleurs, au sphinx du laurier-rose qu'il avait pris une huitaine de jours auparavant. Il félicita aussi très pompeusement son jeune ami Dernouville, comme il l'appelait, d'avoir fait un si admirable choix.

— Mon bon, mon jeune ami, disait-il en lui serrant la main avec effusion, voyez-vous, je m'y connais. Voici une femme qui vous rendra le plus heureux des mortels! Elle vaut peut-être la mienne, ajoutait-il à voix basse. Oui, sous le rapport du cœur et de la vertu, elle est digne d'entrer en concurrence avec madame la vicomtesse de Forestan. Oh! comme vous avez bien fait de vous marier, jeune homme. Le mariage, voyez-vous, c'est comme une fraîche et ravissante oasis dans le désert aride et sablonneux de la vie. C'est le nectar pour nos lèvres desséchées par les plaisirs fiévreux de la jeunesse. Tel le papillon, qui sort vainqueur de sa noire chrysalide, vole à tire d'ailes vers les fleurs embaumées pour se désaltérer dans leurs calices!

Et le vicomte aurait continué long-temps encore ses comparaisons empruntées à l'histoire naturelle, si madame de Forestan ne l'eût assez vivement interrompu, en lui disant avec un sourire aigre-doux qu'il était décidément insupportable.

Le vicomte avait un faible pour Dernouville, en qui toujours il avait cru reconnaître un homme capable d'apprécier une collection d'insectes. A vrai dire, Adolphe faisait parfois preuve d'une patience angélique en écoutant les interminables bavardages du naturaliste, qui lui racontait ses chasses aux papillons, sans lui faire grâce du moindre détail. Peut-être n'est-il pas très exact de dire qu'Adolphe écoutait ces longues fadaises; mais il avait l'air au moins d'écouter fort religieusement, et baissait à chaque instant la tête en signe d'assentiment ou d'admiration. Adolphe, bien qu'il fût le moins roué des hommes, l'était cependant assez pour savoir qu'il faut d'abord plaire au mari quand on veut courtiser la femme; et le simple et candide vicomte n'avait pas tardé à le prendre en grande affection.

La vicomtesse de Forestan, malgré toute son amabilité et ses prévenances, fut loin de plaire ce jour-là à madame Dernouville: celle-ci éprouvait pour elle une antipathie inconcevable, et, le soir, après le bal, elle dit à son mari qui lui parlait de la vicomtesse avec beaucoup d'éloges: — Non, vois-tu, Adolphe, je sens que je n'aimerai jamais cette femme-là.

— Tu as tort, Amélie, répliqua chaleureusement Dernouville. C'est une femme très supérieure, pleine d'esprit et de nobles sentimens. Je suis convaincu que tu ne tarderas pas à l'apprécier comme elle le mérite.

— Je ne sais, Adolphe; mais je t'avoue qu'elle m'inspire une espèce de répulsion indéfinissable que j'aurai beaucoup de peine à surmonter. Je n'aime pas madame de Forestan, et je suis certaine qu'elle ne m'aime pas non plus.

— En vérité, Amélie, tu es d'une injustice impardonnable. Bien loin de partager ton étrange prévention, elle t'aime déjà et tu lui plais singulièrement. Elle me l'a dit à l'oreille... Oh! tu ne peux t'imaginer tout le bien qu'elle m'a dit de toi.

Il se passa plusieurs jours pendant lesquels la vicomtesse de Forestan sembla redoubler encore d'attentions et d'amitié pour madame Dernouville, qui, craignant d'être ingrate, fit tous ses efforts pour vaincre son antipathie. Enfin Amélie revint peu à peu de ses préventions, et finit par les trouver souverainement injustes.

Madame de Forestan était si bonne, si obligeante. Elle paraissait avoir tant de franchise et de chaleur d'âme!

Elles ne tardèrent pas à se lier intimement, comme deux sœurs, malgré la différence de leur âge, et bientôt elles ne se quittèrent plus. Elles se faisaient mille confidences, mille protestations de tendresse et de dévoûment.

Le vicomte surtout semblait enchanté de madame Dernouville; il était pour elle d'une galanterie vraiment chevaleresque. Tous les matins, il venait lui présenter un bouquet superbe, au milieu duquel se trouvait posé comme par enchantement un papillon qui se débattait sur une fleur. Mais Amélie désapprouvait fort la cruauté de l'impassible naturaliste, qui fixait avec une épingle la pauvre bête à une fleur qu'elle ne songeait guère à sucer.

Auprès de l'établissement des bains s'élève une vieille tour crénelée du IXe siècle qui appartenait jadis au célèbre Barbe-Bleue, et dans laquelle se passa probablement plus d'une tragédie sanglante. Madame de Forestan, qui cherchait tous les moyens d'éloigner son mari et de lui rendre cependant le séjour de Pornic assez agréable, lui fit croire qu'elle avait aperçu d'énormes phalènes rougeâtres dans les touffes de lierre et de fleurs grimpantes qui tapissent les murs crevassés de cette tour; et le crédule vicomte, plein d'espoir et d'ardeur, se mit à faire sentinelle deux ou trois jours de suite avec son échiquier, près de cette noble ruine, qu'il n'était guère en état d'apprécier sous le rapport historique, et qu'il considérait absolument comme un tas de vieilles pierres où se cachaient les phalènes et les chauves-souris. Mais il eut beau secouer les rideaux de lierre et introduire le manche de son échiquier dans les fentes de la tour, il n'en fit sortir qu'une demi-douzaine de lézards qu'il prit dans sa terreur pour des aspics et des scorpions. Il abandonna donc l'ancien domaine de Barbe-Bleue, et dirigea ses courses aventureuses le long de la mer, au milieu des rochers que le reflux laissait à découvert. Le brave homme se flattait de rencontrer enfin le grand papillon aux ailes de vautour, que lui avait décrit si fastueusement la vicomtesse.

Aussi le vicomte se mettait-il en route de grand matin avec son arsenal de boîtes, de pelotes et de filets. Il marchait des heures entières sous l'ardeur d'un soleil de plomb, au risque de gagner une fièvre cérébrale; et tout ce courage, toutes ces fatigues dignes de récompenses, ne lui servaient pas à grand'chose. Il revenait presque toujours avec un ou deux papillons assez communs qu'il méprisait profondément, et qu'il attrapait uniquement pour ne pas rentrer à vide; comme un chasseur qui, après avoir battu la plaine toute la journée, décharge son fusil en rentrant sur le premier moineau qu'il aperçoit.

Mais ce n'était pas seulement un instinct d'amour-propre et de gloriole qui engageait le vicomte à poursuivre ces obscures enfans de l'air, indignes presque tous de figurer dans un coin de sa collection, à cause de leur ignoble origine et de leurs ailes déchiquetées par le vent âpre de la mer et les pointes de rochers; il déployait toute son adresse et ses ruses pour se rendre maître de ces misérables papillons, afin de s'entretenir la main et de ne pas se rouiller. Alors, il s'imposait les plus grandes difficultés pour triompher noblement du lépidoptère; et, dédaignant de le prendre à l'aide de son filet de gaze, il attendait que l'insecte fût posé quelque part, pour le saisir adroitement par les antennes, par la tête, ou bien d'une rafle, d'un coup de main rapide, comme on prend une mouche.

Pendant que l'infatigable vicomte parcourait tous les environs de Pornic, et menait l'existence la plus laborieuse qu'on puisse imaginer, madame de Forestan, Dernouville et sa femme ne se quittaient pas un moment; ils allaient ensemble se promener dans les bois et dans les vallées ombreuses ; ils naviguaient sur une barque de pêcheur, ou se baignaient dans une anse délicieuse, environnée de rochers pittoresques. Ils étaient devenus inséparables.

La vicomtesse trouvait toujours un prétexte excellent pour se débarrasser de son mari : tantôt elle avait aperçu dans les vignes un sphinx à tête de mort, tantôt un grand sylvain, un sphinx du troëne, et M. de Forestan courait tout de suite à l'endroit indiqué, absolument comme un avare qui entend parler d'argent caché.

Une fois pourtant, fatigué de ses chasses infructueuses et solitaires, il voulut à toute force accompagner les trois inséparables à l'île de Noirmoutiers. Sa femme eut beau lui représenter les inconvéniens d'un pareil voyage et lui faire une peinture épouvantable du mal de mer, il tint bon et ne voulut pas en démordre.

Le ciel était magnifique, mais la vague, soulevée par une assez forte brise, imprimait à l'embarcation un balancement très prononcé : le vicomte, en mettant le pied sur le bateau, sentit son cœur défaillir et fut près de renoncer à sa téméraire entreprise ; mais une fausse honte, un respect humain qui ne lui était pas ordinaire, l'empêcha de suivre les conseils de la prudence et de la peur.

On mit à la voile.

Mais à peine fut-on à cinquante pas de la côte, que le vicomte devint pâle comme un mort, et fut pris d'un tremblement nerveux. Ses yeux roulant dans leur orbite ne distinguaient plus les objets, une salive abondante et limpide affluait à ses lèvres blafardes. Cependant il lutte quelque temps contre la douleur avec un courage vraiment stoïque, mais enfin, vaincu par la souffrance et se croyant sérieusement à l'article de la mort, il conjure le pilote de le ramener au rivage ; et, comme le vent et la marée étaient contraires à cette manœuvre, il fallut courir bordées sur bordées avant de regagner la terre et de pouvoir débarquer.

Quand le vicomte eut mis le pied sur le sable, il tomba sans force, comme un oiseau de passage qui ne peut plus se soutenir, et l'infortuné demeura toute la journée dans son lit ; il se leva le lendemain avec une migraine effroyable.

Néanmoins, *la pérégrination* maritime se fit malgré la mésaventure du vicomte, et la traversée fut délicieuse. On parla de mille et mille choses intimes qui devaient nécessairement rendre plus étroite encore l'amitié réciproque de ces trois personnes. La vicomtesse et madame Dernouville étaient folles l'une de l'autre ; elles riaient, elles s'embrassaient : leurs caresses avaient quelque chose de délirant : et le soir, quand Amélie fut rentrée dans sa chambre, elle ne put s'empêcher d'avouer à son mari qu'elle reconnaissait maintenant combien elle avait été injuste envers madame de Forestan.

— Oui, Adolphe, je pense absolument comme toi ! disait-elle avec chaleur. Il est impossible de trouver une femme plus dévouée, plus charmante. Tu ne peux t'imaginer à quel point cette bonne vicomtesse me plaît.

— Je savais bien que tu ne tarderais pas à l'aimer, ma petite Amélie, répondit joyeusement Adolphe en l'embrassant avec effusion. Plus tu la connaîtras, et plus tu seras enchantée de son caractère, de son esprit, de ses manières affables et distinguées. Franchement, je ne crois pas qu'il existe une femme plus accomplie que la vicomtesse de Forestan !... Elle te vaut presque, mon ange, continua-t-il avec une inflexion caressante qui n'était pas exactement l'expression de sa pensée.

Amélie le remercia par un baiser plein de tendresse et de mignardise, qui pénétra moins avant qu'à l'ordinaire dans le cœur brûlant d'Adolphe Dernouville.

VII.

Un jour, la vicomtesse reçut une lettre de son beau-père, ainsi conçue :

« Madame, votre fille vient de m'écrire. Cette pauvre enfant me brise le cœur. Elle est la plus malheureuse des créatures. Sa santé s'altère; elle est au désespoir et me conjure de la retirer de son couvent. Décidément, madame, je n'attendrai pas jusqu'aux vacances. Je vais envoyer à Paris une personne respectable en qui j'ai toute confiance; cette personne me ramènera ma petite-fille, et je la garderai auprès de moi jusqu'à ce que vous soyez de retour à Paris. J'espère que vous ne tarderez pas à revenir.

» Vous êtes mère, et votre devoir est de vous occuper de votre fille. »

Cette lettre, passablement sèche et fort peu paternelle, contraria beaucoup madame de Forestan, et la plongea dans une grande perplexité. Elle connaissait parfaitement le caractère du vieux comte; impérieux et sévère, il ne souffrait pas de réplique, quand il avait dit une chose; et la vicomtesse ne pouvait se dissimuler qu'une lettre semblable équivalait à l'ordre de repartir immédiatement pour Paris.

Cependant elle n'était pas lasse encore du séjour de Pornic, bien au contraire; chaque jour elle s'y plaisait davantage, et donnait pour raison que les bains de mer lui faisaient le plus grand bien. Elle aurait voulu pouvoir rester encore un mois dans cette agréable retraite où l'on respire un si bon air, si pur, si délicieusement imprégné de sel marin.

La vicomtesse se garda bien de communiquer la lettre du comte à M. de Forestan, qui aimait prodigieusement sa fille, autant qu'il pouvait aimer toutefois; et pendant quelques jours elle fut assez triste et réfléchit à la résolution qu'elle devait prendre.

Un jour, le vicomte se leva de fort bonne heure, et, s'étant armé de son filet et de ses pinces, il remplit sa pelote d'épingles de toute grandeur, comme s'il eût dû faire une chasse très abondante, et se dirigea du côté de la mer, à travers les bancs de rochers que le reflux avait laissés à sec, il avait la tête encore bouillonnante d'un rêve magnifique qui l'avait émerveillé toute la nuit; jamais il n'avait eu de songe pareil : c'étaient des myriades éblouissantes de papillons rouges comme la pourpre, bleus comme le ciel, verts comme les pelouses! Il rêvait que toute la côte était resplendissante de ces brillans météores ailés, qu'ils sortaient par flocons du creux des rochers et s'engloutissaient d'eux-mêmes dans le sein diaphane de son échiquier.

Aussi, tout plein de ces riches fantasmagories, il brûlait de tenter encore une fois la fortune, et ne pouvait s'empêcher de croire qu'un songe pareil devait être un avertissement, un heureux présage qui pouvait très bien se réaliser.

Le vicomte ne reparut pas de la journée : on l'attendit jusqu'à sept heures pour se mettre à table, et jusque-là son absence ne parut pas trop extraordinaire. Il ne rentrait souvent qu'au moment du dîner.

Mais huit heures sonnèrent, et le vicomte ne revenait pas. Le jour tombait sensiblement, et l'on n'apercevait plus au couchant qu'une grande lueur rouge dans la mer, dont les couleurs vives et tranchées s'effaçaient peu à peu.

Alors on s'étonna sérieusement de ne pas voir rentrer le vicomte. C'était la première fois qu'il eût laissé passer l'heure du dîner. L'étonnement fit bientôt place à l'inquiétude; madame Dernouville, qui avait beaucoup d'amitié pour l'excellent vicomte, paraissait très alarmée; Adolphe n'était pas rassuré non plus, et madame de Forestan, pour les formes et la décence, témoignait une anxiété des plus vives.

Quand la nuit fut tout à fait venue, Adolphe crut nécessaire d'aller à la recherche du vicomte avec plusieurs domestiques portant des lanternes allumées. On savait que M. de Forestan s'était dirigé vers la mer, et ce fut de ce côté que les investigations se portèrent.

On appelait le marquis de Forestan à pleine gorge, à tue-tête : Adolphe ne pouvait presque plus parler à force de crier au milieu du bruit des vagues qui battaient la côte : c'était jour de grande marée, et la mer devait monter prodigieusement.

Enfin, après une heure de marche inutile, ils se disposaient à changer de direction, quand des cris plaintifs se firent entendre.

Adolphe appela de nouveau, secondé par les poumons de trois domestiques, mais aucune voix ne répondit. Il crut s'être trompé et n'avoir entendu que les cris d'une mouette ou le bruit du vent ; puis, après avoir quelque temps prêté l'oreille, ne distinguant aucune plainte humaine, il continua sa route.

Mais tout à coup des hurlemens de douleur et d'épouvante retentissent plus haut que le bruit des vagues. Il écoute : c'est une voix; cette voix, il croit la reconnaître !

Alors on fait halte ; on s'avance de rocher en rocher jusqu'au bord de la mer, et, à la lueur des lanternes qui projettent leur rougeur tremblante sur les flots, on aperçoit une espèce de fantôme, ou plutôt rien qu'une tête sur une pointe de roc, au milieu des vagues. A chaque lame, on dirait que cette éminence s'abaisse à vue d'œil et va disparaître dans quelques instans.

— Au secours ! s'écriait le vicomte d'une voix lamentable et cassée, au secours !

Le danger était pressant ; mais personne n'osait aller secourir le pauvre insulaire; car l'eau était profonde, et les lames se brisaient avec force contre l'écueil tout blanchissant d'écume. Les gardes-côte accoururent au bruit ; mais aucun d'eux n'était bon nageur, et tout ce qu'ils purent faire pour l'infortuné vicomte, ce fut d'assurer qu'on retrouverait son corps sur la grève à la marée basse, mais probablement en assez mauvais état, car toute cette partie de la plage était hérissée de rocs pointus et déchirans, qui mettaient en lambeaux les corps des naufragés.

Le vicomte poussait toujours des lamentations douloureuses et suppliantes.

Adolphe n'hésita pas ; il était brave, robuste, assez fort nageur, et sa résolution fut prise en un instant. Il s'élança dans la mer, fendit vigoureusement la vague, et gagna, non sans d'horribles difficultés, le banc de schiste au sommet duquel était perché le vicomte, appuyé sur le manche de son échiquier, dont le réseau de gaze flottait au souffle du vent, comme l'extrémité d'un mât de navire qui vient de sombrer.

Le pauvre diable se dressait convulsivement sur la pointe des pieds, et sentait l'eau qui venait lui baigner le menton; il rejetait continuellement sa tête en arrière, pour ne pas savourer l'amertume du flot qui montait toujours.

Par bonheur, il avait trouvé le moyen de s'adosser contre un pan de rocher, plein d'aspérités et de crevasses, auxquelles il se cramponnait d'une main désespérée, pour ne pas être emporté à tout moment par les assauts furieux des lames.

— N'ayez pas peur, vicomte ! dit Adolphe en approchant de lui : tenez ferme ! D'ailleurs, je vais vous aider à vous soutenir pendant que vos gens vont chercher du secours.

— Ah ! mon sauveur ! mon libérateur ! mon ange tutélaire ! criait le vicomte en pleurant à chaudes larmes. Soyez béni !... Ah ! toute ma fortune ! tous mes papillons sont à vous !... Je vous les donne !...

Il en aurait dit bien davantage dans l'effusion de la reconnaissance et de la peur, quand un marsouin vint bondir à côté de lui, et le couvrit d'eau salée.

— Aïe ! un requin ! vociféra le vicomte, qui n'avait plus une goutte de sang dans les veines ; et la terreur paralysa tellement tous ses membres, qu'il fût certainement tombé la figure en avant dans la mer, si M. Dernouville ne l'eût soutenu à deux mains, et ne l'eût remis en équilibre sur la pointe du rocher.

Enfin on apporta des cordes, qu'on eut beaucoup de peine à lancer jusqu'à Dernouville, car le flot les écartait toujours. Adolphe attacha le vicomte par le milieu du corps, et le soutint sur l'eau en nageant à côté de lui, tandis que les domestiques et les douaniers tiraient la corde du rivage.

M. de Forestan s'évanouit en arrivant sur le sable. Il était glacé jusqu'aux os. On le rapporta chez lui sans connaissance, et une fièvre terrible le saisit. Il demeura plusieurs jours entre la vie et la mort.

Or, voici le motif qui avait relégué le vicomte sur le haut d'un rocher, au milieu d'une mer bondissante et courroucée.

Dans ses explorations aventureuses le long de la côte, il avait aperçu quelque chose d'étrange, quelque chose de brillant au soleil, voler en tournoyant, et s'abattre sur l'extrémité d'un roc assez élevé, que le flot semblait avoir abandonné depuis plusieurs heures, et qui n'était plus environné à sa base que de larges flaques d'eau peu profondes, au milieu desquelles barbottaient les crabes, comme de larges araignées.

Le vicomte, en voyant quelque chose voler, crut tout naturellement que ce devait être un papillon, car c'était là son idée fixe, son dada, son califourchon, comme disait l'excellent M. Tristram Shandy.

— La belle créature ! murmura-t-il en frémissant de joie. Il est grand comme une hirondelle de mer ! Il est gigantesque. C'est probablement quelque lépidoptère aquatique, quelque *vespertilio* du Nouveau-Monde, qui vient de traverser l'Atlantique, et qui tombe épuisé, comme ces grives qui se laissent prendre à la main. Oui, parbleu ! c'est un phalène américain, de la grandissime espèce encore ! C'est le fameux papillon dont madame la comtesse de Forestan m'a fait une si pompeuse description.

Le vicomte avait le jugement très court, mais la vue plus courte encore ; et comme, à l'aide de ses lunettes, il croyait distinguer toujours l'objet mystérieux qu'il avait vu s'abattre à tire d'ailes sur l'éminence calcaire, il dressa immédiatement dans sa pauvre cervelle son plan d'attaque, et dit à son cœur bondissant de se calmer un peu.

— Il est endormi, pensait-il, car il ne remue pas seulement le bout des ailes. C'est un de ces lourds phalènes qui se laissent prendre comme des imbéciles pendant le jour, et qui ne recouvrent leurs facultés, leur souplesse et leur intelligence qu'à l'heure du crépuscule, quand tout s'endort dans la nature, excepté eux. La magnifique proie !

Tout en faisant ces réflexions passablement académiques, il se mit en devoir de gravir le rocher, mais ce n'était pas une entreprise facile et sans danger. Partout se hérissaient des pointes aiguës et coupantes comme des lames de canif, comme ces fragmens de verres et de bouteilles qu'on a soin de planter sur le pignon des murs pour les protéger contre les escalades nocturnes.

Il s'écorcha les mains et le visage, perdit ses lunettes et ne put jamais les retrouver.

Enfin, après des efforts inouis, il parvint, tout couvert de sang et d'égratignures, jusqu'au faîte de ce roc dentelé qu'il avait cru beaucoup moins haut et bien plus facile à gravir ; mais quel fut son amer désappointement et sa poignante douleur, quand il vit que le prétendu phalène d'Amérique n'était rien qu'une large feuille sèche apportée par le vent...

Il maudit le ciel et blasphéma dans sa fureur ; lui qui d'ordinaire n'employait que trois juremens assez innocens : — *Parbleu ! morbleu !* et *sac à papier !* — il viola d'une voix très énergique, et à plusieurs reprises, le commandement de Dieu qui nous défend de jurer en vain le nom du Seigneur et *autre chose pareillement.*

Lorsqu'il eut un peu soulagé sa colère contre le ciel et les papillons, et la ville de Pornic, et ses lunettes, et l'opticien qui les lui avait vendues, il ne vit rien de mieux à faire que de quitter au plus vite ce poste élevé, mais inutile et périlleux.

— Par exemple, marmottait-il en cherchant le meilleur côté pour descendre et regagner la terre ferme, par exemple, si l'on m'y prend une autre fois ! .. Je suis bien simple aussi de m'en rapporter aux apparences ! à l'avenir, je me défierai des illusions, et je ne prendrai plus des vessies pour des phalènes !

Mais la descente présentait beaucoup plus d'obstacles qu'il n'aurait jamais pensé. Il ne posait le pied qu'en tremblant sur des saillies de rocher qu'il croyait solides et qui se broyaient comme du verre. Il avait beau se courber en deux pour tâcher d'apercevoir les fentes où il pourrait introduire le bout de sa chaussure, il ne distinguait rien, et ses pauvres yeux myopes, privés de lunettes, avaient d'étranges hallucinations qui auraient pu lui devenir fatales. Il prenait souvent pour un fragment de schiste une ombre sur laquelle il plaçait avec confiance le manche de son échiquier, et plusieurs fois il avait failli perdre l'équilibre et tomber de trente pieds de hauteur, la tête la première, sur des aiguilles de roches piquantes qui l'auraient mis en pièces.

— Au moins, si j'avais mes lunettes! disait-il douloureusement en clignant ses petits yeux gris et ternes pour concentrer les rayons visuels et voir un peu plus distinctement. Je suis frappé de malheur... oh! oui, d'une horrible fatalité !

Il fit pour descendre plusieurs autres tentatives désespérées qui n'amenèrent aucun résultat satisfaisant ; alors, comprenant bien qu'il ne parviendrait jamais sain et sauf au bas de cette infernale citadelle, il promena des regards effarés autour de lui pour implorer l'assistance des passans. Mais il ne vit personne.

Il s'assit mélancoliquement sur un banc qui n'était pas des plus moelleux ; et, stoïque comme un philosophe de l'ancienne Grèce, il réfléchit que chaque homme ici-bas a ses tribulations, ses chagrins, ses poires d'angoisse. D'ailleurs, il espérait qu'un garde-côte l'apercevrait peut-être et viendrait le secourir ; mais l'heure s'écoulait, la grève était déserte, le jour commençait à baisser et le *jusant* à se faire sentir.

Le vicomte agitait son échiquier en signe de détresse, et jetait des cris supplians ; mais il ne venait personne et la mer montait continuellement. Peu à peu elle gagna la base du rocher et s'éleva en quelques heures d'une manière prodigieuse. Le vicomte se rappelait avec terreur que c'était pleine lune, et qu'un pêcheur lui avait dit le matin même qu'on était dans le *gros de l'eau.*

Cette idée n'abandonna plus le pauvre naturaliste, qui frissonnait depuis la plante des pieds jusqu'à l'extrémité des cheveux. Il voyait toujours monter la vague, et calculait avec épouvante que dans une heure et demie, *montre en main*, il aurait de l'eau jusqu'à la bouche !

En proie à la plus cruelle angoisse qu'on puisse imaginer, il voulut descendre à tout prix et quitter au plus tôt ce dangereux endroit, dût-il se casser une jambe en tombant ; et déjà il avait réussi, à force de persévérance et d'incroyables fatigues, à descendre quelques pouces du rocher, quand par bonheur il songea que la plage était rapide, pleine d'inégalités et de trous, que bien certainement il ne trouverait plus pied, et qu'il ne pouvait pas manquer de se noyer.

Il regagna donc avec de nouveaux efforts et de nouvelles tortures le faîte libérateur qui lui présentait encore peut-être quelques chances de salut. Il attendit près de six heures dans la plus horrible anxiété. Le fameux taureau de Sicile n'était pas un supplice comparable à celui-là; *Phalaris* aujourd'hui se pendrait de ne l'avoir pas inventé.

Mais le ciel veillait sans doute sur les jours de l'innocent vicomte. Au moment où le nouveau Robinson Crusoé recommandait son âme et ses boîtes de papillons à tous les saints du paradis, Adolphe Dernouville entendit la voix gémissante de son respectable ami, et vint le sauver pour le malheur des phalènes et des sphinx, non moins inoffensifs que le vicomte, dont la seule arme meurtrière était l'épingle.

VIII.

La maladie du vicomte de Forestan, bien qu'assez dangereuse, ne fut pas de longue durée; il se rétablit promptement, et dès lors, le plus ardent de ses vœux fut de quitter à tout jamais Pornic, et de ne plus sortir d'un rayon de trente ou quarante lieues autour de la capitale.

Il avait une fort belle maison de campagne à quelque distance d'Orléans, dans laquelle il passait habituellement une partie de l'année avec sa femme. Cette maison était une ancienne résidence seigneuriale, et sur la façade se trouvaient encore un écusson de pierre et des armoiries. Elle était environnée d'un parc magnifique et de grandes pelouses, à travers lesquelles serpentait une rivière profonde et limpide qui allait se jeter un peu plus loin dans un bras du Loiret. M. de Forestan aurait voulu demeurer l'hiver comme l'été dans sa maison de campagne, mais sa femme détestait la solitude et la vie de province; elle ne se plaisait qu'à Paris, dans le tourbillon des bals, des spectacles, et elle préférait de beaucoup le bois de Boulogne à toutes les richesses d'une nature sauvage et pittoresque. Elle n'aurait jamais consenti à rester plus de trois jours dans son château, et s'y ennuyait mortellement en tête-à-tête avec le vicomte, et dans la compagnie de quelques gentillâtres de province insupportables et stupides.

Dès que M. de Forestan fut en état de marcher seul et de sortir, il témoigna l'intention de se mettre immédiatement en route et de retourner à son château de Morlinière; il avait pris en horreur la ville de Pornic, les rochers et la mer, et leur vouait une haine éternelle.

La vicomtesse, qui était fort loin de partager l'antipathie, bien juste d'ailleurs, de son noble époux, fit tout ce qu'elle put pour le faire changer de résolution : mais il demeura inébranlable. Madame de Forestan s'étonna d'une pareille obstination : c'était la première fois que le chef de la communauté déployait un véritable caractère, et ne voulait pas céder aux raisons bonnes ou mauvaises.

Elle était désolée de partir si tôt, non qu'elle regrettât bien vivement les charmes de Pornic et les bains de mer, auxquels elle n'avait jamais trouvé grand plaisir, mais elle allait se séparer, pour long-temps peut-être, de M. Dernouville et de sa jeune et charmante femme qu'elle semblait aimer d'une tendresse toute particulière.

— Il faut avouer, monsieur, dit-elle en se mordant les lèvres de dépit, que vous êtes d'une exigence intolérable... j'ajouterai même d'une tyrannie qui n'a pas d'exemple!... Vous voyez que les bains de mer me font un bien extrême, que je me porte à merveille depuis notre arrivée à Pornic, et vous êtes déjà pressé de vous en aller!... c'est d'un égoïsme!... Attendez au moins une semaine encore!...

— Non, madame la vicomtesse, pas seulement deux jours de plus, répliqua le vicomte avec énergie, en s'étonnant lui-même d'être si ferme et si despote en présence d'une femme qu'il craignait habituellement. Je veux fuir au plus tôt ce misérable pays qui a failli devenir mon sépulcre!... cette contrée aride et sablonneuse qui ne produit rien d'intéressant pour l'histoire naturelle, et qui me serait fatale tôt ou tard! C'en est fait... je renonce à l'Océan, à cet élément perfide et mobile qui est comme le peuple, comme l'ignoble peuple, qui ne veut jamais rester en place! Je vous jure que c'est bien la dernière fois que mon pied foulera cette abominable contrée inhospitalière, ces landes nues et désertes où l'on ne trouve pas un seul papillon qui ait le sens commun! Non, madame, je l'affirme! vous m'avez entraîné dans la plus effroyable erreur qu'on puisse concevoir!... Vous me faisiez un portrait merveilleux d'un certain phalène aquatique, qui n'existe que dans vos rêves! Je vous le répète! foi de gentilhomme, je n'ai rencontré dans mes chasses vagabondes que de vils lépidoptères de l'extraction la plus basse! de ridicules papillons blancs, dont la chenille rampe honteusement sur les feuilles du chou!... du chou, le plus vulgaire, le plus trivial, le plus plébéien des légumes! Oui, madame, voilà tout le gibier que j'ai abattu dans mes chasses!... Joignez à cela trois ou quatre *vulcains*, aux ailes déchirées, un *gamma* dit *Robert-le-Diable*, un *moro-sphinx* dans un état pitoyable, qui n'avait plus que trois pattes et une antenne, une *écaille martre ou hérissonne*, si pâle, si déchiquetée, si atroce, que je l'ai écrasée dans mon indignation! N'est-il pas vrai que c'est une belle chasse, une chasse royale!... Oh! partons, madame! partons! je donnerais beaucoup pour être déjà à cinquante lieues de cette maudite Bretagne!

Pendant que M. de Forestan débitait cette tirade juvénalesque et blasphémait de toute sa force contre Pornic, la mer, le flux et le reflux, la vicomtesse, qui ne l'écoutait pas le moins du monde, pensait aux moyens qu'elle pourrait employer pour le retenir encore, ne fût-ce que huit ou quinze jours de plus. Elle comprit que M. de Forestan n'était pas dans son humeur habituelle, et que la maladie avait considérablement exalté son cerveau et développé son autorité maritale; elle employa donc tour à tour les prières, la douceur et la colère, pour vaincre l'entêtement du naturaliste, qui ne pouvait oublier le cruel bain d'eau salée qu'il avait souffert durant six heures consécutives.

Elle lui dit que la société de madame Dernouville serait seule un motif suffisant et légitime pour prolonger d'une semaine leur séjour à Pornic; qu'il était impossible de rencontrer jamais une plus aimable femme, une plus précieuse connaissance, et que lui, le vicomte de Forestan, était particulièrement un ingrat, un homme fantasque et bizarre, de répondre si mal à tous les témoignages d'estime et d'affection qu'il ne cessait d'en recevoir.

— Songez donc, continua-t-elle avec une inflexion plus mielleuse, que les vrais amis sont rares et qu'il ne faut pas les dédaigner. Non seulement madame Dernouville a pour vous une amitié singulière, M. Adolphe vous aime aussi de toute son âme; et vous m'avouerez qu'il serait bien cruel de rompre une liaison si agréable, qui ne fait que de commencer, et que douze ou quinze jours d'intimité rendraient encore plus solide et plus inaltérable. Vous savez que M. et madame Dernouville ne restent si longtemps à Pornic que pour être avec nous; ils doivent voyager en Provence et peut-être en Italie; et qui sait quand nous les reverrons? Je suis sûre que si nous les quittons, ils nous en voudront beaucoup; oh! certes, ils nous le pardonneront difficilement.

— Bah! bah! répondit le vicomte, il y a manière d'arranger les choses et de tout concilier. Certainement madame Dernouville est adorable, son jeune époux est un délicieux ami, et leur présence suffirait pour embellir des lieux encore plus maltraités de la nature. Madame Dernouville est un sphinx de la vigne pour le coloris et la fraîcheur de ses joues roses; sa taille svelte et fine vaut la taille d'une demoiselle (je parle de l'insecte), elle a presque l'agilité d'un sphinx du tithymale, qui ne le cède à qui que ce soit pour la grâce et l'élégance! Je ne disconviens pas du mérite de la jeune Amélie: au contraire, je voudrais avoir cent voix et cent bouches pour célébrer ses louanges! D'ailleurs, c'est une demoiselle de Baumare, une femme de race ; un sang noble coule dans ses veines ! tout cela est positif ! Ainsi donc, au lieu de vouloir briser une liaison qui s'est formée sous de si heureux auspices, et qui me promet tant de bonheur, je veux la rendre plus étroite ! Je veux employer tout mon crédit, tout le vôtre, jusqu'à l'humble langage de la prière pour obtenir de ce jeune couple, si intéressant sous mille rapports, qu'il abandonne avec nous ce détestable pays, et vienne passer la belle saison dans une partie de la terre plus favorisée de Pomone, de Flore et des zéphyrs, où l'on n'a pas à craindre de mourir abandonné sur un rocher désert au milieu des ondes, comme un véritable Crusoé !... où surtout l'on ne prend pas les feuilles mortes pour des phalènes !

M. de Forestan, qui n'avait pas repris haleine une seule fois pendant sa longue période ampoulée, ouvrit une bouche aussi large que celle qu'il ouvrait pour appeler du secours sur la pointe de son rocher. Il fut saisi d'un violent accès de toux qui dura presque un quart d'heure, et qui ne céda qu'à la vertu des pâtes de jujube et de *Regnault*, laquelle est, soit dit en passant, la plus détestable médecine qu'on ait inventée depuis Esculape.

Madame de Forestan eut beaucoup de peine à dissimuler la joie que lui avaient causée les dernières paroles de son mari ; elle était ravie de partir, pourvu que ce fût en compagnie d'Adolphe et de sa femme. Mais ce bonheur, elle n'eût certes pas osé y prétendre, sans l'offre bénévole et gratuite du vicomte. Elle eut donc bien soin de cacher l'agréable émotion qu'elle venait de ressentir, et lui dit assez froidement qu'elle se conformerait à ses caprices, et ne lui résisterait pas, comme elle le devrait peut-être, de peur de lui donner un nouvel accès de toux et de le faire retomber malade.

Le soir même, M. de Forestan engagea M. et madame Dernouville à venir passer un mois ou deux à son château. Ils acceptèrent avec reconnaissance, et la vicomtesse ne dormit pas de la nuit, tant son imagination bouillonnait. Mais Adolphe ne voulait pas se mettre en route en même temps que ses amis, et, ne croyant devoir confier à personne la raison qui l'empêchait de partir avec eux, il inventa un prétexte assez frivole pour demeurer quelques jours encore à Pornic, et dit qu'il rejoindrait M. et madame de Forestan avant une semaine écoulée.

La vicomtesse, comprenant à peu près le motif qui devait retenir encore Adolphe, n'essaya point de le faire changer d'avis ; et même elle réfléchit qu'à tout bien considérer il valait peut-être mieux pour la pudeur et le décorum que les choses se passassent ainsi.

Du moment que le jour de son départ fut définitivement arrêté, elle écrivit au comte de Forestan :

« Monsieur le comte, votre dernière lettre est un ordre pour moi, et je vais sur-le-champ me conformer à vos désirs. Je ne vous cache pas que j'eusse préféré peut-être que ma fille restât encore une année au couvent, car je crains que son instruction et ses connaissances ne soient guère en proportion avec son âge, et qu'elle ne paraisse dans le monde d'une manière assez peu avantageuse. Mais, puisque vous en jugez autrement, je me résigne et veux bien croire que j'ai tort.

» Il est inutile, monsieur le comte, que vous envoyiez quelqu'un à Paris, pour aller chercher ma fille : c'est un devoir dont je tiens à m'acquitter en personne, et je vais partir immédiatement pour Morlinière, et de là pour Paris. Vous savez que je me serais mise en route le jour même que j'ai reçu votre première lettre, si mon mari n'était tombé gravement malade, et ne m'eût donné de sérieuses inquiétudes ; mais actuellement j'ai tout lieu de croire qu'il est capable de supporter sans aucun danger les fatigues du voyage, et demain nous montons en voiture.

» Je serai bien aise moi-même de consulter la supérieure du couvent, relativement au caractère d'Alexandrine ; j'espère qu'on est parvenu à l'assouplir un peu, à le tourner surtout du côté de la franchise, et à le débarrasser de toutes ces aspérités qui le rendaient par moment si désagréable. Soyez sûr que je n'épargnerai pas mes efforts et mes soins pour compléter son éducation, et lui persuader que la grâce et la douceur sont le plus bel ornement d'une jeune fille. »

Après quelques phrases sonores sur les devoirs d'une mère de famille, devoirs sacrés et respectables, dont elle était profondément pénétrée, disait-elle, madame de Forestan terminait sa lettre par une période assez flatteuse pour l'orgueilleux vieillard, et faisait une apologie fort peu sincère des vertus héroïques et des nobles sentimens du comte.

Cependant le jour du départ arriva. M. Dernouville sentit son cœur battre d'une étrange manière au moment de faire ses adieux à la vicomtesse ; il ne s'attendait pas à éprouver autant d'émotion, autant de regret ; et bien que la séparation ne dût pas être longue, il comprit qu'elle serait pénible.

Madame de Forestan ne put réussir à cacher sa tristesse ; elle se repentit de n'avoir pas fait plus d'efforts pour déterminer Adolphe à partir avec elle ; mais, ayant réfléchi qu'une fois arrivée à Morlinière il eût fallu quitter encore Adolphe quelques jours, puisqu'elle devait aller immédiatement à Paris pour chercher sa fille, elle se consola facilement, et pensa que l'avenir lui gardait sans doute des jours meilleurs.

Les adieux furent tristes et baignés de larmes : du moins le vicomte s'attendrit d'une façon toute sentimentale, comme les héros de M. Bouilly : on se fit mille protestations ardentes d'amitié, de dévoûment, d'inaltérable affection ; on s'embrassa fraternellement, ce qui ne fut pas désagréable à la vicomtesse, encore moins à Dernouville ; et le sensible naturaliste, dans son langage pastoral et figuré, demanda la permission de cueillir un chaste baiser, un baiser de père, sur la joue fraîche et veloutée d'Amélie !... — Car cette joue est si parfumée, disait-il, si jolie, si éblouissante, qu'un papillon, même un des plus intelligens, le *paon du jour*, par exemple, la prendrait pour une fleur à peine éclose, et viendrait s'y poser amoureusement !

M. et madame Dernouville accompagnèrent les voyageurs jusqu'à Paimbœuf ; le vicomte et sa femme quittèrent leur équipage qui continua de suivre la route, puis ils montèrent sur le bateau à vapeur, dont la cheminée envoyait déjà dans les airs un épais nuage de fumée : leurs amis restèrent avec eux sur le bateau jusqu'au troisième son de cloche, et les poignées de mains, les larmes du vicomte recommencèrent de plus belle.

La physionomie d'Adolphe prit une singulière expression de mélancolie quand les roues commencèrent à tourner dans l'onde écumante et que le bâtiment se mit en marche, leste et rapide comme un monstre marin.

Le séjour de Pornic parut alors terriblement maussade à Dernouville, et c'est avec une vive impatience qu'il attendit le moment de partir. Il regrettait presque de n'avoir pas entièrement profité de l'offre obligeante du vicomte, qui le priait de l'accompagner, mais, après quelques réflexions sérieuses, il se félicita du parti qu'il avait adopté, et craignit même de n'avoir pas montré assez de prudence.

Par moment, il se repentait d'avoir promis qu'il irait passer quelques semaines au château de Morlinière, et ne pouvait s'empêcher de convenir en lui-même qu'il aurait peut-être mieux valu pour son repos et son bonheur ne pas rencontrer madame de Forestan, et ne plus la revoir.

Toutes ses idées se portaient continuellement vers cette femme attrayante et belle, dont le regard avait quelque chose d'irrésistible comme l'aimant.

— Quelle adorable personne ! pensait-il avec exaltation. Quelle beauté noble et rayonnante ! Comme ses yeux respirent l'amour et la volupté ! et quelle élévation d'esprit ! Quelle distinction dans toutes ses manières !

Heureux qui peut se faire aimer d'une pareille femme! Cet amour, c'est le ciel. Hélas! hélas! pourquoi l'ai-je connue si tard?

Il y avait une telle fermentation dans son cœur et dans sa tête, qu'il lui fut impossible de fermer les yeux plusieurs nuits de suite: le nom de la vicomtesse était perpétuellement sur ses lèvres; il parlait d'elle avec un luxe d'éloges si emphatique et si étrange, que madame Dernouville en témoigna quelque surprise et lui demanda en souriant s'il n'était pas amoureux de madame de Forestan.

Cette question, faite sans arrière-pensée et sur le ton de la plaisanterie, embarrassa un moment Adolphe, qui devint très rouge. Amélie ne s'en aperçut pas.

— Décidément, pensait-il, je suis fâché d'avoir revu cette femme. Si je faisais bien, j'éviterais à l'avenir sa présence. Pauvre Amélie! elle est si bonne, si candide! elle mérite tant d'être heureuse, d'être aimée!... Oh! oui, je l'aimerai toujours, je n'aimerai jamais qu'elle, j'en suis sûr... Oh! je peux répondre de moi!...

Puis il demeurait plongé dans une rêverie muette et profonde; et toujours il finissait par se dire: — Non, non, la présence de madame de Forestan ne peut être dangereuse pour moi. Dieu merci! j'ai de la force et quelque empire sur moi-même. Mais je commence à croire que j'ai eu beaucoup trop de scrupule, et que j'ai joué auprès d'elle un rôle assez pitoyable. Cette femme-là doit avoir de moi une très pauvre opinion, et je suis persuadé qu'au fond du cœur elle me garde rancune! J'étais si près de la victoire! continuait-il en soupirant; Amélie n'en aurait jamais rien su! Oh! maudite délicatesse! absurde timidité!... Je mourrai donc sans avoir connu l'amour!... J'aime bien ma femme... mais ce n'est pas la même chose! c'est une passion tranquille qui ne fait pas bondir le cœur. Ce n'est pas cet amour ardent, volcanique, fiévreux et romanesque, qui s'empare de toute notre âme et nous fait vivre d'une vie à part, d'une vie qui n'a rien de commun avec cette vie plate et bourgeoise, calme et sans émotion... Ah! décidément, je suis un niais.... Si la chose était à recommencer...

Ce monologue assez peu conjugal retentissait nuit et jour dans la pensée du jeune Dernouville.

IX.

Adolphe trouvait le temps bien long; il attendait avec une brûlante impatience le moment de monter en voiture pour aller rejoindre M. et madame de Forestan. Madame Dernouville paraissait fort étonnée de la métamorphose subite et mystérieuse qui s'était opérée dans les manières et l'humeur de son mari.

Enfin l'époque si ardemment désirée par Dernouville arriva. Il se mit en route, et deux jours après, il fit son entrée dans le château de Morlinière.

Madame de Forestan était ravie; mais elle eut soin de cacher son contentement, de peur d'inspirer quelques soupçons à madame Dernouville; quant au vicomte, il laissa bruyamment éclater sa joie et se grisa complétement au dîner avec du vin de Champagne, pour célébrer le jour où l'incomparable madame Dernouville avait mis le pied sur l'antique perron du château de Morlinière. L'excellent vicomte, bien qu'il ne brillât point du tout par l'éloquence, avait l'étrange manie de faire des phrases, et de ne parler que par métaphores et par comparaisons empruntées à la mythologie ou à l'histoire naturelle. Aussi répéta-t-il plus de cinquante fois, dans son ivresse hospitalière, que madame Dernouville était belle comme Vénus, et resplendissante comme l'épouse du jeune Tithon, bien qu'elle n'eût pas une robe de safran, une torche brûlante à la main et un char vermeil, mais une excellente calèche, fort moelleuse et fort élégante, qui valait beaucoup mieux.

Par un raffinement de galanterie qui n'appartenait qu'à un naturaliste, il avait décoré l'appartement de madame Dernouville avec un luxe inouï de coquillages, de papillons et d'insectes : il en avait mis partout, sur les murailles, sur les meubles, dans l'alcôve, jusque dans les touffes de fleurs artificielles qui surmontaient le vase en porcelaine peinte de la pendule.

Les premiers jours furent consacrés à de longues et délicieuses promenades dans les environs du château : ce n'étaient que prairies verdoyantes et couvertes de fleurs, vallées ombreuses et fraîches, bouquets de bois magnifiques où l'on respirait à pleine poitrine le parfum suave et vivifiant qui s'exhale du feuillage et de toutes sortes de plantes aromatiques, qui croissent vigoureusement dans la profondeur des forêts.

C'est alors que les conversations devinrent plus intimes et plus confiantes que jamais entre la vicomtesse et Amélie : elles n'avaient plus de secrets l'une pour l'autre, du moins elles l'affirmaient, madame de Forestan surtout ; mais quand Adolphe venait se mêler à leurs entretiens, les causeries semblaient devenir tout à coup plus banales et moins expansives. Les femmes ont toujours une foule de choses à se dire, choses vagues, nébuleuses et presque insaisissables pour nous, dont les perceptions peut-être sont moins fines et moins délicates.

Il est présumable pourtant que, dans toutes ces confidences féminines, Amélie était plus franche que la vicomtesse, qui voulait principalement gagner le cœur de sa jeune et crédule amie, afin d'y lire couramment par la suite.

Adolphe passait des heures entières avec madame de Forestan à causer de littérature, de religion et de morale : il avait encore toutes ses illusions, toutes ses croyances de jeunesse ; et son artificieuse amie, qui depuis bien long-temps ne croyait plus à rien, se plaisait à effeuiller une à une, comme autant de fleurs, toutes les fraîches espérances, tous les naïfs enchantemens de ce bon jeune homme, qui ne savait pas encore tout ce que le cœur d'une femme peut contenir d'astuce, de mensonge et de fourberie, quand elle foule aux pieds ce lien de toutes sociétés, la morale, pour satisfaire aux déréglemens de ses passions. Peu à peu, comme un serpent qui fascine par le regard sa victime avant de l'étreindre et de l'étouffer, elle embarrassait Dernouville dans un réseau de paradoxes et de raisonnemens captieux, qui traitaient de préjugés et de folle contrainte tout ce que l'on respecte dans une réunion d'hommes civilisés.

Adolphe sentait chaque jour que la présence de la vicomtesse lui devenait plus nécessaire ; il ne se dissimulait pas le danger de ces longs et mystérieux tête-à-tête, où, penché sur le visage expressif et passionné de madame de Forestan, il s'enivrait de ces regards de flamme, de cette puissante et chaude haleine de femme, qui l'embrasait tout entier ; mais bien qu'il comprît le péril de chaque instant qui l'environnait, il n'avait point la force et le courage de s'y dérober.

Madame Dernouville, qui ne voyait dans l'intimité de son mari et de la vicomtesse qu'une affection fraternelle et désintéressée, ne concevait pas la plus légère inquiétude, et témoignait à madame de Forestan une amitié de sœur, plus forte et plus profonde de jour en jour.

Avant l'arrivée du jeune ménage au château de Morlinière, la vicomtesse avait fait le voyage de Paris pour aller retirer sa fille du couvent ; elles étaient reparties aussitôt. Il y avait une huitaine de jours qu'Alexandrine était dans la maison paternelle : c'est à peine si elle obtenait un coup d'œil, une parole de sa mère, qui était pour elle d'une froideur et d'une sécheresse inconcevables ; mais le vicomte l'accablait de caresses, lui prodiguait les noms les plus affectueux, les plus mignards, l'appelait, ainsi que madame Dernouville, son plus cher papillon, son beau *sphinx*, *son aurore, son nacré, son souci*, etc. Il la couvrait de baisers, répétait continuellement que Jupiter n'était pas plus fier de sa fille Vénus que lui de sa fille Alexandrine.

— C'est ma vivante image! disait-il avec un orgueil d'auteur presque insolent; nous nous ressemblons comme deux gouttes d'eau, comme deux vulcains!

En effet, il n'était pas difficile de comprendre, au premier coup d'œil, que le vicomte était, selon toute apparence, le seul et véritable père d'Alexandrine; ils se ressemblaient d'une manière frappante; avec cette légère différence pourtant, que le père ne pouvait avoir aucune espèce de prétention à la beauté, bien au contraire, et que la fille, sans posséder une physionomie très agréable, était jolie, et pouvait passer partout pour une belle personne. Madame de Forestan n'avait pas dans l'âme un grand fonds de tendresse maternelle, et peut-être la ressemblance du père et de la fille contribuait-elle au sentiment de répulsion indéfinissable que la vicomtesse éprouvait pour Alexandrine.

Cette jeune fille venait d'achever sa dix-neuvième année. Elle était grande, svelte, admirablement proportionnée. Ses yeux, petits et d'un bleu très pâle, se baissaient presque toujours et ne regardaient jamais en face, ce qui annonçait peu de franchise et un certain penchant à la dissimulation; ses longs cheveux bouclés étaient d'un blond si clair et si vaporeux qu'ils paraissaient blancs aux rayons du soleil. La coupe de sa figure avait assez de régularité, mais ses joues étaient souvent chargées d'un incarnat trop vif, qui lui donnait qulque chose de peu distingué.

On remarquait dans l'expression de son visage une tristesse morne et souffrante, qui contrastait péniblement avec cette apparence de force et santé; mais ce nuage de tristesse se dissipait souvent tout à coup pour faire place à un sourire plein d'amertume et d'âpreté.

Quand madame de Forestan lui parlait avec rudesse, et cherchait à l'humilier dans son amour-propre, Alexandrine avait peine à se contenir et semblait en proie à une lutte intérieure profonde et violente. Ses yeux se gonflaient de larmes, sa poitrine de sanglots; elle devenait tour à tour écarlate et blanche de colère, mais elle demeurait silencieuse et dévorait son dépit. Parfois, on aurait pu voir étinceler dans ses prunelles comme un éclair de haine qu'elle lançait sur sa mère, quand celle-ci lui tournait le dos et ne pouvait la remarquer.

Madame de Forestan n'avait jamais aimé sa fille; elle l'avait mise de très bonne heure au couvent; et lorque Alexandrine était petite, pour la moindre faute elle la grondait impitoyablement, la châtiait sans mesure, quelquefois même la frappait, tandis qu'elle était d'une faiblesse, d'une partialité révoltante pour son fils Ernest, à qui elle passait tout avec une indulgence excessive.

Ernest, plus jeune d'un an qu'Alexandrine, avait le caractère le plus aimable qu'on puisse imaginer; il était bon, franc et cordial, presque toujours d'une gaîté folle et d'une obligeance à toute épreuve: il aurait sacrifié sa vie le plus facilement du monde pour les personnes qu'il aimait, et rien ne l'eût épouvanté pour rendre service. Comme il avait toujours été chéri, idolâtré de sa mère, il ne comprenait pas qu'on pût être malheureux ou méchant; aussi reprochait-il souvent à sa pauvre sœur d'être bizarre, acariâtre, de pleurer toujours et de montrer une humeur insupportable. C'était là son unique défaut; il n'avait peut-être pas assez de tendresse et de charité bonne et consolante pour Alexandrine, qui sans doute n'aurait pas été haineuse et sournoise, si, dans sa première jeunesse, elle n'eût essuyé toutes sortes de mauvais traitemens, qui n'avaient fait que l'aigrir et l'exaspérer.

Ernest, qui ne manquait pas d'esprit ni de mordant, tournait parfois sa sœur en ridicule et la plaisantait lorsqu'il en trouvait l'occasion, en lui décochant une foule de traits satiriques et moqueurs qui désespéraient

Alexandrine et la blessaient au vif comme autant d'aiguilles. Celle-ci, naturellement susceptible et vindicative, excitée d'ailleurs par l'invincible jalousie qu'elle nourrissait depuis long-temps contre son frère, finit par le prendre en aversion et le haïr mortellement.

Ernest ne parlait pas de venir encore au château de Morlinière; il s'amusait à Paris, jetait l'argent par les fenêtres et se ruinait en folles orgies, en maîtresses, en chevaux. Alexandrine n'était pas très impatiente de voir son frère; elle espérait même vaguement qu'il ne viendrait pas de toute la saison.

Tandis que tous les habitans du château, excepté peut-être Alexandrine, se trouvaient parfaitement heureux, et que les parties de pêche, les promenades en bateau, les douces et mystérieuses causeries dans les bois, à l'ombre, faisaient passer les semaines comme des jours, les jours comme des heures, madame de Forestan reçut une lettre du vieux comte, qui la plongea dans une vive anxiété.

Suivant son habitude, elle déchira cette lettre, sans la montrer à son mari.

« Madame, écrivait le comte, j'apprends que M. Dernouville habite votre château depuis une quinzaine de jours. Je ne vous cacherai pas que cette nouvelle intimité a lieu de me surprendre, et que je trouve au moins très imprudent, pour ne pas me servir d'une expression plus sévère, oui, très imprudent à vous de chercher une liaison qui ne peut que vous causer beaucoup de désagrémens.

» Ce n'est pas que je veuille croire un instant à des bruits malveillans que la calomnie sans doute s'était plu à répandre. Mais vous savez que la réputation d'une femme, d'une femme mariée surtout, est singulièrement fragile, et qu'on doit éviter les suppositions scandaleuses presque autant que le crime lui-même.

» Je sais que M. Dernouville a fait un mariage d'amour, que sa femme est avec lui dans votre château; et cela seul suffirait pour me rassurer, si je pouvais avoir quelques doutes injurieux à l'honneur de mon fils. Non, je ne croirai jamais qu'une femme qui porte mon nom, qu'une femme qui se doit au monde, à son mari, à sa fille, puisse oublier toute convenance, tout sentiment de pudeur, au point de recevoir chez elle, dans sa propre maison, sous le toit conjugal, un homme qui aurait pour elle une passion coupable, un homme qu'elle aimerait !... Car, madame, vous n'êtes plus une jeune femme, vous n'auriez plus l'excuse de l'âge, du délire et de l'inexpérience! Votre faute ne serait plus qu'une honteuse et basse hypocrisie, un atroce calcul, un crime indigne de pardon, et que je ne tarderais pas à punir, moi, vieillard, d'une manière éclatante et terrible!

» Mais, je vous le répète, il faut bien se garder de donner prise à la méchanceté du monde. Plusieurs personnes peuvent savoir, car le fait est incontestable, que M. Dernouville s'est particulièrement occupé de vous l'hiver dernier, qu'il vous suivait dans tous les bals, dans tous les lieux de réunion, et vous faisait ouvertement la cour. On pourrait trouver étrange que ce jeunne homme restât si long-temps dans votre maison, lui que vous connaissez depuis une année tout au plus: votre mari jouerait dans tout cela un rôle peu digne; comme il est d'une indulgence, d'une bonté, peut-être excessive et imprudente, on ne manquerait pas de dire qu'il fait preuve d'une tolérance, au moins fort extraordinaire, que bien peu de gens auraient à sa place !... Or, je vous le dis, madame, votre mari est mon fils; et je ne veux pas que mon fils soit ridicule, je ne veux pas que mon nom, le nom des Forestan, reçoive une atteinte que plusieurs siècles n'effaceraient pas.

» C'est à vous que j'écris: ne parlez de rien à mon fils. Il est inutile de lui causer du chagrin; d'ailleurs, sa position serait embarrassante, il ne saurait quelle conduite tenir. Vous, trouvez un prétexte honnête, on n'en manque pas, pour écarter M. Dernouville. J'espère que dans huit jours il aura quitté votre château. »

La vicomtesse ne savait quel parti prendre ; elle était dans une perplexité difficile à décrire : de tous côtés, elle voyait des inconvéniens, des malheurs peut-être. Cette lettre du vieux comte n'admettait pas de réplique, d'hésitation : il fallait obéir et promptement; mais quelle douleur, quelle amertume! renoncer à cette vie charmante et pleine de délices qu'elle goûtait depuis quelques semaines, et qu'elle avait espéré pouvoir prolonger jusqu'à la fin de la belle saison ; renoncer à ces voluptueux tête-à-tête qu'Adolphe semblait rechercher maintenant avec un si violent désir!...

Après de longues et pénibles réflexions qui n'aboutissaient à rien, elle prit la résolution de tout dire franchement à Dernouville, de lui confier son embarras, son inquiétude, et de s'entendre avec lui sur ce qu'il y aurait à faire.

Elle savait assez bien lire dans le cœur humain, pour avoir deviné qu'Adolphe n'était guère plus disposé qu'elle à rompre une liaison qui leur semblait si délicieuse à tous deux, bien qu'elle fût encore la plus innocente du monde, au moins pour Adolphe, qui trouvait tout naturel qu'on se plût dans la compagnie d'une femme d'esprit, qu'on avait aimée autrefois, et qu'on n'aimait plus que d'une passion tendre et presque fraternelle. Il le croyait, ou plutôt il voulait le croire.

Madame de Forestan lui montra la lettre du comte, et quand il vit que le vieillard voulait à toute force les séparer, il devint pâle et frissonna de colère et d'amour. Dès ce moment, il fut plus que jamais passionné pour la vicomtesse, par esprit de contradition sans doute, comme presque tous les amoureux; et, bien loin d'être intimidé par les menaces de l'orgueilleux beau-père, une inspiration secrète et maligne lui dit au fond du cœur que c'était justement une raison pour s'obstiner dans son amour et pour réussir.

Il y avait, à trois quarts de lieue du château, une maison de campagne fort agréable qui se trouvait à vendre. Elle était dans une position charmante, à deux ou trois cents pas de la Loire; et c'était vraiment pour un poète ou pour un amant de la belle nature, ce qui est à peu près la même chose, c'était, dis-je, une délicieuse oasis, un nid d'ombre et de verdure, où l'on devait goûter un céleste repos, faire de beaux vers, de jolis rêves et se moquer des misérables tracasseries de la ville, de ses plaisirs mesquins, enfumés, et par dessus tout des révolutions et de la garde nationale. Il est vrai qu'à cette époque elle n'existait plus, cette vaillante garde, et que S. M. Charles X l'avait destituée comme un sous-chef de bureau.

La vicomtesse conseilla fort à Dernouville de faire l'acquisition de ce gentil ermitage, dont la proximité leur convenait singulièrement. Le prix de cette maison n'était pas considérable : Adolphe ne demandait pas mieux que de l'acheter. Il en parla donc à sa femme, qui parut enchantée de la proposition, et le marché fut définitivement conclu le lendemain même.

Il ne se passait pas un seul jour sans que M. et madame Dernouville vinssent au château de Morlinière, ou bien le vicomte et sa femme allaient visiter le jeune ménage dans sa nouvelle propriété. C'était un perpétuel échange de visites et d'excellens dîners, auxquels M. de Forestan, qui se piquait de gastronomie, faisait toujours beaucoup d'honneur, soit qu'il se montât la tête avec son propre vin de Champagne, soit qu'il vidât très gaillardement la bouteille hospitalière de l'amitié, en buvant à la santé de *la divine* Amélie, qui commençait à trouver le vicomte trop expansif et trop *embrasseur*.

La présence d'Alexandrine gênait tout le monde, à l'exception de son père qui la fatiguait de tendresses; elle était la plupart du temps froide, silencieuse, immobile, au milieu de la joie qui l'environnait; mais ses yeux continuellement ouverts et attentifs ne perdaient rien de ce qui se passait autour d'elle; elle observait tout et faisait son profit de tout. Quand madame de Forestan pouvait imaginer un prétexte pour l'éloigner, elle se hâtait de le saisir, et fort souvent, en allant dîner chez ses amis, elle n'emmenait pas Alexandrine, qui restait au château, le cœur triste et gonflé de rancune.

Cependant la vicomtesse semblait redoubler chaque jour d'affection et de prévenances pour madame Dernouville, qu'elle appelait sa jeune sœur, bien qu'Amélie fût à peu près du même âge qu'Alexandrine. Celle-ci aurait donné tout au monde pour assister aux éternels colloques de sa mère et de madame Dernouville; elle se perdait en conjectures et ne pouvait comprendre ce qu'elles avaient à se dire, enfermées ensemble pendant des heures entières. Mais ce qui l'intriguait plus encore, c'étaient les entretiens et les promenades solitaires d'Adolphe et de la vicomtesse, qui semblaient rechercher les allées du parc les plus touffues et les moins fréquentées.

Quand madame de Forestan était seule, presque toujours sa fille demeurait auprès d'elle à coudre ou à broder, et leur tête-à-tête silencieux n'était guère interrompu que par les observations sévères de la vicomtesse et les soupirs étouffés d'Alexandrine; mais dès que la sonnette de la porte d'entrée retentissait et qu'on annonçait une visite, il fallait que la jeune fille prît sur-le-champ son ouvrage et sortît de la chambre pour se retirer dans la sienne.

Quelquefois pourtant la vicomtesse lui avait dit de rester; mais alors Alexandrine remarquait que Dernouville n'était pas venu seul et qu'il était accompagné de sa femme. Cette observation, qu'elle put faire souvent, ouvrit une large carrière à ses réflexions malignes et peu virginales.

Un jour que M. et madame de Forestan se trouvaient dans le salon avec leur fille, Adolphe et sa femme entrèrent sans être attendus.

Aussitôt Alexandrine se leva brusquement de sa chaise, prit sa corbeille à ouvrage, eut soin de laisser tomber avec bruit ses ciseaux, son étui d'ivoire et son dé; puis, d'un air maussade, où perçait néanmoins une certaine expression triomphante, elle se dirigea vers la porte.

— Quoi! vous nous fuyez, mademoiselle? dit Amélie avec un mélange de surprise et de reproche amical. Décidément je vous fais peur; je remarque que vous sortez toutes les fois que j'arrive.

— Madame, excusez-moi, je vous prie, répliqua la jeune fille amèrement, j'obéis à ma mère.

Et elle continua de marcher vers la porte, plus lentement, il est vrai.

— Que dites-vous, Alexandrine? demanda la vicomtesse avec une vivacité pleine de dépit. A vous entendre, on croirait que je vous chasse de mon appartement.

— Oui, ma mère, vous m'avez dit qu'une fois pour toutes vous m'ordonniez de vous laisser tranquille et de sortir de votre chambre quand il vous arriverait une visite, et je me conforme à vos ordres.

Il y avait dans ses yeux pâles un pétillement de sarcasme et de méchanceté indéfinissable.

— Allons, allons, tu es folle, Alexandrine! dit le vicomte en retenant sa fille et l'embrassant. Reste, mon bijou, mon petit *laurier-rose!* Tu as mal compris, ta mère ne peut pas t'avoir dit cela.

— J'ai dit ce que j'ai dit, monsieur! interrompit madame de Forestan avec une intonation impétueuse qui n'admettait pas de réplique. Je ne reconnais à personne le droit de juger entre ma fille et moi. Allez, mademoiselle, allez dans votre chambre, et ne descendez pas avant le dîner; vous êtes d'une humeur insupportable, et vous me faites repentir de vous avoir retirée du couvent.

Alexandrine se pinça les lèvres avec une colère concentrée, et sortit sans ajouter une parole.

Le lendemain, Adolphe vint seul au château; et quand il entra dans la chambre de la vicomtesse, comme Alexandrine ne bougeait pas et continuait à travailler, sans lever la tête de dessus son ouvrage, sa mère lui dit très sèchement de sortir, parce qu'elle avait à parler d'affaires avec M. Dernouville.

— Oui ! belles affaires ! murmura sourdement Alexandrine en se retirant.

Son cœur était gros d'amertume.

X.

Cependant madame Dernouville ne tarda pas à s'apercevoir que son mari n'était plus le même avec elle. Il faisait bien encore tout son possible pour feindre une tendresse dont chaque jour semblait emporter une parcelle, comme le vent effeuille les roses ; mais Amélie, avec ce merveilleux instinct qui n'appartient qu'aux femmes, commençait à comprendre que tout cet amour, si vif et si brûlant en apparence, ne jaillissait plus des flammes du cœur et s'exhalait des lèvres seules.

D'ailleurs, le caractère d'Adolphe aurait paru changé aux yeux de tout le monde ; il était rêveur, préoccupé, distrait, tantôt plongé dans une mélancolie profonde, tantôt le front illuminé d'une joie subite et presque convulsive, dont la cause échappait à la pénétration d'Amélie. Il ne l'environnait plus comme autrefois de tous ces petits soins délicats et pleins d'attentions qu'un amant prodigue à sa maîtresse, un mari très amoureux à sa jeune femme, pendant cette bienheureuse époque qu'on appelle encore dans quelques innocens vaudevilles *la lune de miel.*

Certes, une semblable métamorphose dans l'humeur d'Adolphe devait sembler bien prompte !... après quatre ou cinq mois tout au plus de mariage ! Mais ce qui chagrinait surtout madame Dernouville et la blessait parfois au vif, c'était le pompeux et continuel panégyrique qu'Adolphe faisait de la vicomtesse ; il en parlait toujours avec une chaleur, avec une affectation d'éloges qui devaient nécessairement soulever, dans l'âme impressionnable d'Amélie, un levain de jalousie et de méfiance qu'elle sentait de jour en jour se développer davantage. Elle remarquait parfaitement que son mari et la vicomtesse ne laissaient échapper aucune occasion de pouvoir être seuls ensemble, et que la présence inopinée d'un tiers, quel qu'il fût, paraissait les contrarier singulièrement et couper court à leur conversation qui n'était jamais continuée.

Malgré cette vague et douloureuse inquiétude d'Amélie qui croyait avoir quelque raison d'être jalouse et soupçonneuse, jamais elle n'avait eu plus d'amour pour son mari : c'était une espèce d'adoration.

Quelquefois pourtant, quand elle avait la poitrine trop gonflée d'amertume, et qu'Adolphe lui demandait la cause de sa tristesse, elle ne pouvait s'empêcher de répondre qu'elle voyait l'avenir bien sombre, et qu'elle avait peur, sans trop savoir pourquoi.

— En vérité, ma bonne Amélie, disait Adolphe avec le ton du badinage, tu parles d'une manière mystérieuse et prophétique qui devient tous les jours plus incompréhensible ! Je m'y perds ! Tu auras fait sans doute quelque mauvais rêve, et tu crois ce qu'il t'annonce, absolument comme parole d'Evangile.

— Non, ce n'est pas un rêve, Adolphe, c'est une réalité !... une réalité bien douloureuse !...

Et sa voix un peu tremblante se voilait de sanglots.

— Ah ! mon Dieu ! mais décidément tu m'affliges, ma pauvre Amélie !... Je t'en conjure, dis-moi ce qui te fait de la peine !...

— Ne le sais-tu pas, Adolphe ?...

— Sur l'honneur, je ne m'en doute pas le moins du monde. Allons, je t'en supplie, explique-moi cette énigme, elle me paraît indéchiffrable.

— Adolphe !... reprenait-elle en secouant la tête, avec une expression de mélancolie charmante où perçait le reproche; tu me laisses bien souvent seule maintenant...

— Comment, voilà ce qui te désole! mais vraiment, tu n'es pas raisonnable, ma chère petite Amélie!... Tu sais bien qu'on ne peut pas toujours être ensemble, en tête-à-tête conjugal... On finirait par se fatiguer l'un l'autre, par s'ennuyer mortellement...

— Adolphe! Adolphe!...

— Tu ne me laisses pas achever, Amélie. Je voulais dire que si je t'imposais toujours ma présence, avant un mois ou deux tu me trouverais probablement insupportable!...

— Adolphe, ce que tu dis là, oh! c'est mal! très mal! Mais non, tu ne le penses pas... Une pareille idée n'a jamais pu te venir sérieusement, toi qui sais combien je t'aime!... Oh! reste, reste toujours près de moi! ne me quitte pas, s'il est possible, une minute, une seconde!... Tout mon bonheur est de te voir, de t'entendre, Adolphe!... Mais toi, ô mon ami, sois franc... ne me cache point la vérité, quelque dure et cruelle qu'elle puisse être, quand bien même elle devrait me briser le cœur, me priver à jamais de tout mouvement de joie, de tout rayon d'espérance. Oh! parle! tu ne m'aimes donc plus?...

— Folle!... disait Adolphe avec un sourire plein de tristesse, peux-tu me faire une question semblable!...

— Oh! pardonne! pardonne-moi, cher ami!... C'est vrai! je suis folle! Je te rends malheureux avec ma jalousie, avec mes perpétuelles défiances qui n'ont aucun motif raisonnable! Mais, que veux-tu, je t'aime!... Je t'aime, comme on n'a jamais aimé!...

Et quelques baisers, quelques douces larmes, interrompaient la discussion, qui n'avait pas le temps de prendre un caractère d'amertume. La persuasion coulait en flots de miel des lèvres d'Adolphe au fond du cœur souffrant d'Amélie, qui, pendant plusieurs jours, se croyait sincèrement aimée et goûtait un bonheur pur et sans mélange.

Mais cette joie tranquille et délicieuse ne fut pas de longue durée. Les soupçons de madame Dernouville se réveillèrent avec plus de force; elle vit ou crut voir que son mari la négligeait, qu'il était morne et soucieux auprès d'elle; et, ne voulant pas lui sembler exigeante, injuste et capricieuse, elle prit le parti de se taire, et renferma sa douleur.

Sur ces entrefaites, la vicomtesse de Forestan, qui redoublait de caresses et de protestations amicales pour madame Dernouville, écrivit à son fils Ernest, qui menait à Paris une conduite assez dissipée :

« Mon cher Ernest, ton grand-père m'écrit continuellement pour se plaindre de toi. Je sais qu'il est un peu trop sévère, et qu'intolérant comme presque tous les vieillards, il ne passe rien à la jeunesse; mais moi qui suis beaucoup plus indulgente et qui ne trouve pas mauvais qu'à ton âge on aime le plaisir, je t'avoue néanmoins que ta vie orageuse et folle m'inquiète et m'afflige; j'apprends avec peine que tu n'es pas sage, que tu ne fais rien modérément. Je ne te dirai pas que tu dépenses trop, j'ai toujours de l'argent à ton service, malgré la défense très formelle de M. le comte; mais si tu veux que je te parle à cœur ouvert, eh bien! j'ai peur qu'une pareille existence n'influe cruellement sur ta santé. Mon pauvre Ernest, tu n'es pas d'une constitution très robuste, et ces veilles perpétuelles, ces grands dîners, ces plaisirs de tous genres qui te fatiguent, me causent une inquiétude qui devient chaque jour plus sérieuse et plus vive.

» Je t'en prie, mon enfant, viens te reposer à la campagne, auprès de nous, sur le cœur d'une mère qui t'aime avec adoration! Viens! tu retrouveras ensuite Paris avec plus de bonheur, car il doit commencer à te paraître un peu monotone : après tout, c'est toujours la même chose; on se lasse de la ville comme de la campagne, peut-être encore plus vite. Viens! nous ferons tout au monde pour te distraire, pour t'amuser. Tu sais que nous avons un délicieux voisinage? presque toutes nos journées nous les passons ensemble, et je t'assure que les heures nous paraissent des minutes.

» M. Dernouville est un jeune homme d'esprit et d'excellentes manières, qui n'a pas un grain de jalousie dans le cœur, bien que sa femme soit adorable. O mon ami, quand tu connaîtras madame Dernouville, je te jure que tu ne voudras plus la quitter, et que tu n'auras pas le moindre regret pour tes plaisirs de Paris. Madame Dernouville est une ravissante créature! c'est une de ces physionomies charmantes et mélancoliques comme on en voit dans les vignettes anglaises; oh! c'est le genre de beauté que tu aimes par dessus tout!

» Allons, viens à tire d'ailes, mon chéri! songe que madame Dernouville est très impatiente de te voir. Je lui ai parlé de toi avec tous les éloges que tu mérites, et je suis bien sûre, amour-propre de mère à part, qu'elle ne les trouvera pas exagérés.

» Il faut qu'avant deux jours, Ernest, je te presse contre mon cœur! En attendant, je te couvre de baisers et de caresses! »

Cette lettre produisit l'effet merveilleux qu'en espérait la vicomtesse. Son fils abandonna tout sur-le-champ: amis, chevaux, maîtresses, Rocher de Cancale et Frascati; il monta dans une chaise de poste et fut reçu comme un triomphateur au château de Morlinière. Madame de Forestan ne pouvait contenir sa joie; la vue de son fils ne l'avait jamais rendue plus heureuse. Le vicomte, qui ne comprenait rien à tout ce débordement de tendresse maternelle, ne voulant pas rester en arrière et paraître indifférent à l'amitié d'un fils, se donnait un mal effroyable pour être sentimental et tendre; il étouffait Ernest dans ses embrassemens, et s'efforçait de l'entraîner dans son cabinet d'histoire naturelle pour lui faire voir ses nouvelles boîtes de papillons, avant que le jeune voyageur n'eût repris haleine.

Une seule personne dans la maison paraissait très médiocrement ravie de l'arrivée d'Ernest; Alexandrine regardait son frère d'un œil triste et mécontent; elle se tenait dans un coin du salon et ne disait pas un mot. Il est vrai que cette disposition envieuse et chagrine s'était singulièrement développée tout à coup, grâce à plusieurs comparaisons fort peu obligeantes, que madame de Forestan n'avait pas manqué de faire entre sa fille et son fils, dès l'arrivée de celui-ci.

Ernest n'avait guère plus de dix-huit ans. C'était un beau jeune homme blond, pâle, aux yeux bleus, très élégant de mise et de tournure. Il avait une de ces figures expressives et mélancoliques, dont la beauté, moins régulière qu'idéale, plaît merveilleusement aux femmes qui cherchent le cœur sur la physionomie. Il joignait à ces avantages une excellence d'âme, une douceur inaltérable, une obligeance excessive, qui l'avait mis plus d'une fois dans l'embarras, pour rendre service à des amis; mais une nature impressionnable et nerveuse, un irrésistible aimant l'entraînait au plaisir avec une force qu'il n'avait d'ailleurs jamais essayé de vaincre. C'était une de ces organisations ardentes, impétueuses, qui ne peuvent trouver le bonheur dans le même cercle que la foule, et qui veulent des émotions à tout prix.

Quoique fort jeune encore, il avait déjà eu beaucoup de maîtresses, qu'il choisissait presque toujours parmi les bayadères de l'Opéra et les comtesses de la rue du Helder, mais il n'avait jamais eu de liaison avec *une femme du monde*, comme disent les clercs de notaire. Par bonheur il commençait à se blaser un peu, le dégoût venait à défaut de raison, ce qui est à peu près la même chose; et, depuis une aventure assez déplorable qui l'avait rendu sage trois ou quatre mois, il commençait à comprendre que toutes ces folles et banales intrigues ne ressemblent guère à l'amour, et ne font qu'émousser, flétrir, gaspiller misérablement les plus nobles facultés de l'âme et de l'esprit!

Dès qu'Ernest eut vu madame Dernouville, après quelques conversations pleines d'abandon et de franchise, il la trouva charmante, et sentit pour elle une admiration profonde et la plus vive sympathie. Il avait toujours éprouvé pour le mariage une répugnance invincible : mais l'ineffable douceur et le caractère angélique d'Amélie l'avaient presque réconcilié avec l'idée effrayante d'un joug éternellement conjugal. Il commençait à comprendre qu'une union bien assortie pouvait avoir ses agrémens, et qu'un tête-à-tête perpétuel avec une femme comme madame Dernouville était quelque chose d'assez tolérable, même en ménage.

Ernest ne tarda pas non plus à s'attacher au jeune Dernouville, qui lui parut être d'un commerce très agréable, d'une humeur douce et facile. bon, franc et généreux, quoiqu'il n'eût point des idées bien fixes, bien arrêtées, en morale surtout, et qu'il variât continuellement d'un jour à l'autre, dans toute l'innocence et la sincérité de son âme. Adolphe était pourtant ce qu'on appelle un homme d'esprit, un homme de cœur, mais il n'avait pas beaucoup de jugement, et l'on remarquait dans chacune de ses paroles bien moins de logique que de verve et d'imagination. Souvent il soutenait tout seul dans une conversation les paradoxes les plus étranges, et se passionnait pour ou contre une opinion avec une chaleur incroyable, sans avoir réfléchi une minute avant de parler ; et quelques heures après, on était fort surpris de l'entendre dire absolument le contraire de ce qu'il avait avancé hardiment, sans vouloir faire d'abord la moindre concession.

Les deux jeunes gens passaient une grande partie de leurs journées à la chasse, ou bien ils faisaient de longues promenades à cheval, pendant lesquelles ils se racontaient avec une extrême confiance toutes leurs aventures de jeunesse. Ernest avait beaucoup plus de choses à dire que Dernouville, dont les passions n'avaient jamais couru librement la bride sur le cou. Bien qu'il n'eût que dix-huit ans, Ernest était déjà remarquable pour son expérience et son aplomb qui le faisait distinguer dans le monde ; il avait cette facilité d'élocution et cette merveilleuse présence d'esprit que donne presque toujours une vie élégante et dissipée, tandis que les hommes qui passent les plus chaudes années de leur jeunesse dans la retraite, le travail et l'abstinence, acquièrent bien plus tard ce développement intellectuel, cette facilité de langage et de compréhension, sans laquelle un homme de génie a souvent l'air et la réputation d'un lourdaud dans nos cercles brillans et frivoles.

Cependant madame Dernouville, qui ne savait pas sérieusement à quoi attribuer la métamorphose opérée dans le caractère d'Adolphe, se plaignit plusieurs fois à la vicomtesse de Forestan qu'elle se trouvait injuste et folle de soupçonner.

— Vraiment, disait-elle avec douleur, je crois qu'il ne m'aime plus !

— Bah ! ma chère Amélie, répondait la vicomtesse d'un ton léger et souriant, c'est que vous êtes femme ! Vous aimez mieux sans doute et davantage !... mais ce n'est pas une raison pour que votre mari ne vous aime plus, je vous jure. Les hommes ne sont pas capables d'aimer comme nous, ils ont bien plus de légèreté dans le cœur et d'instabilité, quoi qu'ils en disent ! Mais je crois, au contraire, que votre mari fait une exception à la règle commune, et qu'il vous adore absolument comme au premier jour, bien qu'il vous le dise un peu moins souvent.

— Non, Ermance, reprenait tristement madame Dernouville, non, Adolphe n'est plus le même ! Vous faites, chère amie, tout ce que vous pouvez pour me tranquilliser ; mais l'évidence est là !... Je suis bien forcée de m'y rendre !... Il ne m'aime plus ! Mon Dieu ! mon Dieu ! il n'y a guère qu'un an, à la campagne de ma mère, comme Adolphe paraissait m'aimer ! toutes ses paroles, tous ses regards étaient de flamme ! Hélas ! quel changement cruel ! en si peu de temps ! Voilà donc, voilà donc ce que c'est que le mariage !

— Amélie, vous avez tort de vous plaindre! ce n'est pas raisonnable! votre mari est le plus charmant des hommes... Quelle sensibilité profonde et vraie! comme il est bon, noble et doux! Vous êtes heureuse! franchement vous seriez bien injuste de ne pas vous trouver heureuse comme il est donné à très peu de femmes de l'être! Que diriez-vous donc, grand Dieu! si vous étiez à ma place? comparez votre sort avec le mien! Depuis vingt ans que je suis mariée, moi, je n'ai pas goûté un seul instant de bonheur! Oui, je vous le jure, j'ai beau regarder dans le passé, je n'ai pas même un souvenir qui me soit agréable! Je ne voudrais pas avoir vingt ans de moins et recommencer ma vie, s'il me fallait repasser par tous les ennuis et les journées insignifiantes qui l'ont composée jusqu'à présent! Mon mari, sans doute, est un brave homme, un homme que j'estime, mais quelle pauvre tête!... que de trivialités, de mesquineries misérables! Je vous le demande, un homme pareil était-il fait pour me comprendre!... était-il fait pour moi!... vous en pouvez juger, Amélie? c'est bien l'être le plus insupportable, l'esprit le plus épais, l'extérieur le plus grotesque, qui soient au monde...

— C'est un excellent cœur, Ermance!

— Oui, voilà tout ce qu'on en peut dire, Amélie; son panégyrique se borne là : c'est un brave homme! un digne homme! un bonhomme! ce qui équivaut positivement à ceci : C'est un homme stupide, un idiot!

— Oh! madame! madame!...

Et dans l'inflexion de voix d'Amélie, il y avait un mélange d'étonnement et de reproche qui imposait à la vicomtesse et interrompait brusquement la conversation; mais peu de temps après, l'entretien recommençait sur un autre sujet, et finissait toujours par revenir à la question du mariage.

Un jour, la vicomtesse pria son fils de faire un tour de promenade avec elle dans le parc, et lui dit mystérieusement, après avoir fait un éloge pompeux de madame Dernouville :

— Ernest, je t'avouerai en confidence que tu plais singulièrement à la charmante Amélie; elle me le disait encore ce matin. Ne va pas lui dire un seul mot, je t'en prie, qui pourrait lui faire présumer que je t'ai parlé de la sorte. Elle m'en voudrait beaucoup, j'en suis sûre, et cela même pourrait l'embarrasser... Mais en vérité, je ne te comprends pas, tu la cultives fort peu; c'est à peine si tu lui fais deux visites par semaine. Il me semble pourtant qu'au lieu de passer toutes tes journées à cheval ou à la chasse, tu ferais bien mieux de l'aller voir plus souvent, et de lui montrer que tu n'es pas insensible à l'affection *de sœur* qu'elle te témoigne.

La vicomtesse appuya sur le mot *sœur* avec une intention marquée.

— N'est-ce pas, continua-t-elle, en étudiant la mobile physionomie d'Ernest, n'est-ce pas que tu pourrais la voir au moins une fois tous les deux jours?...

— Mais je crains de l'importuner, bonne mère, répondit le jeune homme avec un léger tremblement dans la voix.

— Bah! quelle crainte extravagante! reprit-elle en souriant; n'es-tu pas un des plus jolies garçons qu'on puisse voir dans un bal? manques-tu d'esprit, d'instruction?... Crois-tu franchement, modestie à part, qu'une femme puisse s'ennuyer et trouver le temps long en ta compagnie?... surtout quand cette femme est jeune, impressionnable comme toi, et qu'elle passe la plus grande partie de son temps, seule, absolument seule, avec des livres qui ne sont pas toujours très amusans, et qui d'ailleurs ne suffisent pas quand on a dix-huit ans et le cœur tendre et plein de feu!... Tu dois t'apercevoir que M. Dernouville n'est pas très assidu auprès de cette pauvre Amélie?...

— Oui, je m'en aperçois depuis long-temps, bonne mère, et je t'avoue que cela m'étonne. Il a vraiment l'air de ne pas savoir que sa femme est la plus délicieuse créature que l'imagination d'un poète et d'un jeune homme puissent rêver. Voilà comme on ne sait jamais apprécier le bien qu'on possède !... Voilà ce qui me ferait détester le mariage, si je ne l'avais pas en horreur depuis que je suis au monde, ou à peu près.

— Et tu as raison, mon ami. Tu sais bien que là-dessus nous pensons absolument de même. Mais nous aurions tort de condamner M. Dernouville, avant de savoir une foule de choses qui l'excuseraient, peut-être, à nos yeux, si nous pouvions les pénétrer. Vois-tu, il y a presque dans tous les ménages des secrets, des mystères qui sont impénétrables aux regards; et souvent lorsqu'un mari néglige sa femme et s'éloigne de son ménage, ou lorsqu'une femme tâche d'être avec son mari le moins qu'elle peut, on est trop prompt à leur jeter la pierre et à prendre le parti de l'un contre l'autre, sans connaître à fond les pièces du procès. On rencontre fort peu de caractères qui se conviennent, et c'est après trois ou quatre mois de mariage seulement que peuvent éclater au grand jour les antipathies. Parce qu'un mari trouve sa femme déplaisante, ce n'est pas une raison pour qu'elle le soit, bien au contraire !... Mais une chose indubitable, c'est qu'il n'y a pas de sympathies entre leurs caractères, et qu'ils ont très mal fait de se marier, à une époque surtout où le divorce n'est pas encore rétabli.

Leur conversation, entrecoupée de silences et de réflexions muettes, continua quelque temps encore sur le même ton, mais obscure, vague, et flottante. La vicomtesse ne crut pas devoir s'exprimer plus catégoriquement, ni d'une manière plus explicite : d'ailleurs, elle avait en quelque sorte atteint le but qu'elle s'était proposé... Un espoir étrange, un feu sourd, qui depuis long-temps déjà couvait sous la cendre, venait de s'éveiller dans l'âme impétueuse d'Ernest.

— L'adorable femme! pensait-il. Oh! que de beauté, de flamme et d'innocence! être aimé d'elle !... Ah! ce serait le bonheur! je ne l'ai jamais connu!

Ernest ne put fermer l'œil de toute la nuit, et s'agita convulsivement jusqu'au matin dans une insomnie brûlante, qui se termina par un sommeil fébrile et plein de rêves où l'image d'Amélie passait et repassait toute rayonnante.

Le lendemain, monsieur et madame Dernouville devaient dîner chez la vicomtesse; mais, au moment de partir, Amélie prétexta un mal de tête violent qui l'obligea de rester à la maison. Depuis quelques jours elle paraissait plongée dans une tristesse profonde ; ses yeux remplis de langueur étaient environnés d'un cercle bleuâtre qui attestait une souffrance intérieure, morale ou physique : par moment, elle versait d'abondantes larmes et poussait de douloureux soupirs.

— Adolphe, dit-elle, quand son mari l'engageait à s'habiller, je ne me sens pas bien !... Ecris à madame de Forestan qu'il nous est impossible d'aller dîner chez elle ce soir.

— Non, ma chère Amelie, nous ne pouvons pas lui manquer de parole. Il faut y aller. Franchement tu n'es pas assez malade pour lui donner une raison pareille.

— Mais je ne suis pas en train le moins du monde de sortir, reprit madame Dernouville. Restons, je t'en prie.

— Non, Amélie, c'est impossible! répondit Adolphe d'un ton mécontent. Voilà déjà plusieurs fois, depuis une quinzaine de jours, qu'au moment de nous mettre en route il te prend la fantaisie de rester à la maison, je ne sais pourquoi. Il me semble même que tu n'acceptes plus qu'en hésitant et d'assez mauvaise humeur les invitations que veut bien nous faire madame de Forestan : c'est une femme charmante qui a trop d'esprit pour être susceptible ; néanmoins, cela finirait par lui paraître extraordinaire et la blesser. Allons, mon amie, achève ta toilette et partons, car nous sommes déjà en retard.

— Mais je t'assure, Adolphe, reprit-elle avec une inflexion mêlée de reproche et de tristesse, je t'assure que je souffre trop pour aller dîner en ville...

— Eh bien! je ne te forcerai pas de m'accompagner, Amélie. Reste... Au fait, il vaut peut-être mieux que tu ne sorties pas, continua-t-il après un moment de silence, pendant lequel il avait pu faire quelques réflexions. Allons, adieu, ne te fatigue pas trop à lire; moi, je reviendrai de bonne heure.

— Quoi! tu me laisserais toute seule!... Adolphe! c'est la première fois que tu me dis une chose semblable!... Oh! ce serait mal, Adolphe!... bien mal!

— Ma chère petite Amélie, il faut que tu saches que nous autres hommes nous avons des devoirs de convenance à remplir dans le monde... nous sommes esclaves de certaines choses... La politesse nous impose une foule d'obligations, mesquines si tu veux, mais qui n'en sont pas moins impérieuses; des obligations auxquelles il faut se soumettre, ma chère Amélie, sous peine de passer pour un homme mal élevé, sans usage... D'ailleurs, conviens avec moi que tu es un peu capricieuse, et que tu n'as pas vraiment de bien bons motifs pour manquer de parole à nos amis.

Il y eut un moment de silence.

— Adolphe, écoute, reprit madame Dernouville en secouant la tête, je veux te parler à cœur ouvert : nous allons beaucoup trop souvent dans cette famille... je leur porte sans doute une grande affection, mais enfin, je t'avoue que je me trouve infiniment plus heureuse auprès de toi, quand nous sommes tous les deux ensemble!... N'est-ce pas un supplice que de n'être jamais seuls et d'avoir toujours en face de soi des tiers qui vous regardent, qui vous écoutent, qui cherchent à pénétrer, à lire au plus profond de votre âme?... En vérité, mon ami, je ne te vois plus! Ne pouvons-nous passer un seul jour sans rendre visite à madame de Forestan, ou sans qu'elle vienne chez nous?... Toi, par *convenance*, tu donnes le bras à la vicomtesse, tu vas te promener avec elle dans le parc et vous causez des heures entières, tandis que moi je tiens forcément compagnie au vicomte, qui est bien le meilleur homme de la terre, mais le plus assommant aussi, et voilà ce qui me donne de continuelles migraines! Ou bien, quand M. de Forestan est à courir après ses papillons, je reste quelquefois seule avec son fils, et je t'assure que de pareils tête-à-tête m'embarrassent beaucoup. Mais je t'en supplie, Adolphe, ne m'abandonne pas aujourd'hui, restons ensemble!... j'ai tant de choses à te dire! Oh! nous passerons la soirée la plus délicieuse du monde!...

— Je te répète, Amélie, que c'est un caprice, et que je ne dois pas y céder! Non, vois-tu, ce serait parfaitement ridicule. On nous attend! il est tard maintenant pour nous dédire. D'ailleurs, moi, rien ne m'empêche de me rendre à l'invitation qu'on nous a faite. Tu peux venir avec moi, à la bonne heure, mais tu dois comprendre que c'est une raison de plus pour que j'aille t'excuser moi-même. Presqu'au sortir de table je reviendrai, ma bonne Amélie.

— Décidément, Adolphe, répliqua-t-elle avec une douloureuse amertume, tu ne peux rester une journée entière sans la voir, cette femme! Elle est vraiment bien privilégiée, bien heureuse!

— Elle a beaucoup d'esprit, au moins. Il est difficile d'être plus aimable! Je te réponds qu'on ne peut que profiter singulièrement dans la conversation d'une personne aussi distinguée que madame de Forestan.

— Je n'en doute pas, Adolphe. Il faut en vérité que sa conversation soit bien intéressante pour qu'elle dure quelquefois une journée sans vous fatiguer ni l'un ni l'autre. Mais quelles sont donc les matières si attrayantes, les questions si profondes que vous traitez si longuement ensemble? vous parlez très probablement de morale, de littérature et d'histoire?... d'histoire surtout, je présume, car il y a quelques jours, lorsque je suis entrée dans le salon, où vous discutiez depuis le matin, j'ai entendu la vicomtesse prononcer avec chaleur le nom du *roi Dagobert*, et soutenir que sa réputation était scandaleusement usurpée?... N'est-ce pas que madame de Forestan a beaucoup de présence d'esprit, plus encore que d'esprit?... et qu'elle sait donner le change aux écouteurs avec une adresse?... Enfin, ce qu'il y a de plus clair là-dedans, c'est que vous aimez à être seuls quand vous causez?... c'est que je vous gêne!

— Bien! n'es-tu pas jalouse maintenant, Amélie? dit Adolphe avec un sourire passablement contraint.

— Moi, jalouse! non, en vérité! je ne suis pas jalouse d'une femme de quarante ans passés!

— De quarante ans! interrompit Dernouville en rougissant d'une singulière façon. C'est une calomnie! madame de Forestan en a tout au plus trente-deux!... D'ailleurs, poursuivit-il avec dépit, la vicomtesse aurait trente-cinq ans, qu'elle n'en serait pas moins ravissante! C'est bien certainement le plus bel âge de la femme? Elle n'est vraiment femme qu'après la trentaine! jusque-là c'est une enfant!

— Ah! dit-elle en se mordant les lèvres, je n'ai donc la chance de te plaire que dans une quinzaine d'années! c'est bon à savoir. Madame de Forestan n'a point ce désavantage-là ; me voilà donc réduite à lui porter envie!

Et dans chaque parole d'Amélie vibrait un accent de colère et de sarcasme qui blessa douloureusement le cœur d'Adolphe.

— Ecoute, Amélie, répondit-il sèchement, tu es d'une injustice criante pour madame de Forestan qui t'aime de toute son âme. Depuis quelque temps, je remarque avec chagrin que tu n'es plus du tout la même à son égard ; tu ne laisses échapper, ce me semble, aucune occasion de lui jeter par-ci, par-là, des allusions piquantes et peu charitables, qu'elle feint de ne pas sentir, pour s'épargner la pénible obligation de les relever. Tu es bien versatile et changeante dans ton amitié!...

— Et toi peut-être dans ton amour, Adolphe! répliqua-t-elle en soupirant.

— Que veux-tu dire?

— Je veux dire, Adolphe, que la vicomtesse a l'inappréciable talent de te plaire beaucoup, et qu'elle me plaît beaucoup moins à moi. Enfin, puisque nous avons commencé à parler d'elle, il faut que je te dise tout ce que j'ai sur le cœur : je t'avoue que madame de Forestan a perdu singulièrement dans mon esprit, depuis que je la connais davantage... elle a d'étranges maximes, d'étranges paradoxes, qui me feraient croire parfois qu'elle est folle, si tu ne me répétais pas continuellement qu'il est impossible de trouver une femme plus spirituelle. Sa manière de voir en morale, en religion est si loin de la mienne, que j'évite maintenant toutes les discussions qu'elle veut entamer là-dessus ; enfin, le croirais-tu, elle avance par moment des principes qui m'épouvantent. Je commence à craindre qu'elle ne soit pas ce qu'elle paraît au premier abord, que sa bonté, par exemple, et sa franchise ne soient très problématiques... Il est aisé de voir qu'elle n'aime pas sa fille, qu'elle ne la peut souffrir.

— Ce n'est pas étonnant, répliqua vivement Dernouville, cette jeune personne est d'un caractère détestable.

— Oui, les mauvais traitemens, les paroles dures de sa mère aigrissent le caractère de cette pauvre fille, qui aurait peut-être toutes les bonnes qualités de son frère, si elle était aussi bien traitée que lui ; mais ne parlons point de tout cela ; occupons-nous de ce qui nous regarde : j'ai la conviction que madame de Forestan est bien loin de me porter l'intérêt et l'amitié qu'elle se vante à tout propos d'avoir pour moi.

— Mais qui peut te faire croire une chose semblable, Amélie?... Les bavardages de sa fille, sans doute?...

— Non, pas le moins du monde, je te jure, Adolphe. Je ne suis pas dans les secrets de mademoiselle Alexandrine; mais j'ai des yeux, des oreilles surtout...

— Allons, explique-toi. Parlons sans énigme.

— Oui, sans énigme. Je veux te dire, puisqu'il faut te parler franchement, que si tu es froid et presque indifférent pour moi maintenant, j'en sais parfaitement la cause. Je n'ignore pas que madame de Forestan est l'ennemie déclarée du mariage, et qu'elle n'en fait point mystère... Je t'en prie, Adolphe, veux-tu me dire ce qu'elle entendait par cette phrase très singulière qu'elle t'a répétée deux fois l'autre jour quand je suis entrée dans le salon et qu'elle se croyait seule avec toi : « *Mon cher ami*, te disait-elle avec une inflexion de voix fort tendre, *vous avez eu grand tort de vous marier si jeune!* »

— Eh bien! après? répondit Adolphe qui ne put dissimuler son embarras. Cette phrase-là n'a rien que de fort simple et s'expliquerait d'elle-même si tu avais entendu ce qui précédait. Le mot le plus innocent du monde, le plus insignifiant, peut sembler suspect, quand on ne sait pas à quoi il se rapporte... quand on l'isole.

— Je t'avoue, Adolphe, que cette phrase, *tout insignifiante* qu'elle puisse être, m'a frappée cruellement au cœur, comme un coup de poignard. A présent, j'ai beau faire, l'amitié de la vicomtesse ne m'inspire plus de confiance!... Je doute!...

— J'en suis fâché pour toi, Amélie; une défiance pareille sans aucun motif, est presque aussi odieuse que ridicule... on a toujours mauvaise grâce à soupçonner ses amis. Mais va, je ne t'en veux point, ce n'est pas ton cœur qui parle; tu as mal aux nerfs sans doute, et la souffrance peut-être altère ton humeur ordinairement si égale et si douce. Adieu, mon ange, un peu de repos et de solitude te calmera, j'en suis bien sûr, et dissipera l'orage qui vient d'éclater contre cette pauvre vicomtesse.

— Décidément, tu vas chez elle, Adolphe? demanda sourdement Amélie.

— Oui, très décidément, dit-il en prenant son chapeau.

— Eh bien! alors, je t'accompagne! reprit-elle avec un accent ferme et résolu.

Elle se leva précipitamment et courut vers son châle qui était posé sur un fauteuil.

— Oh! voilà qui est trop fort! s'écria Dernouville avec impatience. C'est un caprice impardonnable! Non, Amélie, non, tu resteras.

— Je veux te suivre, Adolphe!

— Et moi, je te défends de sortir! dit-il impétueusement.

Puis il quitta la chambre, fermant la porte avec bruit.

XI.

Dernouville arriva seul au château ; l'absence d'Amélie parut contrarier beaucoup madame de Forestan, mais au fond de son cœur une maligne joie s'élevait, qu'elle n'essayait pas même de réprimer. Quant au vicomte, il fut très désappointé de ne pas voir madame Dernouville, et jeta des lamentations sur la déplorable migraine de *cette femme accomplie* qui n'avait pas son égale parmi les créatures humaines, et qui n'était peut-être surpassée en élégance et en souplesse que par trois ou quatre sphinx *pur sang*. Cette longue tirade, assez grotesque, fut prononcée tout d'une haleine par le vicomte qui pinçait en même temps la tête d'un papillon magnifique qu'il venait d'attraper.

Après le dîner, on fit comme de coutume quelques tours de promenade dans le jardin. La soirée était fort agréable, et l'on respirait un parfum délicieux que la brise enlevait aux fleurs en passant; les oiseaux chantaient avant de s'endormir dans les épais feuillages; les couleurs vives du couchant s'effaçaient par degrés.

Madame de Forestan, qui trouvait la promenade assez insignifiante en compagnie du vicomte, lui conseilla, pour se débarrasser de lui, d'aller visiter les berceaux de chèvrefeuilles où les sphinx et les phalènes devaient abonder ce soir-là, disait-elle, comme les abeilles autour d'une ruche.

Le vicomte, enchanté de trouver un si bon prétexte pour courir à sa chasse favorite, disparut presque aussitôt.

Madame de Forestan n'était pas seule encore avec Adolphe. Il fallait imaginer un expédient adroit pour éloigner Alexandrine et son frère.

Après avoir réfléchi quelque temps, la vicomtesse, ennuyée d'une conversation banale, dit à son fils :

— Mon ami, je suis inquiète de cette chère Amélie. Monte à cheval tout de suite, et va t'informer de ses nouvelles.

Ernest fut ravi de la proposition, qu'il accepta avec un empressement extrême. Dernouville essaya poliment de le retenir, bien qu'il n'en eût pas la moindre envie; il lui dit que l'indisposition de sa femme était fort peu de chose, que lui-même n'avait pas la plus légère inquiétude; mais, comme il désirait, plus encore que la vicomtesse, rester seul et sans témoins avec elle, il n'insista point long-temps et laissa le jeune homme partir.

Quelques minutes après, on entendit le galop d'un cheval derrière les murs du parc. Ernest semblait avoir peur qu'on ne le rappelât, et s'éloignait à toute bride.

Madame de Forestan et Dernouville firent plusieurs tours de jardin, accompagnés d'Alexandrine qui marchait derrière eux et ne perdait pas un seul de leurs gestes, une seule de leurs paroles : la conversation était fort languissante et d'une insignifiance dé-espérante; de longs silences l'entrecoupaient fréquemment et la rendaient plus décousue encore. Enfin, la vicomtesse, impatientée, se décida à prendre un parti.

— Alexandrine, dit-elle avec une expression de douceur qu'elle n'avait pas ordinairement en parlant à sa fille, retournez au salon : la soirée est fraîche et vous savez que vous êtes très sujette à vous enrhumer.

— Mais je vous jure que je n'ai pas froid, maman, répondit Alexandrine, qui mourait d'envie de rester pour saisir quelques mots à droite et à gauche.

— Je n'aime pas les réflexions, Alexandrine, reprit la vicomtesse d'une voix sèche et impérative; allez, allez vite, vous préparerez le thé.

Alexandrine, qui savait par expérience que toutes les répliques étaient parfaitement inutiles, et ne feraient que lui attirer de sévères paroles, se retira lentement, rouge de colère et le cœur gros de dépit.

Dès que madame de Forestan se vit délivrée d'un témoin qui la gênait plus que tout autre, sa physionomie devint radieuse et charmante, son regard plein d'une langueur humide; et, s'appuyant avec plus de force sur le bras d'Adolphe, elle l'entraîna doucement dans les allées du parc les plus sombres et les moins fréquentées.

— Eh bien! mon cher Adolphe, demanda-t-elle après quelques minutes d'hésitation silencieuse; avez-vous réfléchi un peu mûrement sur tout ce que je vous disais encore hier?

— Oui, j'ai beaucoup réfléchi, madame, répondit Adolphe d'un ton rêveur, et je commence à croire que vous avez raison.

Un sourire imperceptible effleura les lèvres de la vicomtesse.

— Avouez, continua-t-elle, que le mariage est une triste chose! c'est le moyen le plus expéditif et le plus sûr pour changer l'amour en indifférence, quelquefois en haine. Certes, Amélie est une angélique créature, aussi bonne que belle, charmante enfin!... mais je ne crois pas qu'elle puisse vous comprendre! Entre vos deux caractères, je ne trouve aucune espèce d'analogie, aucune similitude dans la manière de voir et de sentir. Il est indubitable que Dieu ne vous avait pas créés l'un pour l'autre, et que les circonstances qui vous ont rapprochés vous ont peut-être mal servis. D'ailleurs, vous conviendrez avec moi qu'Amélie est une enfant, qui ne connaît pas le monde, et dont le cœur sommeille encore quoi qu'elle en dise! O mon ami, si vous m'aviez consultée, il y a quelques mois, si j'avais pu avoir le moindre empire sur vous, jamais vous n'auriez fait ce mariage!... Vous auriez attendu, au moins!

— Je me suis peut-être hâté, répondit Adolphe avec un certain embarras; c'est votre opinion, et je la partage. Cependant je vous jure, madame, que je ne me repens pas d'avoir épousé Amélie; si jamais une femme mérita d'être aimée, c'est bien elle.

Et cette dernière phrase, ces derniers mots surtout, furent prononcés par Adolphe avec une chaleur de conviction, avec une véhémence qui ne parut pas toucher agréablement le cœur jaloux et susceptible de la vicomtesse.

— Oui, dit-elle, c'est un ange! j'en conviens très volontiers avec vous! j'en ferai, si bon vous semble, un panégyrique plus pompeux et tout aussi sincère que celui qu'elle pourrait vous inspirer. Mais je répète qu'il n'existe pas entre vous deux le plus léger rapport d'humeur et de sentimens. Vous devez, par exemple, commencer à vous apercevoir qu'elle est parfois d'une exigence, d'un despotisme, si je puis me servir de cette expression, oui, d'un despotisme...

— L'expression est sans doute un peu exagérée, interrompit Adolphe, mais au fond je pense comme vous... il y a peu de ressemblance entre le caractère de ma femme et le mien... Oui, l'exigence est peut-être son défaut!... Mais enfin, que voulez-vous, je suis marié... il faut bien me résoudre à ma position; il faut en supporter toutes les conséquences, le bon comme le mauvais. Je tâcherai de ne pas lui causer de chagrin, s'il est possible, et de lui faire de temps à autre, en apparence du moins, le sacrifice de mes goûts et de mes idées.

— Ne vous flattez pas d'une semblable illusion, Adolphe, les sacrifices de cette nature sont au dessus de la force humaine. Songez d'ailleurs que la vie est longue, et que vous n'êtes encore qu'au début... Eh! tenez, Adolphe, je ne vous donne pas six mois actuellement pour vous repentir avec amertume de votre précipitation. Ce que vous avez pris pour de l'amour n'était qu'une affaire d'imagination, l'effet de la solitude et de la campagne, le besoin de remplir son cœur lorsqu'il est vide... Voilà tout! Vous êtes bien jeune encore, bien jeune d'âme surtout, et vous n'avez point vécu le moins du monde; vous n'avez pas aimé... c'est-à-dire, vous n'avez pas encore éprouvé les ineffables douceurs d'un amour partagé, d'un amour parfaitement heureux, dans toute l'extension du mot!... Et vous devez être bien sûr qu'un jour ou l'autre, avant très peu de temps, sans doute, il s'opérera dans votre cœur, dans toute votre nature, une réaction vigoureuse, brûlante, irrésistible! Vous sentirez votre poitrine déborder de flammes et d'amour, et, très probablement alors, Amélie, avec sa beauté merveilleuse, avec toutes les grâces du corps et de l'esprit, ne pourra plus suffire à votre exubérance de passion.

Leur entretien dura long-temps encore et tourna continuellement dans le même cercle. La vicomtesse voulait convaincre Adolphe d'une seule chose: c'est qu'il s'était marié trop jeune, et que le mariage était décidément le tombeau de l'amour. Enfin la conversation s'entremêla bientôt de soupirs mélancoliques et de regards expressifs et tendres.

— Oui, tout ce que vous dites est vrai! murmura Dernouville d'une voix tremblante d'émotion. Hélas! hélas! pourquoi ne vous ai-je pas connue plus tôt, Ermance!

— Je vous aurais parlé à cœur ouvert, Adolphe, répondit madame de Forestan avec une inflexion douce et persuasive. Et j'ai tout lieu de croire que vous seriez libre encore!... que vous auriez plus long-temps réfléchi du moins avant de consentir à cette union... qui, vraiment, n'était point faite pour vous!

— Oui, je ne peux m'empêcher de me dire sans cesse : « Pourquoi ne l'ai-je pas connue plus tôt cette excellente amie, cette femme adorable qui maintenant ne peut plus être pour toi qu'une sœur... » Hélas! je serais heureux peut-être!...

Quoi! ne l'êtes-vous point, Adolphe?

Dernouville répondit d'abord par un long soupir qui s'échappait d'un cœur bondissant et plein de feu.

La vicomtesse renouvela sa question en l'accompagnant d'un regard tendre et interrogateur qui pénétra bien avant dans la pensée d'Adolphe.

— Ainsi, vous n'êtes pas heureux? reprit-elle.

— Non, je ne le suis pas, je ne puis l'être, répondit-il vivement; je ne puis l'être en comparaison du bonheur que je pouvais avoir!... Vous m'avez laissé croire que votre cœur n'était pas sourd au langage du mien!... Hélas! et maintenant...

— Eh bien! maintenant?... Achevez, Adolphe, que voulez-vous dire?... Croyez-vous que mon cœur ait plus d'indifférence?

— Ah! s'il était possible!...

Adolphe pouvait à peine articuler une parole, tant son émotion était forte et profonde.

— Adolphe, poursuivit madame de Forestan avec une intonation triste et charmante, avouez que vous avez été bien cruel pour moi; avouez que j'étais loin de mériter la douloureuse humiliation que vous n'avez pas craint de m'infliger. Oui, je le sais, j'étais coupable. Ma faiblesse peut-être était un crime... mais, à vos yeux, du moins, je devais paraître excusable.. Quand on aime, on est quelquefois bien à plaindre... Hélas!... et vous le savez, j'aimais, Adolphe... Je n'ai jamais été heureuse, moi! Toute jeune encore, et presqu'au sortir du couvent, on m'a fait épouser un homme que je n'aimais pas... Alors je ne savais pas ce que c'est que l'amour. Pauvres femmes que nous sommes! on nous sacrifie toujours. Avant de nous marier, on ne consulte jamais nos goûts ou nos répugnances; on nous immole aux convenances de fortune et de position, on nous jette en esclaves dans les bras du premier venu qui se présente, pourvu qu'il soit riche ou de haute famille. Et notre supplice ne se borne point là : il faut que nous soyons éternellement fidèles à des hommes qui nous sont odieux souvent, et que nous devons regarder comme des ennemis... Il faut que nous portions, jusqu'à la mort, le poids des chaînes qu'un monde injuste et plein de préjugés nous impose... Malheur, malheur à nous, si jamais l'amour s'allume au fond de notre âme, si nous l'entretenons comme un feu sacré, au lieu de l'étouffer à deux mains!... Le monde est là qui toujours nous regarde avec ses yeux impitoyables; et, pour nous couvrir d'opprobre, il n'est point assez d'injures, d'outrages. Pour nous écraser, malheureuses, il n'est point assez de pierres et de malédictions... Adolphe! Adolphe! pourquoi le sort nous a-t-il faits si tard nous rencontrer?... A présent, il n'y a plus de bonheur pour moi sur la terre... Vous êtes à une autre!

— Ermance, je vous aime, vous le savez, s'écria Dernouville emporté par une force irrésistible et magnétique; oh! je n'aime que vous!

— Dieu! s'il était vrai, Adolphe!...

Au même instant un bruit singulier se fit entendre dans le feuillage; l'allée était sombre; un faible jour y pénétrait à peine encore à travers les taillis; mais la vicomtesse put distinguer comme une robe blanche au milieu d'un fourré très épais.

— Qui est là? s'écria-t-elle d'une voix émue, qu'elle s'efforçait en vain d'affermir.

On ne fit aucune réponse et le fantôme disparut presque aussitôt.

La vicomtesse demeura silencieuse, mais un frisson d'épouvante parcourut tout son corps; elle s'appuya plus fortement sur le bras d'Adophe. Ils rentrèrent au salon, muets, préoccupés, et trouvèrent M. de Forestan qui sautait de joie et se frottait les mains, comme un bibliophile qui vient d'acheter quatre sous un précieux bouquin qu'il est sûr de revendre quatre louis.

Le vicomte, en rôdant comme de coutume autour des chèvrefeuilles, avait fait une chasse abondante de sphinx et de phalènes. Il les piquait les uns après les autres, le plus flegmatiquement du monde, avec une épingle qu'il faisait d'abord rougir à la flamme d'une bougie; ensuite il les fixait sur une tablette de liége, et leur étendait symétriquement les ailes, qu'il avait soin d'alourdir avec des grains de plomb, pour empêcher les pauvres insectes de se débattre et de secouer leur brillante poussière en s'agitant dans les convulsions douloureuses de l'agonie.

Ernest ne revint que fort tard dans la soirée. Il dit qu'il avait trouvé madame Dernouville très souffrante et plongée dans un accablement profond qui ressemblait à de la tristesse: elle était d'une pâleur extrême, et versait par momens quelques larmes silencieuses qu'elle s'efforçait de cacher.

Adolphe, qui était la bonté même, ne put se défendre d'une espèce de remords en songeant que lui seul avait fait naître ces larmes. Impatient de les essuyer, il partit sur-le-champ, malgré les efforts de la vicomtesse pour le retenir.

Alexandrine ne disait pas une parole; mais sa physionomie rayonnait d'un sourire faux et malicieux, dont sa mère ne pouvait comprendre la cause.

Après le départ d'Adolphe, le vicomte se retira immédiatement dans sa chambre pour mettre en ordre ses nouvelles victimes, et, quand Alexandrine fut couchée, madame de Forestan resta seule dans le salon avec son fils, et lui parla de madame Dernouville qu'elle semblait plaindre du fond de son cœur.

—Tu es resté long-temps avec Amélie, lui demanda-t-elle assez négligemment. Sa migraine ne l'a donc pas empêchée de causer avec toi plusieurs heures?... De quoi parliez-vous, Ernest?

— Mais... de mille choses, répondit celui-ci. C'est une femme excessivement aimable et spirituelle.

— Je le sais parfaitement. Mais, dis-moi, mon petit Ernest, n'a-t-elle pas l'air d'en vouloir un peu à son mari?

— Il m'a semblé, en effet, ma mère, qu'elle avait à se plaindre de M. Dernouville; à moins toutefois que je n'aie mal interprété certaines paroles qui n'avaient peut-être pas la portée que je leur supposais. Mais ce qu'il y a de très extraordinaire, c'est que madame Dernouville a l'air de t'en vouloir aussi. Elle qui autrefois ne tarissait pas en éloges sur ton compte, eh bien! elle n'a prononcé ton nom qu'avec une sorte de contrainte qui m'a bien surpris. Car enfin elle n'a pas une meilleure amie que toi; tu l'aimes comme ta propre fille. J'avoue que son mari pourrait être beaucoup plus attentif pour elle, et qu'il la néglige d'une étrange façon. Quand tu m'as dit cela dernièrement, j'hésitais à le croire; mais je suis bien forcé de me rendre à l'évidence, et je trouve que M. Dernouville n'est vraiment point excusable...

— Ernest, interrompit vivement la vicomtesse, tu ne connais pas le monde encore. Il ne faut jamais juger sur les apparences. Je vais te parler avec toute la franchise d'une mère et d'une amie. M. Dernouville n'est pas si coupable que tu le crois. Ses torts ne sont point ceux de son cœur, mais seulement de son âge. Que veux-tu, il s'est marié beaucoup trop jeune, et maintenant il commence à s'apercevoir qu'il n'aime pas sa femme, et qu'il ne l'a jamais aimée peut-être.

— Mais qui peut te faire supposer une chose pareille, bonne mère? dit Ernest avec un mouvement d'intérêt et de curiosité qui se peignit tout à coup dans ses traits.

— Il m'a tout avoué, Ernest.

— C'est étrange!

— Mais elle-même, Ernest, tu crois sans doute qu'elle l'aime passionnément? tu es, mon cher enfant, dans une erreur profonde... Non, ce n'est pas de l'amour, c'est tout bonnement un caprice, un pur enfantillage, une chimère de jeune fille exaltée, qui s'imagine qu'elle aime, parce qu'elle a besoin d'aimer. Mon Dieu! sois très sûr qu'elle aurait accepté pour époux le premier homme assez bien tourné qui se fût présenté à la place d'Adolphe. Du reste, je conviens avec toi que c'est une personne charmante, qui n'aurait qu'à se montrer dans un salon pour faire tourner toutes les têtes et bondir tous les cœurs. Mais enfin, il ne faut point disputer des goûts. Il en est des sympathies comme des antipathies: c'est le hasard qui les éveille, ou plutôt leur cause est un mystère, qu'il est inutile de chercher à approfondir. Amélie, tout adorable qu'elle peut être, ne plaît pas à Dernouville; il a tort sans doute, mais le fait n'en existe pas moins. Elle ne lui plaît pas, peut-être uniquement parce qu'elle est sa femme. Il n'en faut pas davantage, Ernest.

— Ma foi, s'il en est ainsi, ma mère, je plains fort votre ami d'être aussi ridiculement difficile. Ce dont je suis plus que certain, c'est qu'il ne trouvera pas tous les jours des femmes comme la sienne, et qu'un autre à sa place s'estimerait le plus heureux des hommes.

— Amélie te plaît donc? demanda madame de Forestan avec une singulière vivacité.

— Ah! je donnerais tout de suite dix ans de ma vie pour être aimé d'une femme semblable! répondit chaleureusement Ernest.

— Dix ans, c'est beaucoup, mon ami, reprit-elle en souriant; ne donne rien que le temps nécessaire pour te faire aimer... et tu n'auras pas une seule minute à regretter.

— Etre aimé d'elle!... Oh! c'est impossible. Madame Dernouville est la vertu même.

— Essaie toujours, mon pauvre garçon; et ne te déclare point battu, quand tu n'as pas encore seulement commencé l'attaque. Je te jure que tu aurais beaucoup de chances de victoire.

— Mais, c'est une plaisanterie sans doute, que tu fais là, ma bonne mère, dit Ernest en interrogeant du regard la physionomie souriante de la vicomtesse. Oh! tu ne penses pas un mot de tout ce que tu viens de me dire... n'est-ce pas?... Tu sais trop bien que je ne suis pas capable de vouloir séduire la femme d'un ami!... Moi, j'ai beaucoup d'affection pour M. Dernouville, c'est un bon et loyal jeune homme, et j'apprécie une foule d'excellentes qualités qui le distinguent. Je ne lui reproche qu'une chose, une seule chose... il n'a pas l'air de savoir que sa femme est une créature idéale, un ange!

— Amélie serait plus délicieuse encore, s'il était possible, qu'Adolphe n'en serait pas plus amoureux! Je te répète que c'est sa femme, et ce mot-là résume tout. Tu sais bien que si M. Dernouville aimait véritablement cette pauvre chère Amélie, je ne te conseillerais jamais de troubler l'harmonie d'un ménage heureux et tranquille. Mais je te répète que j'ai maintenant la certitude qu'il ne l'aime plus, s'il l'a jamais aimée: et tu dois comprendre qu'une femme aussi jeune qu'Amélie ne peut pas vivre sans avoir une passion dans le cœur. Avant quelques mois, j'en suis très sûre, elle verra qu'Adolphe ne veut plus être pour elle qu'un ami, un frère, et comme ce titre passablement froid ne lui suffira plus, à cette charmante enfant, elle fera la réflexion très sage que, Dernouville n'est pas le seul homme aimable et bien tourné qu'on puisse rencontrer dans le monde. Ecoute, je porte un attachement sincère à nos jeunes amis, mais enfin, tu m'es infiniment plus cher que lui et madame Dernouville. Tout ce que ton cœur jeune et impétueux renferme de tendresse et d'amour, tu le prodigues à des femmes galantes qui ne sont pas dignes de toi : l'amour est un feu sacré qui purifie l'âme, et qu'il ne faut pas éparpiller à tous les vents... Tu es un homme maintenant, et je puis te parler un semblable langage, sans avoir recours aux périphrases, aux réticences pudibondes, que beaucoup de mères emploieraient à ma place, sans doute... Mon bon Ernest, je sais qu'à ton âge on a besoin d'aimer, et qu'il est impossible d'étouffer la voix du cœur et des passions bouillonnantes; mais je ne te cache pas que, tout en convenant d'une pareille nécessité, j'aimerais beaucoup mieux te voir former une liaison solide et flatteuse pour l'amour-propre d'une mère, que toutes ces liaisons banales et dangereuses qu'un jour voit naître et mourir. Au surplus, mon ami, c'est à toi de voir ce que tu dois faire ; je n'ai pas d'autres conseils à te donner. Seulement, je t'engage à ne pas trop négliger madame Dernouville qui te reçoit toujours avec le plus grand plaisir : ne fût-ce que pour lui tenir compagnie pendant les très longues absences de son mari, et te montrer sensible à la bienveillance qu'elle te témoigne, tu feras bien de la voir plus souvent. Mais si tu avais le bonheur de lui plaire!... Oh! tu lui plais déjà, Ernest, c'est moi qui te le dis ; j'ai de bons yeux, et les femmes, comme tu sais, se trompent rarement en pareilles matières... Néanmoins, je crois que tu aurais grand tort de perdre du temps en hésitations!.. Si tu ne te presses pas d'emporter un cœur que bien d'autres que toi vont assaillir, tu auras la douleur de te voir préférer un rival, moins digne que toi peut-être de réussir, mais plus hardi, moins irrésolu. C'est la dernière fois, Ernest, que je te parlerai de cela; tout ce que je te demande, c'est de réfléchir.

Minuit venait de sonner, la vicomtesse embrassa tendrement son fils et se retira dans sa chambre à coucher.

Ernest ne dormit pas un instant de toute la nuit. Cette conversation avait éveillé dans son esprit des idées fébriles et tumultueuses qu'il ne pouvait maîtriser. Il s'agita jusqu'au lendemain matin dans une brûlante insomnie, entremêlée de rêves étranges et d'hallucinations voluptueuses qui firent plusieurs fois rayonner à ses yeux, dans l'ombre, l'image enchanteresse d'Amélie.

Le lendemain, au point du jour, quand il alla s'enfoncer dans les allées humides du parc, pour rafraîchir son front embrasé et respirer l'air pur et la rosée du matin, il n'avait plus qu'une pensée, qu'un désir, qu'un espoir!... être aimé de madame Dernouville!

XII.

Madame Dernouville était plongée dans une mélancolie profonde. Elle s'apercevait plus clairement chaque jour qu'elle avait perdu la tendresse de son mari.

Adolphe témoignait bien toujours à sa femme les mêmes égards; il était pour elle d'une douceur parfaite, mais indifférente ou contrainte, et jamais il ne laissait échapper une occasion de s'absenter de son ménage et de s'éloigner d'Amélie.

Quand Dernouville n'était point chez lui, on était bien sûr de le trouver au château de Morlinière, dans la chambre de la vicomtesse, ou se promenant avec elle au fond des allées les plus ombragées du parc.

Cependant Ernest redoublait d'assiduités et d'attentions galantes auprès de madame Dernouville; il lui faisait de fréquentes visites; à table, il se plaçait à côté d'elle, et toujours à la promenade il lui donnait le bras.

Une femme beaucoup moins clairvoyante que madame de Forestan n'aurait pas douté un moment qu'Ernest ne fût passionnément épris de madame Dernouville : on voyait bien facilement qu'il s'occupait d'elle et lui faisait une cour très active. Aussi, Alexandrine, quoique silencieuse et morne, parlait de madame Dernouville à son frère Ernest, en secouant la tête d'une manière significative et railleuse, qui voulait dire qu'elle avait des yeux, et qu'elle savait fort positivement l'amour d'Ernest pour Amélie.

Deux mois s'écoulèrent ainsi. Madame Dernouville semblait singulièrement refroidie pour la vicomtesse, qui ne paraissait point s'en apercevoir, et lui témoignait toujours la même amitié, quoique, par momens, toutes ces grandes protestations de tendresse et de dévoûment eussent quelque chose de peu naturel et de guindé, qui n'avait pas l'air de s'élancer du cœur.

Madame de Forestan s'applaudissait intérieurement d'avoir si vite réussi dans ses projets. Elle comprenait bien qu'Adolphe n'aimait plus sa femme, quoiqu'il ne voulût pas en convenir ; mais ce dont elle était plus certaine encore, c'est qu'elle avait inspiré à Dernouville une passion profonde qui faisait tous les jours d'immenses progès. Enfin elle était presque au comble de ses vœux.

Un jour qu'Adolphe et la vicomtesse étaient enfermés ensemble dans le salon depuis deux grandes heures, et qu'une scène des plus ardentes se passait entre eux, au moment où Dernouville, emporté par une irrésistible exaltation, tombait à genoux et lui jurait un amour éternel, avec tout l'accompagnement sonore des phrases consacrées par l'usage dans le dictionnaire des amans, un rire plein d'amertume et de sarcasme se fit entendre derrière la porte, puis un frôlement de robe, un bruit de pas !...

Madame de Forestan, effrayée, se leva brusquement, courut à la porte qu'elle ouvrit, et se trouva face à face avec Alexandrine qui s'enfuit précipitamment comme un coupable pris sur le fait.

La vicomtesse, persuadée que sa fille écoutait depuis long-temps à travers la porte, entra dans une violente colère, elle poursuivit Alexandrine qui monta rapidement l'escalier, et, ne pouvant l'atteindre, elle lui fit des menaces sévères.

Le mot de *vengeance* fut sourdement proféré par la jeune fille qui se réfugia dans sa chambre et s'enferma. Sa mère, craignant de l'exaspérer par de mauvais traitemens, feignit d'avoir tout oublié, et ne lui reparla de rien : elle tremblait qu'Alexandrine n'eût compris la conversation mystérieuse du salon.

L'été se passa sans amener aucun événement remarquable dans les deux ménages. On quitta la campagne pour retourner à Paris, et la même intimité continua de régner entre Dernouville et madame de Forestan.

Cependant Amélie, ne voulant plus aller souvent chez la vicomtesse, qu'elle commençait à prendre en aversion, cherchait tous les prétextes, bons ou mauvais, pour rester chez elle et ne point sortir. Ernest venait plus fréquemment pendant les absences continuelles de M. Dernouville ; et la pauvre abandonnée se trouvait moins à plaindre depuis qu'un aimable et beau jeune homme lui tenait assidument compagnie, et l'empêchait de compter les minutes. Elle comprenait bien qu'Ernest lui faisait la cour ; mais comme il ne s'était jamais prononcé d'une manière positive, elle n'avait pas cru devoir s'alarmer des visites journalières d'un homme qui n'était jamais sorti des bornes les plus rigoureuses de la convenance et du respect.

La vicomtesse de Forestan était fort contrariée que madame Dernouville ne vînt plus chez elle que de loin en loin ; elle s'en plaignit à Dernouville, et lui dit qu'une pareille disparition ne pouvait manquer de produire un très mauvais effet dans le monde, et devait nécessairement éveiller les conjectures malveillantes et les soupçons.

Un jour Adolphe fut pour sa femme d'une amabilité merveilleuse à laquelle depuis long-temps la pauvre Amélie n'était plus accoutumée. Elle ne savait à quoi attribuer un si heureux changement, et toute sa physionomie ordinairement triste et mélancolique était rayonnante de bonheur.

— Ecoute, mon ange, lui dit Adolphe avec l'inflexion de voix la plus caressante qu'il put trouver, tu ne mets plus le pied chez la vicomtesse, qui pourtant ne t'a pas donné le plus léger sujet de plainte... Je t'assure que tout le monde est surpris de ne te voir jamais aux soirées de madame de Forestan.

— Mais, en vérité, Adolphe, répondit madame Dernouville, dont le visage tout à l'heure si gai se rembrunit soudain, tu sais bien que je ne vais nulle part cette année : je suis trop souffrante. Il faut absolument que je me prive cet hiver de toute espèce de plaisirs...

— Capricieuse! interrompit Adolphe avec douceur, mais en souriant d'une manière contrainte. Voilà bien les femmes! Toi qui ne pouvais rester un seul jour sans voir madame de Forestan, à présent tu la négliges... comme si tu lui en voulais... Mais non, tu ne lui en veux pas; je te le répète, c'est un pur caprice, un véritable enfantillage! Elle a eu tort peut-être de te montrer autant d'affection; elle t'a fatiguée de sa tendresse, apparemment... Je t'avertis pourtant d'une chose, Amélie... prends garde, en te conduisant ainsi, de passer pour une ingrate!

— Je ne crois pas que l'ingratitude soit de mon côté, répliqua-t-elle amèrement.

— Que veux-tu dire?

— Ecoute, Adolphe, continua-t-elle d'une voix tremblante de sanglots, j'ai le cœur trop gonflé! Il faut que je parle enfin!... Adolphe, décidément je ne veux plus avoir aucun rapport avec cette femme!

— Et pourquoi?

— C'est une fausse amie, une âme hypocrite et perfide!

— Folle! répartit Dernouville en s'efforçant de cacher sous un sourire le trouble qui l'agitait, tu es vraiment d'une injustice déplorable! Allons, parle, que reproches-tu donc à cette pauvre vicomtesse, pour lui faire une semblable déclaration de guerre?...

Adolphe était fort pâle. Il y eut un instant de silence.

— Maintenant que j'ai commencé, il faut que j'achève! reprit madame Dernouville avec un accent de résolution douloureuse. Tu veux savoir ce que je reproche à la vicomtesse de Forestan?... Eh bien! le voici... Elle s'est couverte du masque de l'amitié pour me trahir, pour me percer le cœur en m'embrassant! Je sais très bien... une femme ne se trompe pas à ces sortes de choses... je sais très bien qu'elle est parvenue à m'aliéner ton amour!... Adolphe, tu ne m'aimes plus!

— Moi! quelle idée! s'écria-t-il en tressaillant. Qui peut te faire croire?... Est-ce donc parce que je ne suis pas à tes genoux du matin au soir?... Non, véritablement, tu n'es pas raisonnable.

— Adolphe, je le serais bien moins encore de ne pas m'alarmer, de voir avec indifférence et calme tout ce qui se passe autour de moi!... Car enfin, je n'en puis douter, tu ne quittes plus madame de Forestan! Je ne te vois pas de toute la journée, et c'est auprès d'elle que tu oublies tout ce que je souffre en ton absence!... Mais dis-moi, je t'en conjure, qu'a-t-elle donc de si attrayant, cette femme, pour t'arracher à ta maison des journées entières?... Quel charme irrésistible?...

— Un très puissant, interrompit Adolphe avec impatience, l'esprit, l'amabilité, la grâce, et surtout l'égalité d'humeur et de caractère, ce qui n'est pas fort commun aux jolies femmes... Mais parlons un peu raison, ma chère Amélie; que diantre! il faut bien te mettre dans la tête que je ne me suis pas marié, à mon âge... pour me faire ermite, et m'enfouir dans mon ménage, comme dans une espèce de thébaïde! D'ailleurs, si je restais continuellement près de toi, si nous demeurions en éternel tête-à-tête, je ne tarderais pas à te devenir odieux, insupportable! Songe donc, ma pauvre belle, que nous avons encore terriblement d'années à passer ensemble, l'un à côté de l'autre!...

— Et cela t'effraie, Adolphe! répliqua-t-elle avec une expression de reproche tendre qui émut Dernouville. Ah! combien tu es changé! en si peu de temps!... Mon Dieu! pourquoi l'ai-je connue, cette femme!... Je prévois qu'elle me sera funeste!

— Encore une fois, Amélie, tu n'es pas juste à son égard. Elle t'aime comme une sœur, j'en ai la certitude, et tu ne l'aimes pas.

— Non, je ne l'aime plus! poursuivit-elle avec force. J'ai vu clair dans son âme! je ne l'aime plus!... Mais toi, Adolphe, oh! tu l'aimes!...

— Moi!

— Je l'ai deviné! s'écria-t-elle en fondant en larmes. Oui, j'ai compris vos regards!... même devant moi vos yeux se parlent!... Tu pâlis, tu rougis, quand elle s'approche, et ton cœur bat plus vite! Oh! je le sais, je le sais! souvent j'ai mis ma main sur ta poitrine, et je n'en puis douter!... Adolphe, tu l'aimes!... Cette femme, que je regardais comme une amie dévouée, sincère, cette femme est l'ennemie de mon bonheur! toutes les larmes que je verse, Adolphe, c'est elle qui me les fait répandre!... Elle te perdra, elle te perdra!... Cher Adolphe, oh! je t'en conjure, fais ce que je te demande à genoux, ne vois plus la vicomtesse, ne la vois plus!... ou bien si le sacrifice que j'implore te paraît trop pénible, Adolphe, va moins souvent chez elle!... Tu ne peux me refuser cette grâce...

— En vérité, ma chère amie, tu es d'une exigence qui n'a pas de nom; c'est ridicule! Pour tout au monde je ne voudrais point te céder, ne fût-ce que pour t'apprendre à mieux réprimer des mouvemens de jalousie et de défiance que rien n'excuse et qui ne te font pas honneur.

— Ainsi, reprit-elle d'une voix sourde et voilée de larmes, tu continueras à voir la vicomtesse aussi fréquemment?... tous les jours?...

— Tous les jours, dit sèchement Adolphe.

— Mon ami, tu veux donc m'affliger?...

— Non, mais décidément, Amélie, je ne veux pas faire la moindre concession à un caprice impardonnable qui n'a pas d'autre but que celui de me contrarier.

— Eh bien! Adolphe, je l'avoue, c'est un caprice, c'est une idée folle, un enfantillage... c'est tout ce que tu voudras!... Mais je te jure que cette femme m'épouvante!... Quand je te sais près d'elle, non, je ne suis pas tranquille, je souffre! oh! je souffre des tourmens affreux! Tu diras que je suis jalouse, exigeante, soupçonneuse! tout cela c'est possible, mais, Adolphe, je t'aime! et lorsque tu n'es pas là, je crois toujours que ton cœur ne m'appartient plus... qu'une autre s'en est rendue maîtresse, à force d'astuce et de coquetterie!... Je t'en supplie, Adolphe, ne me refuse pas ce que je te demande; je n'exige point que tu renonces entièrement à la société de madame de Forestan, que tu te brouilles avec elle, non!... je te jure!... Mais tu peux lui faire de moins fréquentes visites, de moins longues surtout... Cherche un prétexte pour cesser de la voir pendant quelques jours, rien n'est plus facile!... Oh! je t'en prie!

— En vérité, il est impossible d'imaginer une tyrannie semblable! répliqua Dernouville, qui, pour mieux résister à la prière d'Amélie, ne vit pas de meilleur moyen que d'employer les récriminations. Sur ma parole, tu es la femme du monde la plus étrange! tu veux m'empêcher de voir les personnes qui me plaisent! Oh! cela est intolérable! Quel égoïsme! Parce que madame de Forestan n'a plus le bonheur de te plaire, il faut aussi que j'épouse tes antipathies, tes répulsions injustes, et que je me prive de voir une des femmes les plus accomplies que j'aie jamais rencontrées. Que dirais-tu, ma chère amie, si je faisais la même chose que toi, si je te défendais de recevoir les gens que tu as du plaisir à voir... et qui savent très bien te consoler des ennuis de la solitude?...

— Adolphe, explique-toi, qui veux-tu désigner?... Est-ce M. Ernest de Forestan?

— Lui-même, Amélie! Et tu conviendras qu'à la rigueur, si j'avais comme toi un certain penchant à la défiance, je pourrais trouver que ce jeune homme te rend des visites très assidues et fort longues aussi!... Ce n'est pas, au moins, que je veuille te reprocher cela comme un crime, Dieu m'en préserve! Il n'y a rien là que de parfaitement naturel, et je t'approuve d'avoir choisi pour ami, pour confident peut-être, un excellent garçon que j'aime de tout mon cœur; mais je tiens seulement à te prouver que nous avons raison l'un et l'autre de faire ce que nous faisons. Certes, nous sommes bien loin de faire du mal; et, franchement, si l'on était obligé de consulter sa femme ou son mari pour les choses les plus indifférentes de la vie, le mariage ne serait pas tenable... ce serait un terrible esclavage; et, pour s'en affranchir, il n'y aurait pas assez de cordes, assez de ponts, assez de fenêtres, assez de balles de pistolet.

— Tu plaisantes, Adolphe, reprit tristement madame Dernouville, et tes cruelles plaisanteries me brisent le cœur... Parle, tu n'as qu'un mot à dire! Veux-tu que dès aujourd'hui je ne reçoive plus M. Ernest?... Je te jure qu'il n'entrera plus dans cette chambre! Et cependant, comme tu le disais toi-même tout à l'heure, c'est un jeune homme plein de noblesse et de grandeur d'âme, un véritable ami, un jeune homme enfin sur lequel on pourrait compter à la vie, à la mort!... Mais, bien que je lui porte un attachement sincère, je n'hésiterais pas un moment à te sacrifier la seule distraction qui me reste, à présent que tu passes des journées entières loin de moi!... Je te le répète, Adolphe, oui, tu n'as qu'une parole à dire, et je ne verrai plus M. Ernest.

— Et pourquoi donc cesserais-tu de le voir? Je suis ravi, au contraire, qu'il vienne souvent, j'ai pour lui toute l'affection d'un frère!... Ma pauvre Amélie, ne va pas t'imaginer au moins que je suis jaloux? Oh! cela est aussi loin de mon caractère que la défiance! D'ailleurs, tu dois savoir que je suis libéral de ma nature, mais libéral dans toute l'étendue et la force du mot. Je veux que chacun soit libre, indépendant!... Je ne hais rien tant que ce qui ressemble à l'inquisition. Ainsi, mon ange, reçois Ernest du matin au soir, si bon te semble!... Loin d'y trouver quelque chose à redire, je remercierai cet excellent jeune homme de te distraire pendant mon absence, et je ne pourrai que t'applaudir du choix d'un pareil ami.

Dernouville sortit presque aussitôt et ne revint que fort tard dans la soirée. Sa femme avait les yeux rouges de larmes quand il rentra.

XIII.

Madame de Baumare ayant appris indirectement qu'il régnait beaucoup de froideur depuis quelque temps entre sa fille et M. Dernouville, vint à Paris pour juger par elle-même de ce qu'elle avait entendu dire. Trois ou quatre jours après son arrivée, elle tomba malade : Amélie passait une grande partie des journées auprès d'elle, bien que la maladie de madame de Baumare ne fût nullement inquiétante; mais madame Dernouville, se trouvant seule dans la maison du matin au soir, ne rentrait plus qu'à l'heure du dîner et repartait immédiatement après pour aller voir sa mère.

Adolphe n'avait vu qu'une seule fois madame de Baumare depuis qu'elle était à Paris, et la singulière indifférence de son gendre la blessait profondément. Plusieurs fois Amélie avait supplié M. Dernouville de l'accompagner de temps à autre pour aller voir madame de Baumare, mais celui-ci prétextait continuellement des affaires importantes qui demandaient sa présence ailleurs et qui le rendaient presque esclave.

Cependant un jour il fut convenu qu'Adolphe et sa femme iraient ensemble rendre visite à la malade dans l'après-dîner. Amélie, qui depuis fort long-temps ne sortait plus avec son mari, attendait très impatiemment l'heure qu'il avait désignée, mais, au moment de partir, il changea brusquement d'idée, et, se frappant le front comme une personne distraite qui se rappelle subitement quelque chose de grave qu'elle avait oublié, il dit à sa femme qu'il était vraiment désolé, mais qu'il se voyait dans l'impossibilité de sortir avec elle. Un rendez-vous d'affaires auquel il ne saurait manquer sans compromettre sérieusement ses intérêts, l'obligeait de partir à l'instant même ; ce rendez-vous, il l'avait complétement oublié, et c'est par le plus grand des hasards qu'il venait de se le rappeler tout à coup.

Amélie, cruellement désappointée, fit quelques objections à son mari, le questionna sur ce rendez-vous d'une manière vague et inquiète qui prouvait qu'elle n'ajoutait pas une foi bien robuste aux paroles d'Adolphe. Celui-ci, qui n'était pas habitué à mentir, se troubla d'abord, et, n'ayant à donner aucune raison triomphante, il se réfugia dans une foule de prétextes mystérieux, et de réticences qui ne semblaient pas très satisfaisantes à madame Dernouville. Adolphe mentait fort mal, comme un homme qui a coutume de dire la vérité, et qui ne sait pas le moins du monde improviser un mensonge, et le présenter sous des couleurs vraisemblables.

Amélie demeura silencieuse et plongée dans les réflexions les plus tristes. Maint et maint projet inspiré par la jalousie de l'amour se heurtaient confusément dans sa tête et se détruisaient les uns les autres ; elle ne savait auxquels s'arrêter. Elle flottait encore dans cette douloureuse indécision, lorsqu'en sortant de table elle reçut une lettre conçue de la manière suivante.

« Ce soir, quand votre mari sortira, suivez-le sans qu'il vous aperçoive. Vous aurez la preuve indubitable qu'il vous trompe indignement. »

Ce billet, qui n'était point signé, la frappa comme d'un coup de foudre ; mais, rougissant de croire un pareil accusateur qui n'avait pas le courage de se nommer, elle eut envie d'abord de montrer cette lettre à son mari ; elle fut même sur le point de la jeter au feu ; mais une voix secrète parlait si haut dans son cœur, qu'elle fut bien forcée de l'entendre : cette voix lui disait que Dernouville ne l'aimait plus, qu'il en aimait une autre ; qu'il la trahissait. Enfin, Amélie, bien qu'elle comprît parfaitement que sa dignité aurait dû l'empêcher d'accorder la moindre croyance à cette lâche délation anonyme qui n'était sans doute que l'ouvrage d'un ennemi occulte, Amélie, emportée par un élan de jalousie irrésistible, résolut d'éclaircir tous ses doutes et de hasarder une terrible expérience.

Adolphe remarqua bien l'agitation extrême de sa femme, mais ne sachant à quoi l'attribuer et s'en préoccupant d'ailleurs assez peu, il ne fit aucune question à madame Dernouville, et ne lui demanda même point quelle était cette lettre qui paraissait tant l'intéresser. Il était naturellement distrait, et, ce soir-là plus que de coutume : il avait toujours voulu rester étranger à la correspondance de sa femme, et, demandant pour lui-même une liberté sans bornes, il n'aurait jamais essayé, sous aucun prétexte, de troubler celle des autres.

A huit heures du soir, après une conversation monosyllabique des plus insignifiantes, Adolphe se leva tout à coup, et prit son chapeau.

— Adieu, Amélie, dit-il en l'embrassant avec distraction ; je reviendrai de très bonne heure.

— Décidément tu pars, Adolphe? demanda-t-elle d'une voix émue. Il fait pourtant bien mauvais !... Entends-tu, il grêle d'une manière affreuse... tu devrais rester avec moi... Si tu veux je ne sortirai pas ce soir, et j'enverrai un mot à maman pour nous excuser.

— Non, non, c'est inutile, mon amie, il faut que je sorte.

— Mais je t'assure qu'il fait un temps détestable.

— N'importe! je ne crains pas d'être mouillé. Mais, adieu, je suis très en retard, on m'attend.

— Tu vas prendre la voiture, n'est-ce pas, Adolphe?

— Non, non, répliqua-t-il vivement, je te la laisse... tu vas aller chez ta mère... n'oublie pas de lui faire mes excuses.

— Mon Dieu ! comme tu es singulier, Adolphe; si tu es pressé, c'est une raison de plus pour prendre la voiture. Elle te conduira d'abord où tu veux aller... ensuite, tu me la renverras.

— Non, te dis-je, c'est absolument inutile, répondit Adolphe avec un mouvement d'impatience, qu'il cherchait à dissimuler. Je ne veux pas aller en voiture; je préfère marcher... J'ai la tête horriblement lourde, et l'exercice, le grand air dissiperont cette maudite migraine? Allons, adieu!

— Adieu! dit-elle avec une intonation sourde.

Ils s'embrassèrent encore une fois, bien qu'avec assez de froideur, et Dernouville sortit de la chambre avec précipitation.

Le vent soufflait violemment dans la cheminée et poussait des lamentations lugubres; la pluie et la grêle fouettaient les vitres et l'on entendait les arbres du jardin, nus et dépouillés, frémir sous les assauts furieux de la tempête. On ne voyait pas une étoile au ciel, l'obscurité était profonde.

A peine Dernouville avait-il quitté la chambre, que sa femme s'enveloppe brusquement d'une pelisse noire, et descend dans la cour où l'eau tombait par torrens. Sa domestique, la voyant dans une agitation semblable, et croyant tout naturellement qu'elle avait reçu au sujet de sa mère une lettre alarmante, lui fait observer qu'elle n'a donné aucun ordre, et que la voiture n'est pas encore prête.

— Je ne sors pas en voiture, dit-elle en pressant le pas.

— Madame, il est impossible que vous mettiez seulement le pied dehors, dit la femme de chambre en déployant un parapluie au dessus de la tête de sa maîtresse. Voyez quel temps.

— Ne vous occupez pas de moi, répondit madame Dernouville d'un ton qui n'admettait point de réplique. Je sors, parce qu'il le faut.

— Mais que madame permette au moins que je l'accompagne, reprit un domestique. A cette heure, madame ne peut vraiment pas sortir seule, à pied.

— Restez, Vincent, je n'ai besoin de personne.

Et madame Dernouville traverse rapidement la cour, demande le cordon, et sans craindre de s'aventurer seule au milieu des rues inondées, elle s'élance hors de l'hôtel sur les pas de son mari.

Adolphe, qui était bien loin de se douter qu'on le suivît avec acharnement, courait plutôt qu'il ne marchait, mais sans tourner la tête. Amélie, qui avait beaucoup de peine à ne pas le perdre de vue au milieu des ténèbres, le suivait toute haletante, sans détacher un seul instant son lorgnon de ses yeux.

Adolphe, enjambant les ruisseaux gonflés de pluie, s'arrêta sur une place de voitures publiques, et monta brusquement dans un cabriolet qui partit au galop.

Madame Dernouville appela d'une voix brisée de fatigue un cocher qui dormait dans le fond de son cabriolet.

— Vingt francs pour vous! lui dit-elle dans un grand désordre, si vous ne perdez pas de vue cette voiture!

A cette magnifique proposition, le cocher se réveilla tout à coup, plein de joie et de convoitise; puis, elle monta dans le cabriolet dont le maigre cheval fut lancé comme une flèche, grâce aux coups de fouet très assidus que lui prodigua son maître le plus généreusement du monde.

Après vingt minutes d'une course rapide à travers les rues tortueuses qui avoisinent le Palais-Royal, le cabriolet dans lequel était Dernouville s'arrêta devant une porte obscure et d'assez mauvaise apparence.

Adolphe descendit avec empressement, et disparut dans une allée étroite et sombre qui n'était fermée seulement que par une grille de bois fort basse et s'ouvrant sans faire le moindre bruit.

Madame Dernouville, à demi suffoquée par l'émotion, hésite un moment; mais, réfléchissant qu'elle s'était engagée trop loin pour reculer, elle se décida courageusement à pénétrer jusqu'au fond le mystère qui l'épouvantait : elle poussa donc en tremblant la grille, et suivit Adolphe avec précaution.

Celui-ci frappa légèrement à une vitre de la loge du portier, et lui dit d'un air significatif, en lui glissant une pièce d'argent dans la main :

— Tout à l'heure, quand une dame en noir viendra demander M. Adolphe, vous comprendrez ce que cela veut dire, et vous ne lui ferez aucune objection.

— Suffit, monsieur, soyez bien tranquille, répondit l'honnête Cerbère en évaluant au poids dans ses griffes fermées le gâteau de métal qu'il venait de recevoir.

Adolphe franchit quatre à quatre les marches d'un escalier, que la lueur rouge et tremblante d'une lanterne éclairait à peine.

Madame Dernouville, en proie à la plus violente douleur qu'on puisse imaginer, attendit quelques minutes sur les premières marches de l'escalier, agitée d'un tressaillement convulsif, et sentant ses genoux ployer de faiblesse. Elle avait entendu parfaitement ce qu'Adolphe venait de dire. C'était un rendez-vous!.. Il la trompait... Pauvre femme, elle n'en pouvait plus douter maintenant.

Elle regrettait presque d'avoir cherché l'éclaircissement d'un mystère fatal, qui devait à jamais la priver du bonheur, et ruiner sa vie de fond en comble : à présent, elle avait la certitude qu'Adolphe ne l'aimait plus!... Mais le mal était sans remède; il fallait poursuivre jusqu'au bout. Il fallait surprendre Adolphe au milieu de son crime, le faire rougir de sa lâche trahison, et réclamer une séparation immédiate, éclatante.

Après de longs combats intérieurs, elle n'hésita plus et prit une résolution. Elle frappa, comme avait fait Adolphe, à la vitre du portier, qui, les jambes croisées à la façon des Turcs et des tailleurs, travaillait, l'aiguille en main, sur un établi.

— Monsieur Adolphe? demanda-t-elle avec un tremblement dans la voix, en baissant la tête pour ne pas montrer son visage effrayant de pâleur.

— Montez au troisième, madame, on vous ouvrira, répond le portier en jetant un coup d'œil sournois et louche sur madame Dernouville.

Elle monta l'escalier raide et obscur; plusieurs fois elle fut obligée de s'appuyer à la rampe; elle s'arrêta pour reprendre haleine, car elle suffoquait et n'avait plus de force.

Enfin elle parvint au troisième étage et sonna d'une main craintive : une vieille femme vint lui ouvrir au même instant.

— Entrez, madame, lui dit-elle à demi-voix. M. Adolphe vous attend depuis quelques minutes dans cette chambre.

Amélie était si haletante qu'elle ne pouvait prononcer une parole : on l'introduisit dans une chambre à coucher. Adolphe était assis sur un sopha en face de la cheminée où flambait un bon feu qui illuminait une partie de la chambre; les flambeaux n'étaient pas encore allumés.

— Entrez, madame, dit la vieille en entr'ouvrant la porte.

Adolphe se lève précipitamment et s'élance vers Amélie, les bras étendus.

— Ah! c'est vous! c'est vous, Ermance! s'écrie-t-il avec exaltation. Vous m'avez tenu parole. Oh! bonheur! c'est donc vous!

Il veut la prendre dans ses bras, elle le repousse.

— Ne craignez rien, mon amie !... vous êtes avec moi ; personne au monde ne peut nous surprendre... c'est un secret, un mystère entre nous deux... Oh ! je vous aime, Ermance... Je t'aime !... je n'ai jamais aimé que toi !

Amélie repousse Adolphe avec plus de force. Elle laisse échapper un sanglot déchirant.

Toute cette scène avait lieu dans un coin de l'appartement où la lueur de la cheminée n'arrivait qu'incertaine et vacillante. Amélie demeurait silencieuse, immobile et la tête penchée sur la poitrine.

— Quoi ! vous gardez le silence ! continua-t-il d'une voix plus caressante. Oh ! que j'entende cette voix si douce !... Ermance !... je suis le plus heureux des hommes !... Tu m'aimes, n'est-ce pas ?...

La femme qu'il presse avec ardeur dans ses bras frissonne et jette un cri.

— Grand Dieu ! Ermance !... qu'avez-vous ?

Amélie tombe sans connaissance dans un fauteuil. Adolphe se précipite à genoux devant elle, et relève son voile noir.

— Amélie !... ah !

Au même instant, un coup de sonnette se fait entendre à la porte d'entrée, puis une discussion s'engage dans l'antichambre. Adolphe reconnaît la voix de la personne qu'il attendait au lieu d'Amélie.

On frappe doucement à la porte.

— Monsieur, dit la vieille femme par l'entrebâillement de la porte, c'est une dame qui veut à toute force entrer. Elle dit que vous lui avez donné rendez-vous.

— Qu'elle n'entre pas, dit Adolphe impétueusement.

Mais la porte s'ouvre ; une femme, enveloppée d'une pelisse de satin noir, paraît brusquement malgré les efforts de la vieille qui cherche à la retenir.

— Adolphe avec une femme ! s'écrie une voix pleine de colère et d'amertume. Malheureux ! vous me trompiez.

— Silence, au nom du ciel ! murmure en tremblant Dernouville. C'est ma femme ; sortez ! sortez ! Je vous expliquerai tout !... Elle est évanouie !... n'attendez pas qu'elle reprenne ses sens... Oh ! je vous en conjure, qu'elle ne vous voie pas.

XIV.

Il se passa beaucoup de temps avant qu'Amélie revînt à elle. Adolphe était dans une inquiétude extrême ; il ne savait que faire, n'osait pas appeler un médecin de peur d'être reconnu ainsi que sa femme, et de causer un scandale dont il n'aurait pu calculer les funestes conséquences.

Enfin Amélie donna quelques signes d'existence ; elle laissa échapper plusieurs paroles entremêlées de soupirs, et rouvrit les yeux. Adolphe la couvrait de baisers et de larmes ; il lui parlait avec une douceur pénétrante, et se reprochait amèrement dans le fond de son cœur le chagrin mortel qu'il venait de faire à cette pauvre femme, si bonne, si candide, si aimante, à laquelle il n'avait jamais eu le plus léger tort à reprocher.

Amélie, en reprenant connaissance, ne put étouffer ses gémissemens ; elle s'abandonna tout entière à la plus violente douleur.

— Que je suis malheureuse ! murmurait-elle d'une voix éteinte ; être trompée de la sorte !...

— Console-toi, ma pauvre chère Amélie, disait Adolphe en la serrant avec tendresse contre son cœur, tu sauras tout, mais plus tard !... Tu verras que je ne suis pas si coupable que tu le crois !...

Et, pour se disculper tant bien que mal, et calmer le désespoir convulsif d'Amélie, il prodiguait sans hésiter les sermens les plus solennels et protestait de son innocence, quoique par moment il ne pût se défendre d'un trouble accusateur qui donnait à ses paroles un démenti positif. Quand Amélie fut capable de se soutenir, elle se leva de son fauteuil avec résolution, et dit qu'elle ne voulait pas demeurer une seconde de plus dans cette infâme maison.

Adolphe la conjura de parler moins haut et de ne pas mettre tous les étrangers dans la confidence. Il l'aida à descendre l'escalier et tous deux ils montèrent dans un fiacre que la vieille femme avait été chercher.

Mais après un instant de silence et de contrainte qui la faisait trop souffrir, Amélie, laissant un libre cours à ses larmes, éclata en sanglots et dit à son mari qu'elle voulait absolument une séparation.

— Adolphe, disait-elle, conduisez-moi chez ma mère, sur-le-champ!... Je ne veux pas rentrer dans la maison d'un homme qui m'a si lâchement trahie.

— Au nom du ciel, Amélie, calme-toi! demain tu sauras tout!... Maintenant tu es trop agitée pour m'entendre!... Allons, sois raisonnable!

— Non, c'est fini, Adolphe!... continua-t-elle à travers ses larmes, vous ne m'aimez plus... vous m'avez payée de la plus noire ingratitude!... Je ne veux plus vour voir!... Je vous déteste!... Ah! cette femme! cette misérable femme, je savais bien qu'elle me serait fatale!... Pourquoi n'ai-je pas écouté ma première antipathie!... Mon cœur ne me trompait pas!... Madame de Forestan...

— Ce n'est pas elle! interrompit Adolphe avec beaucoup de vivacité, je te soutiens que ce n'est pas elle!

— Et qui donc alors?... ne la nommais-tu pas Ermance?...

— Qu'importe! cela ne prouve rien du tout. Il n'y a pas qu'une seule femme au monde qui s'appelle Ermance! Non, ce n'est pas elle! Accuse-moi, dis que je suis un infâme, tout ce que tu voudras; tes reproches, pour être exagérés, ne seront pas tout à fait injustes!... Mais n'accuse pas une femme qui est parfaitement innocente!

— Et c'est toi qui la défends, Adolphe? reprit-elle avec une inflexion douloureuse. Mais puisque ce n'est pas elle, qui est-ce donc!... Allons, parle, je te croirai! Je ne demande pas mieux que de te croire! seulement, jure-moi sur l'honneur que ce n'est pas la vicomtesse de Forestan!

— Je te jure... Mais en vérité, poursuivit-il après un moment d'hésitation singulière, en vérité, je suis bien fou de vouloir faire des sermens! tu ne m'en croirais pas davantage aujourd'hui? Demain, tu seras plus calme, et bien certainement tu me croiras sans qu'il soit besoin de jurer sur l'honneur, et de faire des sermens emphatiques qui ne sont bons qu'aux théâtres, dans les mélodrames!

— Adolphe! Adolphe! Ah! tu veux me donner le change! Mais d'ailleurs, quand ce ne serait pas madame de Forestan, c'est toujours une femme, c'est ta maîtresse que tu croyais presser dans tes bras quand j'y suis tombée mourante!... Il est donc vrai! cette malheureuse que je nommais ma sœur, elle a fait quelque chose d'horrible! elle t'a perdu, elle a glissé dans ton cœur tout ce qu'elle avait d'infâme et de pervers dans le sien!... Elle a fait de toi un méchant!...

— Allons, cela passe les bornes, Amélie! Ton injustice envers madame de Forestan devient ridicule à force d'exagération et de colère. Tu as beau dire, la vicomtesse est une femme fort estimable: seulement, elle a le tort d'être franche et de ne pas cacher ce qu'elle pense, sous un masque de pruderie hypocrite, comme font presque toutes les femmes. Elle foule aux pieds hardiment tous les préjugés mesquins de votre sexe!... voilà tout!... Elle a plus d'esprit que les autres, et sait très bien se mettre au dessus de ce qu'on appelle le *qu'en dira-t-on*. Tu as eu grand tort de rompre en quelque sorte avec elle; tu ne pouvais que gagner dans sa compagnie, ma pauvre petite!... Et si tu avais un peu mieux profité des conseils de son expérience, tu ne me ferais pas aujourd'hui cette scène inqualifiable !

Adolphe savait parfaitement qu'il ne faut jamais céder sans combattre; lors même qu'on est bien loin d'avoir raison : aussi, ne craignant plus que sa femme retombât dans un nouvel évanouissement, il devenait moins tendre et moins soumis à mesure que la voiture approchait de plus en plus de l'hôtel.

— N'est-il pas étrange que vous osiez maintenant me faire l'éloge de cette femme ! reprit Amélie dont la voix était toujours étouffée de sanglots. Non, je ne veux plus la voir, je ne la verrai plus jamais !... Mais je vous le répète, Adolphe, après ce qui s'est passé, nous ne pouvons plus désormais vivre ensemble ! Il faut absolument nous séparer !

— Mais je t'aime toujours, Amélie... je t'aime ! Allons, plus de rancune ! pardonne-moi !

— Oh ! non ! non ! s'écria-t-elle avec véhémence, il faut que je sache à l'instant même qu'elle était cette femme ! N'est-ce pas, n'est-ce pas que c'est elle, Adolphe ?...

— Non, en vérité ! balbutia-t-il fort embarrassé de l'instance opiniâtre d'Amélie. Ce n'est pas elle ! Je te jure que ce n'est pas afin de m'excuser que je te dis cela... c'est uniquement dans un sentiment de justice que tu dois comprendre. Madame de Forestan n'est pour moi qu'une amie, rien de plus... et tu ne dois pas la regarder autrement. Ecoute, puisque tu veux tout savoir aujourd'hui... Je vais te parler à cœur ouvert... Je voulais seulement t'éprouver !... Depuis quelque temps je sais que tu es singulièrement jalouse, et que tu n'as plus confiance en moi !... J'ai voulu te guérir d'une maladie insupportable qui faisait chaque jour de nouveaux progrès : cette fameuse lettre anonyme qui t'a si fort tourmentée, eh bien ! c'est moi qui te l'ai fait écrire...

— Serait-il possible ?..

Adolphe avait eu le temps de jeter un coup d'œil rapide sur la lettre anonyme, qui était tombée à terre pendant l'évanouissement d'Amélie ; mais il était si profondément troublé, d'ailleurs, il avait en général si peu de présence d'esprit, qu'il n'avait pas songé tout de suite à tourner à son avantage une pareille circonstance.

Mais, voyant que sa ruse avait l'air de réussir, il continua du même ton avec un léger sourire :

— Est-ce que par hasard tu t'imagines que je ne t'ai pas d'abord reconnue?

Amélie, après avoir attaché sur Dernouville un regard scrutateur et perçant, lui dit en secouant la tête avec tristesse:

— Adolphe, je voudrais bien te croire, mais, en vérité, ce m'est impossible !... J'ai le malheur de ne pas être assez crédule !... Tu prétends que tout cela n'était que pour m'éprouver ?... Mais alors, pourquoi ne me l'avoir pas tout de suite avoué ?... J'aurais eu moins de peine à te croire ! Je t'aurais cru peut-être !... A présent il est trop tard, Adolphe !... Non, non, c'est une excuse mauvaise !... C'est un roman que tu viens de bâtir.

— Allons, décidément, puisque tu n'as pas confiance en moi, répartit Adolphe d'un ton piqué, n'en parlons plus. Imagine tout ce que tu voudras, ça m'est parfaitement égal ! Si tu veux absolument une séparation, eh bien ! rien au monde n'est plus facile !... Et puis, tiens, ma chère amie, puisqu'il faut te parler avec franchise, je t'avouerai que j'aime fort la liberté, l'indépendance ! et que le mariage me paraît une chose horriblement odieuse, si l'on est obligé de rendre compte à sa femme de tous ses pas, de toutes ses actions, de toutes ses pensées !... S'il en doit être ainsi, ma foi, je ne suis pas fait du tout pour le joug conjugal.

— Sois tranquille, je vais te rendre ta liberté, Adolphe, répondit-elle amèrement. Je vois que tous les deux nous voulons la même chose, une prompte séparation !... Quant à moi, je la désire ardemment !... Demain, sans plus tarder, je retourne dans ma famille.

XV.

Ils ne prononcèrent plus une parole, ni l'un ni l'autre, pendant tout le reste de la route. Enfin la voiture s'arrêta devant la porte de l'hôtel. Adolphe offrit son bras à sa femme, qui le prit froidement sans rien dire; ils rentrèrent, et Dernouville prétexta une affaire qui l'empêchait de se mettre au lit et l'obligeait de travailler une grande partie de la nuit. Amélie ne fit aucune objection là-dessus, et s'enferma dans sa chambre à coucher.

Le lendemain, elle s'aperçut, non sans un violent dépit, qu'elle était seule : Adolphe s'était couché tant bien que mal sur un canapé dans le salon. Il paraissait terriblement fatigué, et ses yeux rouges et battus attestaient une nuit sans sommeil et passée dans une cruelle agitation. Amélie n'avait pas dormi plus tranquillement; des rêves sinistres et douloureux l'avaient assiégée jusqu'au matin!

Quand l'heure du déjeûner arriva, ils étaient encore silencieux et pensifs l'un et l'autre, mais ils avaient eu le temps de réfléchir depuis la veille, et leur colère s'était un peu calmée.

— Eh bien! Amélie, es-tu toujours décidée à demander une séparation? dit Adolphe avec un ton qui semblait tenir à la fois du badinage et de la tristesse.

— Il le faut bien, Adolphe!... tu ne m'aimes plus! répondit-elle en essuyant une larme. Non, je ne puis me résoudre à passer toute mon existence avec un homme qui me trahit... qui m'abandonne pour une autre!

— Je te jure que tu m'es cent fois plus chère que toutes les femmes ensemble! répliqua chaleureusement Adolphe. Allons, ne sois pas jalouse, mon Amélie! tu as tort, car je t'aime!... Ecoute, nous avons tous deux des reproches mutuels à nous faire. Supposons que je ne sois pas complétement innocent, supposons que je t'aie donné quelques motifs plausibles de défiance, était-ce une raison pour m'épier comme tu l'as fait? Non, je t'assure qu'une pareille démarche était indigne de toi; tu m'as suivi, tu m'as compromis, tu nous as compromis tous deux aux yeux de nos domestiques!... Mais ce qui est vraiment bien mal de ta part, c'est d'avoir cru aveuglément une lettre anonyme, que tu devais jeter au feu, sans la lire même jusqu'au bout!... Tu ne veux pas croire que c'est moi qui te l'ai fait écrire!... Eh bien! mon ange, tu dois bien présumer alors que, si elle n'est pas mon ouvrage, elle ne peut être que celui d'une personne qui cherche à me nuire, d'une personne qui est notre ennemie à tous deux, et qui, pour me faire du tort, n'a pas craint de renverser ton bonheur et de t'enfoncer un poignard empoisonné dans le sein! Mais je t'en supplie, mon amour, ne me garde point rancune! Dis, que veux-tu que je fasse pour mériter mon pardon?... Je suis prêt à t'obéir! Allons, je conviens que ma conduite n'a pas été irréprochable, et que tu as pu soupçonner des choses qui pourtant n'existent pas!... mais n'en parlons plus! D'ailleurs, tu sais le proverbe: *A tout péché miséricorde!* C'est à genoux, chère belle, que je te conjure de tout oublier; et je te donne ma parole d'honneur que tu ne te repentiras pas de m'avoir pardonné.

— Adolphe! répondit-elle avec attendrissement, je ne demande qu'à te pardonner!... Je voulais te haïr, mais je n'en ai pas la force!... Allons, mon ami, oublions tout ce qui s'est passé! Je veux croire, je crois que tu es digne encore de mon amour!... D'ailleurs, je ne t'adresse aucune question! je ne veux rien savoir! Non, de ce moment tout est oublié! Je ferai mon possible pour rayer de mon cœur un souvenir poignant!... Dis-moi seulement que tu m'aimes toujours...

— Oh! oui, je t'aime!... je n'aime que toi seule au monde! s'écria Dernouville en la pressant dans ses bras avec effusion.

— Eh bien ! Adolphe, reprit-elle d'une voix douce et caressante qui pénétra profondément dans l'âme de Dernouville, fais ce que je te demande à mains jointes, ne va plus tous les jours chez la vicomtesse de Forestan ! Je veux bien croire que tu n'éprouves pour elle que le sentiment de l'amitié; mais n'importe !... j'aurais beau faire !... j'aurais beau me répéter que je suis folle !... Non, je ne pourrai jamais être tranquille, si tu continues à voir cette femme aussi souvent.

— Tu seras contente de moi, cher ange ! je te promets de ne plus lui faire que de rares et courtes visites. Je ne la verrai seulement que pour la forme, par courtoisie, comme une simple connaissance. Je t'assure que maintenant je l'aime moins, cette femme, puisqu'elle est cause qu'un nuage a passé sur ton bonheur !

La conversation dura long-temps encore entremêlée de regards tendres et de baisers pleins d'amour et de larmes. Enfin la réconciliation fut complète, et pendant quelques jours Adolphe entoura sa femme d'une foule de soins et d'attentions charmantes, comme un amant seul en prodigue à la maîtresse qu'il aime et dont il veut se faire aimer.

Amélie semblait rayonnante de joie : depuis le jour de son mariage, elle n'avait jamais été plus heureuse.

Une semaine environ s'écoula, pendant laquelle Adolphe ne fit pas une seule visite à madame de Forestan ; celle-ci ne venait pas non plus, et le vicomte seul apparaissait de temps à autre, pour adresser à ses jeunes amis de tendres reproches sur *leur rareté* inconcevable. Il les comparait à des papillons qui s'enfouissent dans les trous des murs et les fentes des arbres, quand les beaux jours sont passés, et que le soleil de l'été ne brille plus.

Mais Ernest venait presque tous les jours chez madame Dernouville ; il restait auprès d'elle de longues heures, quand il avait le bonheur de la trouver seule ; et ses visites étaient plus courtes lorsqu'Adolphe était présent. Amélie pouvait clairement comprendre que ce jeune homme l'aimait éperdument et lui faisait une cour assidue. Plusieurs fois il avait été au moment de tomber aux genoux d'Amélie et de lui déclarer son amour ; mais celle-ci, grâce à ce tact délicat, à cette merveilleuse pénétration que possèdent presque toutes les femmes en de pareilles circonstances, avait su toujours écarter avec adresse un aveu qu'elle ne voulait pas entendre, qu'elle lisait couramment dans le cœur du jeune homme qui frissonnait devant elle.

Les visites d'Ernest devenaient tellement compromettantes, que madame Dernouville crut devoir en arrêter le cours, ou les rendre moins fréquentes et moins significatives.

Un jour que les regards d'Ernest étaient plus expressifs qu'à l'ordinaire, et qu'il avait hasardé plusieurs paroles brûlantes auxquelles Amélie ne pouvait pas se méprendre, elle lui dit avec beaucoup de douceur :

— Monsieur Ernest, écoutez, il faut que je sois franche avec vous. Je ne veux pas que plus tard vous puissiez m'adresser un reproche que je mériterais, moi, si je ne tranchais pas nettement la question. Vous croyez peut-être qu'à l'exemple de beaucoup de femmes j'aime qu'un beau et spirituel jeune homme s'occupe de moi et me tienne assidument compagnie, pour me dire une foule de choses très gracieuses et fort agréables sans doute à entendre, lorsqu'on peut y répondre ; mais ce n'est point mon caractère, je vous jure, et j'aurais honte de vous tromper. Vous êtes bon, généreux, plein de noblesse et de hauts sentimens, et j'ai pour vous autant d'affection que d'estime... Mais je dois vous avertir, mon cher monsieur Ernest, que, malgré tout le plaisir que me procure votre conversation, je pense qu'il est nécessaire, indispensable même, que vous me l'accordiez plus rarement. Vous êtes un bon et loyal jeune homme avec qui je dois m'expliquer sans détour. En vérité, vos visites, bien qu'elles me soient infiniment précieuses, me gênent beaucoup ! Je sais que c'est uniquement par obligeance que vous venez si souvent... Vous craignez que je ne reste seule, et sans doute à notre âge la solitude est une cruelle chose... Mais je commence à comprendre que vous me sacrifiez beaucoup de temps, et qu'il vous serait possible de l'employer avec plus de profit ou de plaisir.

— Ah! madame, vous ne le pensez pas! répondit Ernest avec un accent plein de mélancolie. Vous savez que je n'ai qu'un seul bonheur au monde, c'est de vous voir, de vous entendre!... Hélas! quand je suis auprès de vous, comme les heures s'écoulent rapidement! on dirait qu'elles sont envieuses de ma félicité!... Et dès que je m'éloigne, dès que vous ne rayonnez plus à mes regards, alors je n'ai plus qu'un souhait, qu'une pensée, qu'un vœu!... Je voudrais être au lendemain pour avoir le droit de vous voir encore, et de m'enivrer long-temps de vos paroles qui pénètrent si mélodieuses dans le fond de mon cœur, comme le son d'un instrument céleste! Hélas! hélas! il faut donc que je vive sans vous voir!... Vous me refusez le bonheur!...

— Allons, mon ami, pas d'exclamations romanesques, interrompit-elle en souriant avec tristesse. Dieu merci, votre bonheur ne consiste pas dans une semblable bagatelle. Je vous répète que madame votre mère aurait peut-être quelque raison de me reprocher le temps précieux que je vous fait perdre : à votre âge les momens sont chers, il faut les utiliser... Depuis un mois ou deux vous n'avez pas ouvert un livre, et malgré tous vos beaux projets d'études historiques, vous menez une vie passablement oisive!... Vous voyez que je vous parle comme une sœur, comme une amie véritable qui ne craint pas de vous blesser en usant avec vous de franchise...

— De franchise, madame!... répliqua douloureusement Ernest. Oh! dites, est-ce que vous ne pourriez pas en avoir davantage encore?... A quoi bon étaler des prétextes frivoles qui ne peuvent me faire prendre le change?... Ne me parlez pas du temps que je perds à vous voir, ne me parlez pas de ces nobles études que je néglige!... toutes ces raisons madame, sont parfaitement inutiles! Dites-moi seulement que je vous ennuie, que ma personne et ma conversation vous fatiguent! dites-moi que vous préférez la solitude à ma société, et que mes visites journalières sont importunes, indiscrètes même!...

— Oh! Ernest!...

— Dites-moi cela, madame, continua-t-il, en secouant la tête d'un air profondément désolé, et je vous jure que chacune de vos paroles sera pour moi comme un ordre sacré!... Mon Dieu! mon Dieu! voilà donc ce que c'est que l'amitié d'une femme!

— Ernest, vos reproches sont injustes!

— Hélas! poursuivit-il amèrement, c'est donc vrai, ce qu'on dit!... que vous êtes comme les autres femmes, vous... mobile et changeante dans vos affections!...

— Et qui ose dire cela? demanda-t-elle vivement.

— Avouez, madame, que ma mère est peut-être en droit de le dire ou de le penser du moins, répondit Ernest d'une voix sourde et tremblante! Elle qui vous aime comme sa propre fille! plus encore sans doute!... Vous semblez maintenant éviter toutes les occasions de vous rencontrer avec elle! vous lui montrez une froideur, une indifférence, qu'elle n'a pas méritée, je présume, et qui doit la blesser bien douloureusement. Ah! madame, si vous me traitez avec tant de rigueur, ne punissez que le fils... aimez toujours la mère! Elle en est digne.

— Vous le croyez, Ernest?...

— Mon Dieu! mais de quel ton vous me dites cela! Madame, oh! je vous en conjure, ne me cachez rien! Que peut vous avoir fait ma pauvre mère, pour motiver de si cruelles paroles?

— Ernest, je vous en prie, ne me questionnez pas là-dessus! vous me désobligeriez ! Dispensez-moi de vous donner des explications qui nous seraient pénibles à l'un et à l'autre. Vous avez tort de croire que je n'ai plus d'amitié pour votre mère... seulement les circonstances exigent que je la voie moins souvent...

Elle parlait encore, quand la porte s'ouvrit.

— Madame la comtesse de Forestan ! annonça le domestique.

— Elle !... non ! je ne puis !... murmura madame Dernouville avec hésitation. Je ne puis recevoir...

— Quoi ! madame, vous feriez cette injure à ma mère ? dit Ernest à demi-voix, mais d'un accent plein de reproche et de tristesse.

— Vous m'avez mal comprise, monsieur Ernest, répondit-elle avec douceur. — Eh bien ! Vincent, pourquoi ne faites-vous pas entrer tout de suite madame la vicomtesse.

— Elle attend madame dans le salon, répliqua le domestique.

— C'est bien, je vais la rejoindre.

Amélie, en entrant dans le salon, accompagnée d'Ernest, salua très froidement la vicomtesse, qui lui dit avec une inflexion bonne et caressante :

— Ma chère belle, en vérité, vous me faites une peine horrible !... Je ne sais pas ce que vous avez contre moi ; mais il est clair comme le jour que vous ne m'aimez plus.

— Je vous déteste, madame, répondit sourdement Amélie, mais d'une voix si basse et si confuse, que madame de Forestan seule put l'entendre. Mais elle fit semblant de n'avoir pas compris, et continua d'un air dégagé :

— Savez-vous que c'est fort mal, au moins, de négliger ainsi les personnes qui vous aiment, Amélie ! Heureusement que je ne suis pas rancunière ! Mais, vous avez beau faire, je ne vous en veux pas, et je vous aime toujours autant.

Madame Dernouville la regarda avec une expression de colère méprisante que la vicomtesse ne jugea pas à propos de remarquer.

— Ma bonne petite Amélie, poursuivit-elle avec la plus douce voix qu'elle put trouver, voilà plus de cinq semaines que vous n'êtes venue me voir !... j'ai été souffrante pourtant, et vous m'avez laissée dans un abandon déplorable !... Il faut absolument que je vienne moi-même vous annoncer que je ne suis pas morte !... Mais vous devriez au moins avoir pitié de ce pauvre vicomte : depuis que vous nous avez rayé de votre cœur, je ne sais pourquoi M. de Forestan est d'une tristesse à fendre l'âme. Il ne mange plus, il ne dort plus ! Il a presque oublié ses boîtes de papillons qu'il laisse dévorer par les mites. Non, vous ne pouvez pas vous imaginer combien il vous aime ! C'est une passion délirante, indomptable ! Par bonheur, je ne suis pas jalouse ; autrement, en vérité... Mais dites, chère belle, vous ne me garderez plus rancune, n'est-ce pas ?... et demain, vous viendrez dîner avec nous. C'est décidé.

— Je ne puis, madame. Ayez la bonté de m'excuser, répondit madame Dernouville avec une politesse froide et cérémonieuse. Il m'est impossible de sortir avant quelques jours ; je ne suis pas très bien portante, et pour tout au monde, je n'irais pas dîner en ville.

— Quoi ! chez des amis ! s'écria la vicomtesse en essayant de lui prendre une main qu'Amélie retira sans affectation, mais avec une politesse glaciale. Allons, Amélie, cela n'est point naturel !... Il faut absolument que nous ayons ensemble une explication. Vous m'en voulez, c'est positif ; mais je vous jure que j'en ignore entièrement la cause.

— Ah ! vous l'ignorez, madame ?... reprit Amélie en jetant sur elle un regard triste et dédaigneux. Une autre fois je pourrai vous l'apprendre... quand nous serons seules. En attendant, madame, poursuivit-elle en baissant la voix, pour n'être pas entendue d'Ernest qui demeurait assis à quelque distance, je vous déclare que vous n'êtes plus qu'une étrangère pour moi!... Oui! tout ce je peux faire, c'est de ne pas vous haïr!... Un autre sentiment remplace la haine au fond de mon cœur... le mépris!...

La vicomtesse ne put s'empêcher de tressaillir à ce mot : elle regarda madame Dernouville avec un éclair de fureur dans les yeux; mais presque aussitôt un sourire amer et contraint fit disparaître l'expression de colère qui enflammait son visage.

La conversation, interrompue quelque temps, se renoua enfin pour devenir insignifiante et embarrassée. La vicomtesse, bien qu'elle eût la rage dans l'âme, fit tous ses efforts pour dissimuler son dépit et paraître gaie. Ernest était rêveur, pensif; madame Dernouville, silencieuse et distraite.

Enfin, la vicomtesse se leva pour sortir, et dit à madame Dernouville, avec un sourire qu'elle s'efforçait de rendre aimable et charmant:

— Amélie, vous êtes une ingrate! Mais je vous aimerai malgré vous-même.

Amélie fit pour toute réponse un salut muet et glacé.

Madame de Forestan sortit du salon avec son fils.

— Mon cher enfant, dit-elle en descendant l'escalier, je te conseille de ne pas perdre une minute. L'humeur étrange de madame Dernouville vient d'une seule chose... la pauvre femme n'est pas heureuse... elle a besoin d'aimer; c'est moi qui te le dis!... Il est fâcheux que tu ne saches pas mieux t'y prendre!... Un joli garçon comme toi devrait, ce me semble, être un peu moins timide. Mais enfin, c'est ton affaire! Mets la main sur ton cœur, et vois si tu l'aimes, cette charmante petite capricieuse! J'ai la conviction que tu lui plais singulièrement; mais elle doit t'en vouloir... Tu n'as pas le moindre courage. Pour la dernière fois, je te conseille de te hâter, si tu ne veux pas qu'un autre plus entreprenant et plus heureux te fasse voir bientôt que les plus fortes places ne sont pas imprenables. Oui, mon pauvre Ernest, prends bien garde qu'elle ne t'échappe. Une chose dont tu peux être parfaitement sûr d'abord, c'est qu'elle n'a plus d'amour pour son mari.

DEUXIÈME PARTIE.

I

Drame. — Quelques Lettres.

Madame Dernouville ne sut jamais d'une manière positive que son mari était l'amant de la vicomtesse de Forestan; mais elle n'en pouvait guère douter, et son bonheur s'était évanoui. Elle n'avait plus de confiance dans Adolphe, et toutes ses journées se passaient dans la solitude et dans les larmes.

Adolphe n'avait jamais pu réussir à faire croire à sa femme qu'il avait voulu l'éprouver un jour, pour la guérir des soupçons injustes qu'elle nourrissait. Quand Amélie le questionnait là-dessus, il ne voulait entrer dans aucun détail et détournait toujours la conversation.

Cependant Adolphe était soucieux, préoccupé, sombre; et son front, ordinairement si tranquille et si pur, semblait par momens se creuser de rides profondes. Il paraissait en proie à un chagrin intérieur, ou plutôt à quelque remords poignant qui ne laissait pas le sourire effleurer longtemps ses lèvres, et la joie rayonner dans ses yeux mornes ou distraits.

Il était absent de chez lui presque toute la journée, et ne rentrait qu'à l'heure du dîner pour se mettre à table et ressortir immédiatement après. Plusieurs fois il avait proposé à sa femme de la mener au bal, mais avec si peu d'insistance, qu'Amélie voyait très clairement qu'il aimait beaucoup mieux qu'elle n'acceptât point. Il demeurait une grande partie de la nuit dehors, et ne manquait pas un concert, pas une soirée, lorsqu'il avait la chance d'y rencontrer madame de Forestan. On n'apercevait presque jamais l'un sans l'autre dans un salon; M. Dernouville ne valsait absolument qu'avec la vicomtesse, et, pour une foule de personnes qui se disaient bien informées, il était évident qu'ils se donnaient rendez-vous dans les bals et les réunions.

D'abord on trouva fort extraordinaire que Dernouville ne fût jamais accompagné de sa femme, et parût toujours seul dans le monde; mais le mauvais état de santé d'Amélie servit facilement de prétexte aux continuelles absences d'Adolphe. Madame Dernouville, pour ne pas faire de visite à la vicomtesse qui venait la voir assez fréquemment, n'allait nulle part, et donnait pour raison de sa vie paisible et casanière qu'elle était fort souffrante et ne pouvait supporter la moindre fatigue, le moindre déplacement.

Madame de Forestan comprenait sans peine qu'Amélie l'avait prise en mortelle aversion; mais, pour s'épargner une contenance gênée et difficile, elle faisait semblant de ne s'apercevoir de rien et traitait toujours madame Dernouville d'amie et de sœur.

Le vicomte, qui n'était pas le plus clairvoyant des hommes, croyait tout simplement ce que lui disait sa femme, et s'apitoyait sur les déplorables migraines de madame Dernouville. — Migraines infâmes, disait-il, migraines barbares, qui privent les salons parisiens de leur plus bel ornement, de leur plus charmante fleur, de leur plus magnifique papillon.

Mais tandis qu'Amélie restait seule dans sa maison, en proie aux idées les plus tristes et les plus désolantes, il n'était pas rare qu'Ernest de Forestan vînt lui tenir compagnie des heures entières, et charmer les ennuis de la solitude. Ce jeune homme n'était plus le même depuis qu'il connaissait madame Dernouville; tous ses goûts étaient changés; il avait presque rompu avec ses compagnons de plaisirs et d'orgies; il n'avait plus qu'une pensée, qu'un désir, qu'un bonheur... Amélie!

La sœur d'Ernest n'était guère moins à plaindre que madame Dernouville. La pauvre jeune fille ne quittait jamais la maison, et passait les soirées les plus maussades qu'on puisse concevoir, pendant que sa mère allait au bal. La vicomtesse avait d'excellentes raisons pour n'y pas mener sa fille; mais ces bonnes raisons elle se gardait bien d'en faire part aux autres et disait seulement qu'Alexandrine n'était pas d'âge encore à paraître dans le monde, et que rien ne vieillissait plus une jeune fille que de la produire trop tôt.

Tandis que toutes ces choses se passaient dans les deux familles, l'hiver s'écoula, et quand les premiers beaux jours recommencèrent à briller, le vicomte de Forestan n'eut rien de plus pressé que de retourner à sa campagne pour faire de nouveau la chasse aux papillons. Madame de Forestan, bien qu'elle n'eût pas une extrême envie d'aller s'ensevelir au fond de son château, céda sans trop de résistance au désir de son mari; elle avait compris qu'il était prudent de s'éloigner pour quelque temps d'Adolphe, afin d'endormir les soupçons et de dérouter la surveillance des agens mystérieux dont l'environnait son beau-père, le comte de Forestan.

Le vicomte et sa femme se mirent en route pour Morlinière; mais il fut bien convenu que M. et madame Dernouville les rejoindraient avant six semaines. Amélie fut enchantée du départ de madame de Forestan qu'elle regardait comme sa plus cruelle ennemie; elle redoubla de tendresse et d'attention pour son mari, qui, pendant quelques jours, parut sensible à tant de prévenances généreuses; lui, dont la conscience n'était pas tranquille, et qui ne pouvait étouffer dans son cœur de sévères et justes reproches!

Néanmoins, il se faisait un échange perpétuel de lettres entre Dernouville et la vicomtesse; Amélie ne tarda pas à le remarquer. Elle s'en plaignit plusieurs fois amèrement à son mari; mais Adolphe lui répondit avec impatience qu'une semblable inquisition n'était pas supportable et le rendait le plus malheureux des hommes.

Madame Dernouville enferma donc sa douleur dans le fond de son âme et tâcha de souffrir courageusement sans se plaindre; mais un orage sinistre s'amassait dans l'ombre et devait bientôt éclater: le drame prenait chaque jour des teintes plus sombres et marchait sans relâche au dénouement le plus funèbre, aux plus sanglantes péripéties. N'anticipons pas sur les événemens, et, pour les préparer, pour les faire mieux comprendre, transcrivons quelques lettres qui nous dispenseront de longs et monotones développemens.

II

Madame de Baumare à madame Dernouville.

« Ma chère Amélie, j'apprends de tous les côtés une chose qui m'afflige profondément; on dit que ton mari mène une conduite étrange, et qu'on pourrait qualifier d'une façon plus sévère; on dit qu'il te néglige chaque jour davantage. Est-ce vrai? S'il en est ainsi, pourquoi n'as-tu pas déposé d'abord tes douleurs dans le sein d'une mère qui t'aime et qui ne demande qu'à t'aider de ses conseils?

» J'aurais écrit à M. Dernouville d'une manière qui aurait pu le faire réfléchir, et je suis convaincue qu'il ne te donnerait plus actuellement les mêmes sujets de plaintes. Mais, je t'en prie, mon enfant, ne me cache rien; parle-moi avec toute la confiance que je mérite. On prétend que tu es liée intimement avec une femme dont les mœurs n'ont pas toujours été irréprochables; on va même jusqu'à dire qu'il ne serait pas impossible que le changement de M. Dernouville à ton égard vînt de l'influence extraordinaire que la vicomtesse de Forestan exerce sur l'esprit faible et mobile de ton mari.

» Plusieurs fois, quand tu m'as fait dans tes lettres l'éloge pompeux de cette femme que tu nommais la plus aimable personne du monde, il me semble que je t'ai conseillé vivement de ne pas former une liaison trop étroite avec une étrangère que tu ne pouvais encore bien connaître. Une femme mariée a toujours tort de se lier avec une autre femme; c'est une phrase banale, à force d'être repétée, mais elle n'en n'est pas moins vraie.

» Je t'en conjure, ouvre-moi ton cœur, chère Amélie; tu serais bien cruelle de cacher quelque chose à ta mère; parle, et sois sûre que j'accourrais tout de suite pour te consoler et te prêter l'appui de ma tendresse, si jamais ton mari pouvait oublier que je lui ai confié le sort de ma fille et que c'est pour la rendre heureuse.

» Parle, ô ma chère enfant! un seul mot, et je vole te presser dans mes bras!

» Ta mère qui t'aime,
« A. DE BAUMARE. »

III.

Madame Dernouville, bien qu'elle eût fort à se plaindre de son mari, crut de sa dignité de souffrir en silence, et de n'étaler ses douleurs devant personne, pas même devant une mère. Elle écrivit donc à madame de Baumare qu'elle était beaucoup moins malheureuse qu'on ne le disait, et que, jusqu'à présent, elle n'avait à reprocher à son mari qu'un peu de froideur et d'inégalité dans le caractère. Elle avoua que la vicomtesse de Forestan, malgré tout son esprit et les charmes de sa conversation, était une femme à laquelle on ne pouvait guère se fier. « Néanmoins, comme je ne voudrais pas être injuste sur le compte d'une personne qui n'a peut-être pas cherché à me nuire, ajoutait Amélie, j'attribuerai plutôt l'éloignement que j'éprouve pour madame de Forestan à une antipathie naturelle et inexplicable, qu'à une aversion fondée sur de puissans motifs. »

Amélie, avec ce tact délicat que la plupart des femmes possèdent au suprême degré, avait compris que le meilleur moyen de ramener son mari et de le guérir d'une passion funeste, c'était de ne pas se plaindre et de ne faire à personne des confidences inutiles et dangereuses qui ne serviraient qu'à aigrir Adolphe et à l'éloigner davantage. Elle espérait, à force de douceur, de résignation et de patience, toucher le cœur de son mari et faire vibrer un jour ou l'autre, dans une âme non encore flétrie, tout ce qu'elle enfermait de cordes sensibles et généreuses.

Ernest de Forestan, dévoré d'un amour qu'il ne pouvait éteindre, et dont il entrevoyait tous les obstacles presque insurmontables, ne voulait pas venir encore au château de sa mère, malgré les instances réitérées de celle-ci, qui lui écrivait lettres sur lettres et le suppliait de quitter Paris. Il avait écrit plusieurs fois à madame Dernouville qui, ne pouvant se méprendre à l'exaltation des lettres de ce jeune homme, n'avait pas cru devoir lui répondre. Chaque jour plus triste et plus seule, elle désirait vaguement, sans presque se l'avouer à elle-même, elle désirait qu'Ernest arrivât; mais quand elle songeait aux conséquences terribles que pouvait avoir une amitié trop intime entre elle et le jeune de Forestan, elle frémissait dans une terreur involontaire et faisait des vœux pour qu'il demeurât à Paris toute la saison.

Au reste, elle était comme toutes les femmes dans une situation semblable : un jour, elle aurait donné tout au monde pour voir Ernest, quand elle avait le cœur trop gonflé de douleur, quand la solitude pesait sur elle de tout son poids; et, le lendemain, ce qui l'épouvantait le plus, c'était l'idée qu'Ernest pouvait venir.

Une fois même, en lisant une lettre où, sous les expressions les plus modérées et les plus convenables, la passion d'Ernest éclatait violemment, elle prit le parti de lui écrire pour le supplier de ne pas venir encore à Morlinière, et d'attendre que son amour s'éteignît de soi-même.

Mais, presque en même temps que cette lettre, Ernest en reçut une autre de sa mère, qui lui fit prendre une résolution bien différente de celle qu'il aurait prise peut-être, grâce aux prières de madame Dernouville.

Cette lettre de la vicomtesse, la voici :

« Mon pauvre Ernest, que fais-tu donc à Paris ?... je t'en conjure, dis-moi ce qui peut te retenir si long-temps loin de toutes les personnes qui t'aiment. Il me semble que le séjour de Paris doit être détestable maintenant, par la chaleur accablante qu'il y fait ! Elle est à peine supportable ici, sous nos épais ombrages, au milieu des fleurs ! Viens donc, viens donc, mon bien-aimé ! Je t'attends avec une impatience extrême ! Tu sais bien que je ne puis être heureuse loin de toi ! Je t'assure que si tu étais auprès de nous, rien ne manquerait à mon bonheur ! Mais par momens, vois-tu, je suis bien seule, et le temps me paraît long ! M. Dernouville vient toujours me voir très souvent, et nous parlons d'une foule de choses qui nous intéressent vivement; nous lisons ensemble les grands poètes, les philosophes; nous discutons sur l'histoire et la morale comme de vieux sages de la Grèce, et les heures s'écoulent avec une rapidité délicieuse; mais nous ne pouvons pas toujours être ensemble. Madame Dernouville est seule pendant ce temps-là, et je présume qu'elle ne s'amuse guère !

Allons, viens tout de suite, cher Ernest ; je suis très sûre qu'elle te souhaite aussi vivement que moi-même ! La pauvre femme est d'une tristesse inconcevable ! Je ne sais vraiment pas ce qui lui fait tant de chagrin, mais tout l'ennuie et la fatigue ; elle ne lit plus ! c'est à peine si elle me rend mes visites.

» Entre nous soit dit, elle est d'une humeur indéfinissable ; elle qui m'aimait autrefois à l'adoration, elle est changée à mon égard d'une manière incroyable. Je n'ai jamais vu d'amitié plus fantasque, plus mobile, et pourtant je l'aime toujours, moi. Je lui témoigne, s'il est possible, encore plus d'affection et d'intérêt. D'ailleurs, je n'ai pas la force de lui en vouloir ! Elle a bien quelque sujet d'affliction... elle n'est pas heureuse ! Il est clair à présent que le caractère de son mari est l'antipode du sien, et que, fort aimables et charmans tous deux, ils n'étaient pas faits l'un pour l'autre ! Ils le sentent parfaitement, et chacun en convient sans peine en particulier.

» Comment tout cela finira-t-il ? je n'ose le prévoir.

» Ce qui me paraît néanmoins assez positif, c'est qu'Amélie a dans le cœur un trop plein d'amour et de sensibilité qui demande à s'épancher dans un cœur jeune et brûlant comme le sien, et ce cœur n'est certes pas celui d'Adolphe !

» Mais je ne veux pas t'en dire davantage par écrit : une lettre a toujours besoin d'explications, de commentaires. Viens au plus vite, et je te promets des détails qui t'intéresseront plus que tous les plaisirs que tu peux goûter à Paris dans tes cercles et tes clubs.

» Il est inutile, je crois, de te dire que ton père serait aussi très enchanté de te voir ; tu n'en peux douter, mon ami, mais ta présence m'est cent fois plus nécessaire qu'à lui. Il aime bien ses enfans, mais il a dans le cœur une plus grosse somme de tendresse paternelle pour les papillons, et, pourvu qu'il en fasse tous les jours une récolte abondante, il est dans une jubilation merveilleuse et s'embarrasse fort peu des choses de ce monde.

» Je mentirais d'ajouter que ta sœur Alexandrine meurt d'impatience de te voir. Elle ne t'aime pas, et tu peux être sûr qu'elle te fera sa moue habituelle, qui devient plus maussade chaque jour. Mais qu'importe ! un plus joli visage que le sien te sourira, une voix plus douce te dira que tu es le bien-venu. »

IV

Alexandrine était fort surveillée par sa mère et ne pouvait pas écrire à ses amies de couvent sans en demander la permission. Il fallait qu'elle montrât toutes ses lettres à madame de Forestan, qui les raturait et les biffait comme un véritable censeur.

Mais Alexandrine, qui voulait épancher dans un cœur ami tous ses griefs, toutes ses peines, résolut d'écrire pendant la nuit pour dérober sa correspondance aux yeux maternels.

Tandis que tout le monde reposait dans le château, elle se releva une nuit, ralluma sa lampe, et, sans faire le moindre bruit avec sa plume et son papier, elle écrivit la lettre suivante à une jeune personne qui était sortie du couvent presque en même temps qu'elle :

« Ma chère Fanny, je trouve enfin le moyen de t'écrire, et cette fois, j'espère, on ne contrôlera pas ma lettre. J'ai une foule de confidences à te faire, des secrets à te dire et de très graves. Pourvu que ma mère qui dort dans une chambre auprès de la mienne ne se réveille pas et ne vienne pas me surprendre ! Oh ! je serais perdue. Tu vois comme ma main tremble. C'est que je la crains mortellement ma mère ! et rien que d'entendre sa voix, le frôlement de sa robe dans une pièce voisine, je frissonne et mon cœur bat d'une manière !... Oh ! quelle femme ! quelle femme !...

» Au moins, toi, tu es heureuse : tu as un père, une mère qui t'aiment, et tu connais la douceur des caresses maternelles ! Moi, je n'ai jamais reçu de ma mère que des réprimandes glacées, des paroles dures et impérieuses. Je n'ai jamais vu ses yeux me sourire, sa main prendre la mienne avec affection. Hélas ! jamais !...

» Tu sais comme je désirais quitter le couvent, ma pauvre Fanny. Je me représentais le monde sous des couleurs ravissantes. Je croyais que toutes mes journées se passeraient en fêtes, en plaisirs ; que tous les soirs j'irais au bal avec ma mère, et que j'aurais de belles robes, de belles toilettes, des bijoux... Mon Dieu ! comme j'étais folle ! Quelles illusions, hélas ! et quel désenchantement !

» Du matin au soir, il faut que je reste dans la chambre de ma mère, assise à côté d'elle, à coudre, à faire de la tapisserie, et je ne puis lever les yeux de dessus mon ouvrage. Ma mère est toujours là qui me gronde, qui m'accuse de paresse. Pourtant je n'ai jamais plus travaillé. C'est au point que j'en suis presque à regretter le couvent. Car enfin, j'étais plus libre ; j'avais de bonnes amies avec lesquelles je pouvais causer en toute confiance, à cœur ouvert. Tu te rappelles, Fanny, comme nous bâtissions de beaux rêves, de beaux romans dans notre imagination de jeunes filles ! Comme l'avenir nous apparaissait tout en fleurs ! Mon Dieu ! mon Dieu ! que la réalité est loin du songe !

» Ici, je ne puis échanger une idée, une parole avec qui que ce soit. Personne ne m'adresse un mot tendre et consolant, excepté néanmoins mon pauvre père, qui est excellent pour moi, mais d'une faiblesse, d'une soumission pour sa femme !... Imagine-toi qu'il tremble devant elle, et qu'avec un seul mot elle fait de lui tout ce qu'elle veut.

» Le jeune ménage dont je t'ai parlé plusieurs fois habite toujours une campagne voisine de la nôtre ; mais nous le voyons moins souvent, c'est-à-dire madame Dernouville ; car pour son mari, il ne passe pas un seul jour sans venir voir ma mère, et ils s'enferment ensemble des heures entières, comme je te l'ai déjà dit. Tu es bien curieuse, n'est-ce pas ? de savoir le sujet de si longs entretiens... Oh ! le sujet n'est pas toujours aussi moral et philosophique qu'on serait tenté de le croire, par les paroles décousues qu'ils jettent au hasard pour vous éblouir et vous donner le change, quand vous entrez brusquement dans le salon... Il est vrai qu'ils oublient rarement d'en fermer la porte à double tour.

» Va, ma chère Fanny, je suis plus clairvoyante que ma mère ne se l'imagine, et je comprends les choses à demi-mot... D'ailleurs, je ne te cache pas que je suis tant soit peu curieuse, et que si j'ai de bons yeux, j'ai en outre l'oreille d'une finesse merveilleuse...

» Mais vraiment, puisque j'ai entamé ce chapitre, il faut que je l'achève !... Je te dirai, mon amie, que j'ai fait, il y a quelques jours, une découverte que je ne donnerais pas pour une parure de diamans... Je t'avais déjà parlé de certaines choses assez plaisantes, que j'avais entendues ou vues très clairement, mais tous ces témoignages-là n'étaient point assez significatifs... ce n'étaient que de légers indices ! Actuellement, Dieu merci ! j'ai la clé de l'énigme... et d'abord je t'annonce que je sais positivement d'où vient la tristesse de madame Dernouville ! La malheureuse femme ! je ne m'étonne pas qu'elle pleure du matin au soir !... Elle est si bonne ! vraiment son mari est bien coupable !... mais je connais une personne encore plus coupable que lui, peut-être !... Oh ! oui, plus coupable ! car sans les perfides conseils de cette personne-là, certes, il n'aurait jamais fait ce qu'il a fait !

» Ma mère a bonne grâce, en vérité, de me faire continuellement des leçons de morale ! Je sais, moi, qu'elle parle à M. Dernouville d'une tout autre façon ! Tu ne peux concevoir de quelle manière elle s'exprime sur le mariage et sur une multitude de choses qui m'avaient toujours semblé très respectables. Mais, peut-être, me prend elle encore pour une enfant, et veut-elle me tenir le plus long-temps possible en lisière, pour dissimuler son âge, et n'avoir point l'embarras de me conduire dans le monde, où la fille pouvait faire quelque tort à la mère!... Car, sans trop d'amour-propre, je crois très fort que mes dix-neuf ans et ma figure n'ont rien à craindre d'une femme de quarante ans. Tous les hommes n'ont pas le goût de M. Dernouville, et la jeunesse a bien son prix!... Mais à propos de M. Dernouville, je le crois maintenant beaucoup moins enthousiasmé de sa conquête, et je ne serais pas surprise qu'un de ces jours il s'aperçût que je ne suis pas trop mal... Il est souvent, pour moi, d'une prévenance, d'une amabilité... quand ma mère n'est pas là!... Enfin, nous verrons!

» Mais ce qu'il faut, mon amie, que je te raconte, c'est l'étrange scène qui s'est passée hier entre M. Dernouville et ma mère! Ils se promenaient au fond du parc, très avant dans la soirée, et moi je les suivais à quelque distance dans une petite allée sombre où je ne craignais pas qu'ils m'aperçussent. Ils s'assirent sur un banc de pierre, et moi... »

Alexandrine, avant de tourner une page qu'elle venait de finir, prit une sébile pleine de poudre, et la versa sur le papier; mais la sébile lui échappa tout à coup des mains et tomba sur le parquet avec bruit.

La vicomtesse de Forestan, qui avait le sommeil très léger, s'éveilla en sursaut; elle appela sa fille, et, comme celle-ci, plus morte que vive, ne donnait aucune réponse et demeurait clouée sur sa chaise, madame de Forestan renouvela sa question à haute voix, et fut sur le point de se lever.

Alexandrine, entendant un craquement de lit dans la chambre de sa mère, s'empressa d'éteindre la lampe et se recoucha tout doucement, avec un frisson d'épouvante. Elle chiffonna brusquement sa lettre, et la cacha sous son oreiller.

La vicomtesse, n'entendant plus rien, crut s'être trompée et se rendormit.

V.

A peu près vers cette époque, Dernouville reçut plusieurs lettres de ses amis, qui, presque toutes, faisaient allusion, d'une manière plus ou moins significative, à sa passion pour la vicomtesse de Forestan.

Une de ces lettres le contraria plus que toutes les autres, et le blessa douloureusement dans son amour-propre : c'est au point qu'il fut au moment de se fâcher très sérieusement, et de demander raison à la personne qui l'avait écrite, bien qu'il ne fût pas d'une nature querelleuse et susceptible.

L'auteur de cette lettre était un de ces prétendus fashionables d'assez mauvais ton qui se croient tout permis, et se piquent d'une franchise parfois singulièrement insolente. Il avait fait, quelques années auparavant, une cour très assidue à la vicomtesse, et, furieux, humilié de n'avoir pas réussi, il nourrissait une secrète rancune, un levain d'animosité contre Dernouville, qu'il avait sujet de croire plus heureux et plus favorisé.

Adolphe ne savait pas que ce jeune homme avait aimé madame de Forestan.

« Mon pauvre Dernouville, écrivait le dandy, vous savez tout l'intérêt que je vous porte, nous avons bu du vin de Champagne cinq ou six fois ensemble, et il n'en faut pas davantage pour s'aimer comme Achille et Patrocle, ces deux vaillans *rococo*. Parbleu, mon cher, je vais vous donner un conseil, un conseil d'ami, de bon et brave garçon!

» Vous avez pour maîtresse une femme ***de quarante et quelques***, *passable* encore le soir aux bougies, mais effroyablement *passée* au grand soleil!... Parole d'honneur, si vous ne secouez pas ce vieux joug d'ici à une huitaine de jours, vous êtes un homme coulé; on ne vous regardera plus sans rire, et les femmes de trente-cinq ans vous tourneront le dos.

» Quelle rage diabolique vous avez là!... Madame la vicomtesse de Forestan!... Oh! franchement, vous êtes un joli garçon, assez bien partagé du ciel pour oser prétendre à quelque chose de mieux!... Avouez que ce n'était vraiment pas la peine de faire une infidélité à votre femme pour une aussi mauvaise bonne fortune! Votre femme est charmante, adorable, et l'autre n'est pas digne en vérité de lui servir de camériste!

» Croyez-moi, cher ami, *rompez tout pacte avec l'impiété*, si vous ne voulez pas devenir la fable de tout Paris. L'amoureuse vicomtesse en valait une autre encore, il y a cinq ans; elle était alors dans son été de la Saint-Martin, et vous savez qu'un été ne dure pas cinq ans. »

Adolphe n'eût pas laissé une pareille injure impunie; mais il apprit le lendemain matin que l'insolent persifleur venait d'être tué en duel.

VI.

M. et madame Dernouville étaient depuis une quinzaine de jours à leur maison de campagne; le vicomte et la vicomtesse de Forestan étaient venus leur faire déjà plusieurs visites, mais Amélie n'avait accepté aucune de leurs invitations, et n'avait été les voir une seule fois. Les prières, les ordres même d'Adolphe ne pouvaient la décider à renouer avec madame de Forestan.

Dernouville, irrité des refus opiniâtres de sa femme, et désespérant de les vaincre, prit le parti de ne plus l'essayer; mais il ne chercha pas à dissimuler tout le ressentiment qu'il éprouvait, et fut pour elle d'une singulière froideur.

Amélie était d'une tristesse profonde; elle ne sortait plus de chez elle et restait seule toute la journée. Adolphe lui adressait à peine la parole, et, quand il passait quelques heures chez lui, il s'enfermait dans son atelier de peinture et faisait des aquarelles pour la vicomtesse. Tous les matins, Dernouville recevait une lettre mystérieuse, qu'il lisait à la dérobée; et, quoique l'écriture de l'adresse fût évidemment contrefaite, Amélie n'avait pas tardé à la reconnaître. Elle était véritablement à plaindre, et le temps lui semblait d'une longueur insupportable; elle ne lisait plus, rien ne l'intéressait, et, du matin au soir, pendant l'absence de son mari, elle demeurait, immobile et pensive, sur une terrasse couverte de fleurs et d'arbustes, d'où la vue s'étendait sur un paysage magnifique, au milieu duquel se déroulait la Loire, comme un large ruban d'argent liquide. Mais la pauvre femme n'était guère sensible au spectacle qui se développait devant elle, et ses regards tombaient mornes et distraits sur toute cette riche nature sans rien voir distinctement.

Un matin, tandis qu'elle achevait sa toilette, sa femme de chambre entra précipitamment et lui remit une lettre dont on attendait la réponse.

Amélie ouvrit machinalement cette lettre, sans regarder auparavant la suscription; mais, à peine y eut-elle jeté les yeux, qu'elle reconnut parfaitement l'écriture de la vicomtesse: cette lettre était destinée à Dernouville, et la première phrase fut pour Amélie comme un coup de poignard; elle n'en pouvait plus douter!... Adolphe était coupable!...

« Mon cher Adolphe, écrivait la vicomtesse, vous que j'aime chaque jour davantage!... »

Amélie fut tellement émue à cette lecture, qu'elle manqua de s'évanouir et tomba dans un fauteuil. Sa femme de chambre, épouvantée, ouvrit la porte, pour appeler du secours; mais Amélie se relevant tout à coup, malgré sa faiblesse et son tremblement, lui ordonna de n'avertir personne. Puis, s'armant de toute sa force d'âme et de son courage, elle voulut continuer de lire la lettre; mais un nuage couvrait sa vue, le papier s'agitait si violemment dans sa main frémissante, qu'elle ne put déchiffrer une seule ligne, et passa à plusieurs reprises son mouchoir sur ses yeux voilés de larmes.

Elle s'était laissé retomber sur un fauteuil, et, pour essayer de lire, elle attendait que son émotion fût un peu calmée, quand la porte de la chambre s'ouvrit tout à coup, et Dernouville parut, le visage dans un grand désordre.

En voyant la lettre dans les mains de sa femme, il s'arrêta un instant comme pétrifié, mais ce ne fut que l'espace d'un éclair ; et, sans dire une seule parole, il s'élança vers Amélie, et lui arracha avec vivacité la feuille qu'elle tenait.

— Une fois pour toutes, madame, s'écria-t-il d'une voix sourde de colère, ne vous avisez pas d'ouvrir mes lettres, car je pourrais ouvrir les vôtres.

En disant cela, il jeta sur les genoux d'Amélie un billet sous enveloppe et cacheté qu'il tira de sa poche.

Amélie était frappée d'un tel étonnement, qu'elle entendit à peine ce que son mari lui disait; elle ne vit pas d'abord la lettre qu'il venait de lui jeter, et ce ne fut qu'après le départ brusque et rapide d'Adolphe que la femme de chambre ramassa la lettre fermée que sa maîtresse avait fait tomber sur le parquet, en voulant se lever pour retenir Dernouville.

— L'ingrat! l'ingrat! murmura sourdement Amélie. Mais quelle est cette lettre?... qui me l'a donnée?... Oh! je ne veux pas la lire!... Je sais tout maintenant!... Je ne veux pas en apprendre davantage!... Thérèse, cette lettre n'est pas pour moi!... elle est pour mon mari!... Allez la lui remettre.

— Madame, c'est monsieur lui-même qui vient de l'apporter, répondit Thérèse, qui ne pouvait rien comprendre à tout ce qui se passait autour d'elle. Mais regardez, madame, cette lettre est bien pour vous! C'est là votre nom!

Amélie examina l'enveloppe.

— Oui, c'est bien à moi! dit-elle avec impétuosité.

Elle avait reconnu l'écriture.

— Allez, Thérèse, je n'ai plus besoin de vous.

Thérèse sortit.

Madame Dernouville décacheta promptement la lettre, et son cœur se mit à battre avec force.

— Ernest! Ernest! dit-elle. Ah! c'est lui! Excellent jeune homme! généreux caractère!... Hélas! hélas! Adolphe était bon et sincère comme lui autrefois!...

Elle parcourut avidement la lettre.

— Mais, que vois-je! reprit-elle avec un peu de frayeur dans la voix. Il m'aime!... il va venir!... dans un instant peut-être! Oh! qu'il ne vienne pas! qu'il ne vienne pas!

Et pendant un quart d'heure, elle fut en proie aux pensées les plus tumultueuses, les plus contradictoires; une lutte orageuse de sentimens et de scrupules s'engagea dans le fond de son âme, et vint y porter le trouble.

— Il m'avait promis de me regarder toujours comme une sœur! pensait-elle, et cependant! Oh! malheureuse que je suis!... Quelle est ma situation!... Désirer à la fois et craindre sa présence!... C'est Adolphe, c'est lui seul qui est cause!... O mon Dieu! moi qui l'aimais tant!... Par momens je tremble!... par momens j'ai peur de ne plus l'aimer!... Mais il faut que je fasse encore une tentative!... Oh! je veux le supplier à genoux, le conjurer les mains jointes de ne plus voir cette femme!... et nous pourrons être heureux encore! Tout peut se réparer!... Non, je ne verrai pas Ernest! je ne le verrai pas seule!... C'est en présence d'Adolphe que je veux le recevoir!... Pauvre jeune homme! Dieu me garde de le tromper, de lui laisser croire que je partage un sentiment qui serait un crime entre nous deux!

Et, tout en faisant ces réflexions qui s'échappaient de ses lèvres en paroles vagues, entrecoupées de longs silences, elle sonna, et sa femme de chambre entra presque aussitôt.

— Thérèse, dit-elle, allez dire à mon mari que je voudrais lui parler! je le prie de venir à l'instant même.

— Mon Dieu, madame, répondit Thérèse, il y a cinq minutes que monsieur est parti.

— Comment?

— Oui, madame; tout à l'heure, en quittant votre chambre, monsieur est entré brusquement dans son cabinet; et je l'en ai vu ressortir un quart d'heure après, tout habillé, comme s'il allait faire une visite.

— Ah! murmura confusément Amélie en secouant la tête avec amertume. Je comprends où il est allé!... chez la vicomtesse!... Cette lettre!... c'est un rendez-vous!... O mon Dieu! mon Dieu! c'en est fait! plus de bonheur...

Et elle se prit à pleurer abondamment; ses larmes coulaient à flots le long de ses belles joues pâles, et ses mains se crispaient sur sa poitrine comme dans une violente douleur.

— Oh! continua-t-elle avec une expression de physionomie pleine de désespoir, le malheureux! le malheureux! C'est lui, c'est lui qui le voudra!... Oh! je le sens! je le sens! je suis jalouse!... je ne suis pas femme à souffrir sans vengeance la plus mortelle des injures.

Thérèse demeurait debout au milieu de la chambre, dans une stupéfaction muette, dont elle ne serait pas sortie de long-temps, si un coup de sonnette n'eût retenti à la porte d'entrée. Ce bruit la réveilla de son engourdissement; elle se retira avec promptitude.

Amélie sanglotait encore et mouillait de ses larmes la lettre d'Ernest qu'elle tenait à la main, quand la porte s'ouvrit, et Thérèse annonça M. Ernest de Forestan.

VII.

Amélie devint très pâle et ne put d'abord articuler une parole, tant son cœur battait violemment.

Ernest la salua d'un air timide et embarrassé; elle détourna la tête pour lui dérober son trouble. Ernest crut qu'elle était mécontente de le voir, et se repentit un moment d'avoir quitté Paris et d'être venu à la campagne malgré la défense de madame Dernouville.

— Mon Dieu, pardonnez-moi, madame, dit-il enfin d'une voix très émue. Je vous désobéis!... mais si vous saviez, j'étais vraiment trop malheureux, trop seul, dans cette grande ville où les jours me paraissaient des années! Je vous en conjure, pardonnez-moi!

— Monsieur Ernest, répondit madame Dernouville d'un accent mal assuré, pourquoi voulez-vous que je vous pardonne?... je n'ai rien à vous reprocher!... vous êtes bien le maître de vos actions!...

— Hélas! de quel air vous me dites cela, madame! oui, oui, vous êtes irritée contre moi, j'en ai la certitude!... Mon Dieu! vous détournez les yeux pour ne pas me voir!... je vous ai offensée... je suis bien malheureux!...

Amélie gardait le silence.

— Je vous en supplie, un mot, madame! un seul mot! reprit Ernest avec une douloureuse vivacité. Que faut-il que je fasse !... M'ordonnez-vous de partir, de partir à l'instant même? Oh! ce serait affreux!... Mais enfin je me soumets à tout!... je ne reculerai devant aucun sacrifice pour vous épargner une larme, un chagrin!

— Eh bien! Ernest, dit-elle en le regardant avec une expression pleine de tendresse et de reproche, pourquoi n'avez-vous pas écouté mes prières?... Pourquoi n'avez-vous pas attendu, pour venir, que je vous appelasse?... Si mon repos, si mon bonheur vous étaient chers, vous auriez craint de les compromettre en m'écrivant des choses... des choses que je dois considérer comme un enfantillage!... Oh! oui, ce n'est rien de plus!

— Madame, pensez-vous ce que vous dites? s'écria-t-il impétueusement. Oh! pourriez-vous douter d'une affection éternelle et profonde, que mon cœur vous a vouée et qui fait partie de mon existence!... Amélie!... Amélie!... oh! si vous mettiez la main sur ce cœur!... vous verriez comme il bondit dans ma poitrine! et vous croiriez au moins son langage!...

Et, comme il voulait saisir la main de madame Dernouville, elle se recula pâle et tremblante.

— Monsieur! monsieur Ernest!... balbutia-t-elle, avez-vous encore l'usage de votre raison?... Que faites-vous?... quel langage osez-vous me tenir?... Oh! de grâce!... laissez-moi!... De grâce ne me faites pas repentir de vous avoir confié mes chagrins comme à un frère!... ne me forcez pas à ne plus vous voir!... vous, mon seul ami, que je croyais sincère et désintéressé!

— Oh! parlez! parlez! Amélie!... mon sang, ma vie, vous appartient!... Oui, vous le savez, je suis votre frère!... L'irrésistible aimant qui m'entraîne vers vous est au plus profond de mon cœur!... Oui, c'est une amitié vraie et ardente, mais pure comme celle qu'on éprouve pour une sœur chérie!... Non, vous n'êtes pas heureuse! vous me l'avez avoué bien souvent!... Votre existence est morne et vide maintenant!... votre cœur est vide aussi peut-être!...

— Ernest!... que dites-vous? interrompit-elle avec un frémissement dans la voix, qui peut vous faire croire?... qui vous donne le droit de me dire que je ne suis pas heureuse?...

— Amélie, vous avez beau faire, le ton de votre voix, vos regards tristes et souffrans, votre pâleur, tout cela vous dément et détruit l'effet de vos paroles!... Non, vous n'êtes pas heureuse! je le sais! Vous ne l'auriez pas dit, que je l'aurais deviné!... Oui! voilà pourquoi je viens, au risque de vous déplaire et d'allumer le courroux dans vos yeux, qui me souriaient naguère avec indulgence et bonté!... Pauvre femme, vous n'aviez personne à qui confier vos peines, et nul cœur d'ami ne s'ouvrait pour recevoir les épanchemens de votre cœur plein de larmes!... Oh! ne me repoussez pas! tout ce que je veux, tout ce que je vous demande, c'est votre confiance, c'est la part d'affection qu'une âme généreuse ne peut refuser à un ami!... Hélas! pauvre Amélie, que ne donnerais-je pas pour vous rendre le calme et le bonheur!...

— Le bonheur! répéta douloureusement madame Dernouville en retenant un sanglot, le bonheur! ah! c'est un mot creux et vide maintenant pour moi!... Le bonheur! je l'ai connu!... mais bien peu de temps... Ernest! Ernest! mon bonheur, il est mort!

— Mais il peut revivre, Amélie! s'écria-t-il avec exaltation. Votre cœur est jeune encore et plein de vie! il ne faut qu'un souffle, un rayon d'amour!...

— L'amour!... Ernest... oh! ce n'est pas un feu vivifiant qui ranime, ce n'est pas un souffle embaumé qui rafraîchit l'âme!... Non, c'est un vent qui dessèche, c'est une flamme qui brûle et calcine, et qui tue!... Oh! que je meure, plutôt que d'aimer encore!... Tout ce que j'envie maintenant, c'est l'indifférence et l'apathie... c'est un sang de glace!...

un cœur de glace! On est trop malheureux quand on aime encore, et qu'on n'est plus aimé!... Adolphe!... Adolphe!...

— Oui, c'est un ingrat!... je le sais!... C'est un ingrat!... dit-il avec amertume, et je voudrais le haïr, pour tout le mal qu'il vous fait!... Mais je ne le puis!... je n'en ai pas la force!... Je me figure, au contraire, qu'il me serait plus odieux si son amour... Pardonnez! pardonnez! Amélie!... ma tête s'égare!... Mais, en vérité, cet homme n'était pas fait pour vous!... Je l'estime!... Oui, par moment, je l'aime avec une tendresse presque fraternelle... car il est bon, généreux, sensible! Je reconnais, j'apprécie toutes ses qualités!... Mais il n'est pas digne de vous!... Non, il ne peut comprendre tout ce qu'il y a de délicatesse et de charme dans votre esprit, dans votre âme neuve et riche d'amour!... Ah! mon Dieu! pourquoi les cœurs sont-ils presque toujours mal assortis!... Pourquoi ceux que le ciel avait faits l'un pour l'autre ne se rencontrent-ils jamais!... hélas! ou trop tard!... Amélie!... oh! si je vous avais connue plus tôt... vous, l'ange que j'ai rêvée mille fois!... Oh! comme je vous aurais aimée!...

— Ernest! taisez-vous, de grâce!...

— Amélie! continua-t-il avec un soupir arraché du fond de sa poitrine... j'en ai la conviction profonde!... oui, nous serions moins à plaindre tous deux!... car tous deux nous le sommes!... Notre vie est manquée! nous avons pris la mauvaise route, la route qui mène à la douleur, au désespoir!... Oh!... quand j'y pense, c'est à me briser la tête contre les murs, c'est à maudire le ciel!... Je suis le plus malheureux des hommes!... et vous m'auriez aimé peut-être!...

— Ernest! quel langage!... Oh! mais c'est affreux ce que vous dites là.

Madame Dernouville tressaillait convulsivement; elle était dans une agitation impossible à décrire.

— Ecoutez! Amélie! je ne puis plus me taire, reprit Ernest en tombant à ses genoux, et saisissant à deux mains la main d'Amélie, qu'il couvrait de baisers et de larmes brûlantes... non, je suis trop malheureux!... ma poitrine se brise!... il faut que je parle!... Oh! je vous aime! je vous aime!...

— Monsieur!...

— Il est impossible que je ne vous aime pas!... c'est mon destin de vous aimer!... Je suis à vous! je vous appartiens!...

Ses regards devenaient plus ardens, son étreinte plus ardente; sa voix s'éteignait dans les sanglots.

Amélie fut épouvantée; elle comprit tout le danger de sa position, et bien que son cœur battît avec une force extraordinaire, elle eut assez d'empire sur elle-même pour dissimuler à demi son émotion, et couper court à une scène dont il était impossible de prévoir le dénouement.

— Monsieur Ernest, dit-elle avec une apparente froideur et un calme où perçait une vive émotion, je vous en prie, évitez à l'avenir un sujet qui m'offense, et m'afflige surtout... car vous savez combien votre amitié m'est chère et précieuse! Il me serait bien cruel d'être forcée d'en faire le sacrifice... de ne plus vous voir... Vous me répétez continuellement que je suis malheureuse; mais je ne me plains pas! Si vous étiez vraiment mon ami, vous tâcheriez de me donner du courage, au lieu de m'ôter la force et l'espoir!... Ecoutez! il faut que je vous parle sans aucun détour!... j'ai pour vous trop d'attachement et d'estime, pour ne pas m'expliquer devant vous avec une franchise qui nous épargnera beaucoup de chagrin à l'un et l'autre, et qui établira nettement notre position réciproque. J'aime mon mari, vous n'en pouvez douter, et quand bien même il aurait eu quelques torts envers moi, je ne l'aimerais pas moins jusqu'à la mort.

— L'amour naît et meurt malgré nous dans notre âme, interrompit Ernest avec une intonation sourde.

— Oui, je le sais, l'amour ne dépend pas de nous, répliqua sévèrement madame Dernouville, mais nous sommes toujours maîtres de le comprimer au fond de nos cœurs lorsqu'il est incompatible avec le devoir et l'honneur! Ernest, ma résolution est prise, elle est inébranlable! je ne vous verrai plus seul à seul, avant que la passion folle qui s'est emparée de vous ne soit tout à fait guérie, et qu'une amitié fraternelle et pure n'ait triomphé d'un sentiment que je serais bien coupable d'encourager en vous!... Adieu, adieu, Ernest, je ne vous reverrai qu'en présence de mon mari ou de votre mère!

— Ma pauvre mère! répondit-il en secouant la tête avec tristesse; elle vous aime aussi, elle!... et vous ne l'aimez plus!...

— Ernest, ne parlons pas de votre mère! croyez-moi!... C'est encore un sujet qui pourrait nous aigrir!... Mais non, je n'oublierai jamais, en vous parlant, que vous êtes son fils. Allons, mon ami, adieu, de la raison et du courage!

— Adieu, madame, dit Ernest d'une voix étouffée.

Puis, après avoir serré douloureusement la main qu'Amélie lui tendait, il se retira.

VIII.

A peine le jeune de Forestan fut-il sorti, que madame Dernouville, épuisée par une longue et pénible contrainte, tomba de lassitude dans un fauteuil, et demeura long-temps à réfléchir en silence sur le malheur de sa position et l'avenir sombre qui l'attendait.

— Non, pensait-elle avec une sorte de terreur indéfinissable, il ne faut pas revoir ce pauvre jeune homme avant quelque temps!... Sa douleur me fait mal!... car il m'aime! Oh! je sens qu'il m'aime!... et c'est une passion vive et profonde qui m'épouvante!... Oh! mon Dieu! si j'allais aussi l'aimer?... malheureuse! que deviendrais-je?... Par momens, il me semble que je n'aime plus Adolphe, qu'il m'est odieux même!... Le cruel! il m'a si cruellement traitée!... Il me trompe chaque jour encore peut-être!... oh! je serais folle d'en douter!... Mais, en vérité, je suis plus folle encore de pleurer nuit et jour parce qu'un homme me trompe!... Il ne m'aime plus! eh bien! la meilleure vengeance, la seule que je puisse employer, la seule qui soit digne de moi, c'est de lui fermer à tout jamais mon cœur... c'est de ne plus voir en lui qu'un étranger, qu'un indifférent!...

Et, après un silence méditatif, elle reprenait :

— Mais le puis-je?... Comment vivre sous le même toit avec un homme qu'on méprise?... avec un homme qui se fait un jeu de votre amour et de vos larmes!... Oh! non, c'est impossible!... une vie pareille ne serait pas tolérable!... Le malheureux! il ne sait pas à quels dangers il m'expose!... Je suis jeune, et mon sang bouillonne!... Je sens bien que je ne pourrai pas long-temps vivre dans un semblable abandon, mariée et veuve à la fois!... Il me croit donc bien patiente, ou plutôt d'une bien pauvre nature!... Il ne craint donc pas que je me lasse enfin de ses mépris? Non, il est tranquille, rien ne l'effraie!... Et quand je passe de longues heures, toute seule, avec ce jeune homme, dont l'haleine me brûle, dont la main frissonne dans la mienne, dont chaque parole est un mot d'amour... eh bien! ce n'est pas Adolphe qui tremble, c'est moi!... car je me défie de moi-même!... Je suis femme!... Grand Dieu! grand Dieu! ce jeune homme! qui m'aime!... si je l'aimais un jour!... Oh! cette idée me fait frémir! Alors je serais perdue, entièrement perdue! il n'y aurait plus d'espoir, plus d'avenir!... Je n'aurais plus le calme et la paix de ma conscience pour m'y retirer comme dans un refuge!... Entre Adolphe et moi il y aurait le crime, notre crime à tous deux!... Non, je le jure!... non, je ne verrai plus Ernest, tant que sa vue fera battre mon cœur!... Hélas! est-il sur la terre une femme aussi malheureuse que moi!...

Elle retomba dans sa rêverie silencieuse; ses yeux étaient gros de larmes, son sein gonflé de soupirs. Elle était morne et la tête penchée, quand la porte s'ouvrit.

Adolphe entra.

IX.

Le bruit que fit la porte en s'ouvrant tira madame Dernouville de son engourdissement; elle leva la tête et vit Adolphe.

Il était couvert de poussière, et tenait à la main un album qu'il avait coutume d'emporter quand il sortait pour aller prendre un point de vue et dessiner un paysage dans la campagne.

— Eh bien! Amélie, qu'as-tu donc? demanda-t-il avec un mélange d'intérêt et de surprise. Est-ce que tu souffres?

— Oui, Adolphe, je souffre, répondit-elle en le regardant avec une expression mélancolique.

— Tu souffres, ma pauvre Amélie! mais, en vérité, c'est un peu de ta faute; tu t'obstines à ne pas bouger de la maison! Il fait un temps magnifique, et tu devrais prendre l'air de temps à autre.

— Et qui m'accompagnerait, Adolphe? répondit-elle en soupirant. Hélas! rien que mes sombres pensées!... Elles seules ne m'abandonnent jamais!...

— Allons! allons, chère Amélie, ne te désole pas ainsi, dit Adolphe en s'asseyant auprès d'elle. Tu me fais beaucoup de chagrin. Mon Dieu! tu sais bien que je ne demande pas mieux que de sortir avec toi, quand c'est nécessaire, quand nous allons un peu loin; mais tu n'as vraiment besoin de personne pour aller faire un tour dans le jardin ou dans le parc. Autrefois tu emportais un livre, quelque beau poème de lord Byron ou ton cher Lamartine, et tu restais des heures entières à lire dans le bois, à savourer l'harmonie des vers! Aimable petite capricieuse, tu n'aimes donc plus la poésie comme autrefois?

— Autrefois, Adolphe, autrefois j'étais heureuse, et tout me plaisait!... Un beau vers, un rayon de soleil, une jolie fleur embaumée, inondaient mon cœur de joie, et tous mes jours étaient purs et sereins! L'avenir, que j'entrevoyais avec les yeux de l'âme, me faisait de charmantes promesses! je tenais à pleines mains le bonheur!... Tu m'aimais, Adolphe!... mais à présent!...

— Eh bien! à présent, je t'aime encore plus, Amélie. Seulement, mon amour a changé de forme; il n'est plus un délire, une fièvre dévorante!.. tout cela passe avec le temps, et c'est vraiment bien heureux! car autrement, le mariage serait une chose absurde, abrutissante! On serait toujours à s'embrasser, à se dire une foule de gentillesses pastorales, qui ne sont bonnes que dans la première lune!

— Adolphe! oh! que tu me fais mal en me parlant ainsi, répliqua vivement Amélie. Tu ne veux donc me laisser aucune illusion consolante?... tu veux donc que je meure?

— Allons, pas de phrases de roman, Amélie, je t'en conjure! tu es parfois d'une exaltation qui me fait peur!... Tu dis que tu n'es pas heureuse, mais il est impossible de l'être avec une imagination comme la tienne!... Elle va toujours au delà du vrai, de la réalité! tu ne veux jamais voir les choses telles qu'elles sont! Songe donc, Amélie, qu'il ne faut pas sacrifier à l'amour tous les autres sentimens. L'amitié a bien son prix sans doute, et tu es sûre de la mienne!... C'est un sentiment, je t'assure, bien solide et bien profond dans mon cœur, et que rien ne pourra détruire!...

— Rien, Adolphe?... continua-t-elle avec un regard inquiet et scrutateur ; rien?... pas même l'influence d'une femme que tu aimerais d'une autre manière, *moins fraternellement?...*

— Bon, je te comprends d'avance, interrompit Adolphe dont le visage se colora d'une légère rougeur; je vois parfaitement où tu veux en venir!... C'est toujours madame de Forestan, toujours elle!

— Eh bien ! oui, Adolphe! et j'aurais tort de ne pas en convenir franchement. Moi, aujourd'hui, je ne suis plus rien pour toi!... je suis peut-être même une gêne, un obstacle!

— Quelle folie!

— Non, je ne suis pas folle, mais clairvoyante!... Adolphe, cette femme a pris sur toi un empire qui m'effraie!... Tu l'aimes!... oui, tu l'aimes, et bientôt t'épargneras-tu peut-être la peine de cacher à mes yeux cette passion coupable et insensée! Chaque jour il me semble que tu me témoignes moins d'égards, et que tu voudrais t'affranchir ouvertement d'une contrainte qui te fatigue et t'ennuie.

— Oh! certainement, Amélie, répondit-il avec impatience, je suis terriblement las de t'entendre répéter toujours les mêmes reproches injustes! Tu détestes madame de Forestan, parce qu'elle est bonne, douce et charmante, parce que j'ai du plaisir à la voir... et ton aversion est telle, que tu oublies même de cacher ta jalousie.

— Eh bien! je te l'ai avoué déjà, Adolphe! je suis jalouse!... oui! car je t'aime!... Oh! si tu avais pour moi quelque tendresse, tu aurais pitié de ce que je souffre!... Si tu savais quel supplice affreux que la jalousie!

— Encore moins affreux que ridicule, interrompit Adolphe, qui, sentant son cœur s'émouvoir à la voix tendre et suppliante d'Amélie, jugea prudent de se défendre des émotions, et de se cuirasser d'un triple airain. Il employait donc le sarcasme et l'aigreur.

— Oui, poursuivit-il, je trouve fort ridicule qu'une femme jolie et jeune, comme tu l'es, soit follement jalouse d'une autre femme qui n'a guère moins de quarante ans, comme tu le répètes souvent toi-même, avec plus de colère que de charité.

— Oui, je suis jalouse de cette femme, Adolphe, parce qu'elle est perfide et rusée, et qu'elle t'enlace dans ses pernicieux sophismes. C'est dans ta morale et tes principes qu'elle a voulu t'attaquer, et chaque parole de cette femme insidieuse emporte une parcelle de mon bonheur!... Adolphe, non, tu ne sais pas tous les remords, toutes les douleurs que tu te prépares!... Un jour tes yeux s'ouvriront, et tu verras alors quelle est cette femme!

— Allons, Amélie, trêve à ta morale, dit Adolphe avec un sourire forcé. Je crois, sans trop d'amour-propre, que je connais un peu mieux le monde et le cœur humain que toi, ma chère, et je ne suis pas homme à me laisser influencer par qui que ce soit. Il n'y a personne qui ait plus de force et de volonté que moi, quand *je veux,* et l'on ne me fera jamais faire ce que *je ne veux* pas.

— Oui, malheureusement, Adolphe, je sais que tu es très opiniâtre!... Mais ce que tu prends pour de la force n'est parfois qu'un entêtement bizarre, qui peut te mener aux plus grandes folies. Ecoute, dussé-je t'exaspérer davantage encore contre moi, il faut que je te dise tout ce que j'ai sur le cœur. Je ne te vois plus de la journée, tu sors du matin au soir, et quand tu ne vas pas au château de la vicomtesse, je sais fort bien que tu rencontres sa voiture à mi-chemin, et que vous faites ensemble de longues et solitaires promenades... délicieuses pour vous, sans doute, tandis que moi, je pleure et je t'attends!...

— Oh! décidément, Amélie, ce n'est pas tolérable! s'écria Dernouville en se levant brusquement et faisant quelques pas vers la porte. Je ne sais pas si tu m'entoures de surveillans et d'espions; mais si tu n'as pas de honte de le faire, Amélie, je te dirai, moi, qu'ils mentent, et que leurs rapports sont d'une fausseté révoltante !... Qui ose soutenir, par exemple, que je vais me promener avec madame de Forestan ailleurs que dans son parc, la plupart du temps en compagnie de sa fille ou de son mari?... Je sors, il est vrai, je sors beaucoup! mais est-ce une raison pour que je passe toutes mes heures avec la vicomtesse!... En vérité, si une pareille accusation était moins ridicule, elle serait odieuse!... aussi, elle me fait pitié, mais je ne me fâche pas. Tout aimable et spirituelle que soit madame de Forestan, elle me paraîtrait sans doute bien vite insupportable, si je la voyais continuellement, comme tu l'affirmes. Moi, d'abord, je suis fait comme cela, j'ai tort ou raison, mais il m'est impossible de rester du matin au soir avec les mêmes personnes, fussent-elles des perfections de grâce et d'esprit! il me faut un peu de changement, un peu de distraction! Voilà pourquoi je ne m'ensevelis pas éternellement dans mon ménage! J'aime à marcher vite et long-temps, dans les bois, au grand air!... J'aime à lire tout seul en me promenant, à apprendre par cœur, à déclamer de beaux vers!... ou bien, je m'arrête au milieu du chemin quand je vois un site pittoresque, et je m'amuse à le dessiner sur mon album! Ce matin, par exemple, je suis allé avec mes crayons...

— Oh! Adolphe! Adolphe, interrompit-elle avec une inflexion douloureuse et suppliante, je t'en conjure, pas de choses qu'il me serait impossible de croire!... Oh! si tu savais, comme je déteste le mensonge!..

— Je ne mens pas, Amélie!... je n'ai jamais menti, répliqua-t-il avec embarras, en rougissant d'une étrange manière. Au surplus, voilà mon album! regarde ce que j'ai fait ce matin...

Adolphe, je te croirais!... je voudrais bien te croire! Mais cette lettre, que j'ai ouverte par mégarde, cette lettre de la vicomtesse...

— Encore! encore!... Oh! tu me feras perdre patience, Amélie!... Mais, à propos, tu ne me dis pas que tu as reçu pendant mon absence une visite!...

— Une visite, oui, M. Ernest est venu.

— Ah! fit Adolphe en se mordant les lèvres. Et c'est pour toi sa première visite... à peine descendu de voiture! Tu ne me disais pas cela!

Adolphe était ravi d'avoir trouvé un prétexte excellent pour changer la conversation. Il feignait une jalousie qu'il était bien loin de ressentir, car il avait dans la pudeur et la vertu d'Amélie une confiance aveugle et sans borne.

— La visite de M. Ernest était pour moi quelque chose de si peu important, que je l'avais entièrement oubliée...

Il y avait quelque hésitation dans la voix d'Amélie. Adolphe s'en aperçut, mais il l'attribua tout simplement à la chaleur de la discussion.

— En vérité, reprit Adolphe, avec un sourire de satisfaction railleuse, ce jeune homme est pour toi d'une attention charmante, car je présume que ce n'est point à cause de moi qu'il est venu de si bonne heure, sans avoir encore vu sa mère!

— Il n'avait pas vu sa mère! ajouta vivement Amélie en attachant sur Adolphe un regard fixe et profond : il n'avait pas vu sa mère!... Comment donc le sais-tu, Adolphe?

Celui-ci fut tellement embarrassé, qu'il demeura comme frappé soudainement de mutisme; il comprit, mais trop tard, qu'il venait de commettre une maladresse irréparable.

— Comment peux-tu savoir qu'il n'avait pas vu sa mère? reprit Amélie avec plus d'insistance.

— Mais je présume... voilà tout, balbutia Dernouville.

Adolphe ne voyait plus qu'un moyen de sortir victorieusement du labyrinthe où il s'était engagé, c'était de se mettre en colère, et de couper court à la conversation, en se renfermant dans un silence dédaigneux et moqueur.

Il allait prendre ce dernier parti, quand le domestique annonça M. le vicomte de Forestan et mademoiselle Alexandrine.

XVI.

Le vicomte était couvert de poussière et suait à grosses gouttes ; ses énormes joues n'avaient jamais été plus rouges ; il soufflait comme un cheval de course qui vient de faire cinq fois le tour du Champ-de-Mars au grand galop.

Alexandrine avait une mise fort soignée, et sa chaussure était brillante, malgré la poussière blanche et fine que soulevait le vent du midi.

— Eh ! mon cher vicomte, dit Adolphe en allant à sa rencontre pour lui serrer la main, comme vous êtes aimable de venir nous voir de si bon matin ! Mais qu'avez-vous donc ?... Vous êtes tout en nage ! on dirait que vous êtes venu de Morlinière en courant.

— Et c'est un peu vrai ! bégaya le vicomte qui s'assit lourdement dans le premier fauteuil qu'il trouva, pour reprendre haleine. J'ai fait plus d'une lieue, ventre à terre, à travers champs !... Ouf ! ouf ! pardon !... pardon, jeune et belle voisine, continua-t-il tout essoufflé, en appliquant un gros baiser sonore sur la main d'Amélie ; ouf ! excusez-moi !... Je suis votre très humble esclave !... l'esclave de la beauté... jointe à la vertu !... Mais je ne puis parler !... Ouf !...

Il portait au lieu de canne son échiquier inséparable, sur le manche duquel il s'appuyait à deux mains, en ployant son corps en deux, comme un guerrier blessé qui s'appuie sur sa lance.

Amélie, bien qu'elle fût très peu curieuse de savoir pourquoi le vicomte arrivait ainsi tout haletant, renouvela avec un air d'intérêt la question que son mari venait de faire à M. de Forestan ; et comme celui-ci avait toutes les peines du monde à balbutier trois ou quatre mots de suite, tant sa respiration était pénible, Amélie prit le parti d'interroger Alexandrine.

— C'est cela !... parle, mon enfant !... raconte, dit le naturaliste.

— La chose est très simple, dit Alexandrine en souriant d'une manière presque aimable, qui contrastait singulièrement avec son air habituel. Vous, madame, qui connaissez si bien les habitudes de mon père, je suis étonnée que vous n'ayez pas deviné tout de suite. Mon père, qui ne vous a pas vue depuis une huitaine de jours, était fort impatient de vous voir ; nous sommes montés en voiture il y a trois quarts d'heure, et, bien que les chevaux allassent parfaitement, mon père grondait le cocher et voulait qu'on marchât plus vite, tant, je vous le répète, il brûlait de vous présenter ses hommages. Mais en route, à trois quarts de lieue d'ici, à peu près, en mettant la tête à la portière, il crut apercevoir un papillon magnifique dans les blés. Aussitôt il fait arrêter la voiture, en descend plus vite qu'un jeune homme de quinze ans et se met à courir de toutes ses forces à travers la plaine en fourrageant les blés impitoyablement, comme une armée qui traverse un pays conquis, si bien qu'un garde champêtre, caché derrière une haie, saisit tout à coup mon pauvre père au collet !... Heureusement, l'éclat d'une pièce d'or a fait lâcher le cerbère qui voulait dresser procès-verbal.

— J'espère que M. le vicomte a pris son papillon, demanda madame Dernouville en souriant.

— Non, pas du tout !... voilà ce qu'il y a de plus cruel ! s'écria le vicomte en hochant la tête, comme un homme désespéré qui vient de faire une perte irréparable, et qui songe très sérieusement au suicide. Ce papapillon, d'une grandeur peu commune, était, je crois, l'Apollon des Alpes !... C'est une espèce fort remarquable, et qui se plaît généralement dans les natures désolées, au sein des rocs et des torrens, au bruit des avalanches et des tempêtes!... Celui-là pourtant planait sur un champ de blé, chose bizarre et mystérieuse!... Mais il y a tant de secrets physiques que la science n'a pas encore pénétrés!... Or, soit qu'il ait fendu les airs d'un essor rapide, à l'instar de l'hirondelle qui franchit en volant d'incroyables distances, soit qu'un aigle ait emporté dans l'espace quelques œufs imperceptibles de ce beau lépidoptère, et que la chenille d'Apollon soit éclose, ait grandi, filé dans nos climats, et du sommeil inerte de la chrysalide ait passé comme par magie au brillant réveil du papillon, qui est la plus parfaite image de notre âme!... oui, je le soutiens, l'immortalité de l'âme est un mystère, mais rien n'est plus compréhensible!... Il y a des gens qui ne veulent pas croire que Jésus-Christ est ressuscité le troisième jour, mais ces gens-là n'ont qu'à prendre une chrysalide! Vous la croyez morte!...

Le vicomte avait tout à fait perdu le fil de ses idées et s'enchevêtrait à chaque mot plus indissolublement dans le système de la métempsycose et dans les diverses transformations de ses insectes favoris; il aurait continué long-temps encore sur le même ton, au risque de suffoquer à la fin d'une période, si Adolphe n'eût laissé échapper un éclat de rire qu'il n'avait pas la force de comprimer. Cet accès d'hilarité bruyante gagna bien vite Amélie qui se mit à rire aussi d'une manière convulsive, bien qu'elle eût une grande tristesse au fond de l'âme.

Alexandrine ne put s'empêcher de faire de même, et le vicomte les regarda tout ébahi, sans comprendre d'abord le sujet d'une gaîté pareille; enfin, il comprit et se mit à rire aussi plus fort que les autres.

— Oui! oui, parbleu! c'est fort drôle! s'écria-t-il en frappant le parquet avec le manche de son échiquier. Je battais un peu la campagne, je crois!... j'allais vous faire un cours de théologie et vous développer le système de Pythagore!... Oh! oh! parole d'honneur! je perds la tête de temps en temps; je serais tenté de le croire... Mais, voyez-vous, c'est la chaleur, cette maudite chaleur de vingt-cinq degrés qui me frappe la nuque... Songez donc, courir pendant une demi-lieue au grand soleil, nu-tête... car, en vérité, je n'avais même pas pensé à prendre mon chapeau... j'étais comme un fou, comme un furieux... Dame! voyez-vous, c'est un papillon sublime, incomparable, que l'Apollon... Oh! quel effet prestigieux il aurait produit dans mes boîtes!... Parbleu! vous sentez bien que si je voulais, j'achèterais bien un Apollon tout aussi beau... Pour dix ou quinze francs j'aurais mon homme. Mais ce n'est pas la même chose... je veux le prendre moi-même... Je n'aime pas le gibier des autres, moi... Enfin, je suis désolé... désolé, c'est le mot... Cet infâme garde champêtre, ce vil satellite!... sans lui, je le tenais... oui, j'avais lassé l'Apollon, je le forçais de fermer ses ailes brillantes et de se reposer vaincu sur une motte de terre... Mais le monstre, le monstre de garde champêtre!... si j'avais eu un pistolet, foi de gentilhomme offensé, je lui brûlais la cervelle.

Et les gros yeux gris du vicomte étincelaient comme des yeux de chat dans l'ombre.

— Allons, consolez-vous, mon cher vicomte, dit Adolphe en lui frappant sur l'épaule d'un air de commisération amicale. Vous serez plus heureux une autre fois. Il ne faut qu'un moment, qu'une bonne chance.

— Oui, vous avez raison, répondit le vicomte en soupirant. La philosophie est une chose superbe. D'ailleurs, on ne peut pas toujours vaincre. Il faut savoir se résigner dans le malheur et se dire comme je ne sais plus qui: *spero meliora!* Parbleu! tenez, ce qui achève de me consoler tout à fait, c'est qu'à tout prendre je pourrais bien m'être trompé, comme un jour à Pornic... L'Apollon n'était peut-être tout simplement qu'un grand papillon blanc du chou, aux ailes déchirées comme presque toujours... Voyez-vous, mes amis, d'un peu loin, il n'y a rien qui ressemble tant à l'Apollon que cet ignoble lépidoptère aux ailes blafardes, qui me rend sans cesse le jouet des illusions les plus désespérantes... On a bien raison de dire qu'un fripon ressemble très souvent à un honnête homme.

— Mais tu oublies, mon père, le sujet qui nous amène, dit Alexandrine avec une inflexion douce et caressante.

— Oui, par ma foi, j'oublie, petite, répliqua le vicomte en se frappant le front. Je ne sais plus, en vérité, où j'ai la tête; je me désorganise, je perds la mémoire...

— Eh bien ! vicomte, profitez du moment où la mémoire vous revient, dit Amélie. Au fait, vous n'avez pas l'habitude de nous faire des visites aussi matinales. A quoi devons-nous ce bonheur ?

— Ah ! je vais vous dire, jolie voisine... Mais d'abord il faut que je vous gronde, pour ma part et pour celle de madame la vicomtesse ! On ne vous voit plus ! vous nous avez tout à fait abandonnés... vous restez des semaines entières sans penser à vos amis.... Oh ! c'est mal, très mal.

— Je suis souffrante, vous le savez, répondit madame Dernouville, dont la physionomie devint tout à coup grave et soucieuse. Je ne puis sortir.

— Bah ! bah ! mauvaise raison ! prétexte ! interrompit le vicomte en prenant la main d'Amélie, qu'il porta galamment à ses lèvres. Mais nous causerons de cela nous deux tout à l'heure. Pour le moment, parlons d'autre chose... c'est-à-dire promettez-moi de venir, aujourd'hui, avec votre cher mari, dîner au château de Morlinière.

— Excusez-moi, je vous prie, monsieur le vicomte, dit Amélie en regardant Adolphe avec inquiétude. Nous ne pouvons aujourd'hui, n'est-ce pas, Adolphe? Du moins, je ne puis, moi...

— Oh ! mais voilà qui est très fort ! c'est de la barbarie ! s'écria M. de Forestan. Je me révolte. Non ! non ! vous viendrez. Vous ne savez donc pas que c'est aujourd'hui même que notre cher fils arrive de Paris ! Il est sans doute actuellement à Morlinière ! Ah ! le pauvre garçon ! vous lui feriez une peine horrible de refuser. Il s'attend bien à dîner ce soir avec vous. Je crois, Dieu me le pardonne, qu'il l'écrit même à sa mère... Vous viendrez ! vous viendrez, je vous en prie.

— Moi, c'est impossible, répondit froidement madame Dernouville.

— Vous pouvez toujours compter sur moi, mon cher vicomte, ajouta vivement Adolphe.

— Mais, au nom du ciel, voisine, pourquoi nous tenez-vous une pareille rigueur? reprit le vicomte avec une intonation suppliante. Que vous avons-nous fait, ma pauvre femme et moi, pour nous aliéner votre affection?...

Et le vicomte parlait d'une voix tremblante d'attendrissement.

— Monsieur, mon cher monsieur, dit Amélie touchée au fond du cœur de l'affliction sincère de l'excellent vicomte, oh ! vous pouvez être sûr que je vous suis toujours bien attachée. Vous ne pourriez, sans être ingrat, mettre en doute l'amitié profonde et inaltérable que j'ai pour vous!.. pour vous au moins, monsieur... Mais, je vous en conjure, n'insistez pas. Il m'est positivement impossible de faire ce que vous avez la bonté de me demander avec tant d'insistance.

— Ainsi donc, reprit le vicomte d'un air désolé, M. Dernouville viendra tout seul encore aujourd'hui s'asseoir à la table patriarcale de l'amitié ! Hélas ! et notre fête de famille, notre joie, ne sera pas complète ! Mais dites, pourquoi refuser de l'accompagner ?... pourquoi ne pas venir toujours ensemble, vous que le ciel a joints des nœuds les plus sacrés? pourquoi séparer toujours ce que Dieu avait fait pour n'être point séparé? Il y a quelque chose là-dessous, continua-t-il en faisant claquer sa langue avec un air de mystère. Diable ! diable !... c'est inconcevable.

Pendant la tirade chaleureuse du vicomte, Alexandrine ne cessait pas de regarder Adolphe avec une expression de tendresse indéfinissable, tandis qu'Amélie ne pouvait pas s'en apercevoir; Adolphe souriait aussi d'une étrange manière à la jeune fille, dont les joues se coloraient par degré d'un incarnat plus vif.

— Jolie voisine, murmura le vicomte à voix basse en se penchant à l'oreille d'Amélie, il faut absolument que je vous dise un mot en particulier; puis, se tournant vers Adolphe, il lui dit :

— Madame la vicomtesse prétend que vous avez dans votre atelier des peintures charmantes que vous avez la modestie de cacher. Il faut pourtant que vous les fassiez voir à ma fille Alexandrine, qui peint déjà très joliment, et qui a besoin de vos conseils. Je vous en prie, faites-lui donc voir ce fameux paysage que vous êtes en train d'achever maintenant. Vous savez, ça représente un ravin très profond, où roule une espèce de torrent sur des pierres... et puis, il y a dans le ciel un effet magnifique de soleil couchant... On dit que c'est admirable... moi, je vais vous rejoindre, allez.

— Si mademoiselle veut m'accorder quelques minutes, répondit Adolphe avec une inflexion douce et significative, en regardant la jeune fille, je vais lui montrer de meilleures peintures que les miennes. J'ai depuis quelques jours plusieurs tableaux flamands qui me sont arrivés de Paris, des tableaux fort remarquables, en vérité.

Alexandrine ne fit aucune réponse, mais salua d'un air gracieux en signe d'assentiment.

Adolphe lui offrit le bras, et ils sortirent du salon pour aller visiter l'atelier qui n'en était séparé que par un mur assez mince.

Amélie les suivit des yeux jusqu'à la porte, et parut d'abord un peu contrariée.

XVII.

Quand le vicomte fut seul avec madame Dernouville, il changea tout à coup de manières et de langage : son front prit une expression qui voulait être sévère et qui n'arrivait qu'au grotesque; il fronça les sourcils, et se mordit les lèvres en secouant la tête comme un homme qui s'apprête à faire une confidence terrible, et qu'il n'ose encore laisser échapper.

Amélie ne comprenait pas du tout où le vicomte allait en venir ; elle le regardait avec étonnement.

Enfin le vicomte toussa bruyamment plusieurs coups, et tira sa tabatière, qu'il ouvrit pour se donner une contenance; il était cruellement embarrassé, et ne savait quelle expression choisir pour entamer la conversation. Il sentait parfaitement, malgré son intelligence peu déliée, que le sujet qu'il allait traiter était fort délicat, et que, pour ne point égratigner au vif son amour-propre, ou blesser madame Dernouville, il avait besoin de beaucoup de tact et d'adresse; mais par malheur, ni l'un ni l'autre n'était son fort.

Il se repentit un moment d'avoir provoqué une explication si chatouilleuse, et fut sur le point de changer de résolution. Mais Amélie, impatientée, mit fin à cette longue hésitation.

— Vous aviez quelque chose à me dire, monsieur le vicomte, demanda-t-elle. Qu'attendez-vous ? nous sommes seuls.

— Au fait ! dit le vicomte d'un air décidé, j'ai tort de rester ainsi la bouche close. Entre amis, il ne faut pas se gêner le moins du monde ! on doit s'avouer franchement tout ce qu'on a sur le cœur !... et quand on peut avoir quelques griefs l'un contre l'autre, alors, il me semble qu'une explication sincère est tout ce qu'il il y a de mieux pour amener une bonne et solide réconciliation. Je vous dirai donc, sans prendre de détours, ma charmante voisine, que j'ai lieu de vous en vouloir.

— A moi, monsieur le vicomte? répliqua-t-elle avec surprise.

— A vous-même, continua gravement le naturaliste. Vous savez comme nous vous aimons, madame la vicomtesse et moi!... Certainement, vous seriez notre fille, que nous n'aurions pas pour vous plus de tendresse... Oui, belle et jeune voisine, je me sens pour vous des entrailles de père !...

— Et je vous remercie du fond du cœur, monsieur le vicomte, d'un pareil attachement!... Je vous jure que j'y suis profondément sensible.

— Je ne dis pas non, je ne dis pas non! poursuivit-il en faisant tous ses efforts pour ne pas s'attendrir; vous êtes d'une bonté merveilleuse! Il n'y a rien sur la terre d'aussi parfait que vous, si j'en excepte le sphinx... Mais il ne s'agit pas de sphinx pour le moment, il s'agit de tout autre chose... Je sais très bien que vous avez été vous mettre dans la tête des idées inconcevables, des idées.... qui me font rougir, foi de gentilhomme, rien que d'y penser.

— Expliquez-vous, monsieur... je vous en supplie.

— C'est bien! c'est bien! m'y voilà!... Mais voyez, c'est quelque chose de si étrange, qu'il fallait une préparation!... Oh! madame, est-il possible! quoi! vous si pure, si candide, si virginale, vous chaste et innocente comme le papillon qui vient d'éclore, vous avez pu imaginer une abomination pareille!...

— Oh! monsieur le vicomte, cela passe la plaisanterie, dit madame Dernouville sévèrement. Que voulez-vous dire? Je vous proteste que je ne vous comprends pas... Mais une chose bien certaine, et que j'affirme devant Dieu, c'est que je n'ai rien, absolument rien à me reprocher envers vous!

— Et envers ma femme?... répliqua le vicomte en joignant les mains et prenant une expression de physionomie lamentable. Avouez que madame la vicomtesse de Forestan a raison d'être cruellement offensée de vos outrageantes suppositions!

— Mes suppositions! répéta madame Dernouville avec dédain, je ne suppose rien, monsieur le vicomte. Et de quoi, je vous prie, m'accuse-t-on?

Oh! oh! madame! ma jeune voisine, reprit le vicomte plus vivement, vous savez sans doute beaucoup mieux que moi le tort que vous reproche la plus indulgente des femmes. Elle n'a pas voulu tout me dire, mais elle m'en a laissé comprendre assez néanmoins pour m'ouvrir les yeux! Je sais, je sais très bien pourquoi vous ne voulez plus venir au château, et pourquoi vous êtes maintenant glaciale, pour une amie qui ne cesse de vous porter aux nues!... Car, si vous pouviez entendre tous les éloges qu'elle vous prodigue en votre absence! Oh!... c'est touchant!... c'est admirable!...

— Que madame de Forestan soit moins libérale d'éloges en ma faveur répondit froidement Amélie. Je n'aime pas les éloges, en général, surtout quand ils ne viennent pas du cœur!

— A merveille! à merveille! dit le vicomte avec une intonation douloureuse qui ressemblait à un gémissement, vous l'accablez cette pauvre vicomtesse, cet ange incomparable qui, depuis vingt ans et quelques mois épanche sur ma vie un bonheur sans mélange!... et vous avez pu croire madame, vous avez pu croire, qu'abusant de l'intimité charmante qui régnait entre vous, elle songeait à désunir un jeune ménage, un couple intéressant quelle idolâtre!... Vous avez pu croire que la vicomtesse de Forestan, que mon épouse, jetait sur le jeune Adolphe des regards que n'approuve point la décence, et cherchait à l'éblouir par une coquetterie séductrice!... Oh! quelle erreur! quelle profonde et impardonnable erreur!... Soupçonner du plus noir des crimes une femme, un ange, oui, je le répète sans craindre d'être taxé d'exagération, un ange qui est la candeur et la pureté même!... Oh! je le sais, le serpent de la calomnie a tâché plusieurs fois de salir avec son venin la réputation de mon épouse, qui est le modèle des mères de famille!... Certes, personne au monde n'est mieux placé que moi pour connaître, pour apprécier les inaltérables vertus de la vicomtesse...

Il y avait tant de chaleur et de conviction dans la période hyperbolique du vicomte, que madame Dernouville, malgré sa tristesse, ne put garder plus long-temps le sérieux, et faillit éclater de rire. Heureusement, elle se contint, et crut devoir respecter les illusions conjugales de M. de Forestan.

Celui-ci continua son fastueux panégyrique, et vanta si pompeusement l'inexpugnable rigueur de *son ange*, qu'Amélie, impatienté, l'interrompit :

— Il me semble, monsieur le vicomte, qu'un plus long éloge des vertus de la vicomtesse serait parfaitement inutile. Personne ici ne songe à les mettre en doute, encore moins à les attaquer.

— Ce serait folie, je vous assure, jeune voisine. Mais, croyez-moi, poursuivit-il en lui prenant la main avec effusion, soyez raisonnable, vous si bonne et si belle... chassez toutes les mauvaises inspirations d'une jalousie qui vous trompe, et vous rend malheureuse. Vous savez bien que vous n'avez pas dans le monde une amie plus dévouée que ma femme ! Elle vous aime ! elle aime beaucoup votre mari, mais en tout bien tout honneur ! Songez donc que c'est une mère de famille, qu'elle doit le bon exemple à notre chère petite Alexandrine, et qu'enfin, à la rigueur, elle pourrait être la mère de M. Dernouville. Tout cela doit vous rassurer complétement ! mais ce qui devrait, ce me semble, vous donner une sécurité parfaite, inaltérable, c'est la confiance profonde que j'ai toujours eue dans ma femme, confiance à toute épreuve, dont jamais femme mariée ne fut plus constamment digne. Voilà ce que je voulais vous dire, ma chère voisine ! Bien entendu, la chose doit rester envers nous. Il est très inutile d'en parler à votre mari, et madame la vicomtesse serait blessée au vif, bien certainement, si elle apprenait un jour ou l'autre que je n'ai pas gardé le secret qu'elle m'avait confié ; mais j'ai fait mon devoir, je crois, en vous parlant avec franchise... D'ailleurs, elle ne saura jamais que je vous ai tout dit ! Vous viendrez, ce soir, n'est-ce pas ? vous viendrez ! Il faut me le promettre. Mais arrangez-vous !... je ne veux pas que vous disiez *non*. D'abord, je vous préviens qu'on ne se met pas à table sans vous, et que...

Il s'interrompit brusquement, et s'élança vers la porte avec son échiquier. Il venait de voir planer sur les caisses de fleurs rangées devant la terrasse un éblouissant *machaon* poursuivi dans son vol rapide par une espèce d'émouchet.

Il courut tout de suite avec armes et bagages, comme don Quichotte à la défense d'une belle princesse menacée par quelque chevalier félon.

XVIII.

Amélie, qui depuis quelques minutes n'écoutait plus le vicomte, s'aperçut à peine de sa brusque disparition, et continua de se livrer aux pensées pénibles qui l'assiégaient.

— Oh ! décidément, se dit-elle, il faut que je rompe avec cette femme d'une manière éclatante !... Quelle audace ! quelle effronterie !... Quoi ! c'est après tout ce qui s'est passé qu'elle ose jouer l'innocence et prendre un masque d'ingénuité ridicule, qui ne peut tromper absolument que son mari ! Oh ! quelle démoralisation profonde !... Au vice elle joint l'hypocrisie !... Adolphe ! Adolphe !... Cette femme t'a perdu ! elle a flétri ton âme !...

— Mais il faut enfin que je prenne un parti, continua-t-elle après un instant de réflexion. Il faut que je quitte cette maison, elle est trop près de celle qu'habite cette malheureuse femme !... Oui, j'en ai le pressentiment, ce voisinage, ce contact, me seraient fatals!... Ils m'ont ravi déjà le cœur d'Adolphe!... Moi, je n'ai rien à me reprocher encore!... Et cependant je ne suis plus la même!... Je sens que je suis femme! et parfois j'ai peine à comprimer des élans de colère et de vengeance qui m'épouvantent!... Ernest!... Oh! ce jeune homme est trop près de moi!... J'en ai peur!... Il m'aime!... Je dois fuir!

Et sa tête retomba sur sa poitrine gonflée de sanglots.

— Non! reprit-elle avec une douloureuse énergie, je dois tenter un dernier effort sur Adolphe! je lui dirai tout! je le ferai trembler, s'il est possible!... Peut-être enfin ses yeux s'ouvriront-ils!... Peut-être il comprendra que nous sommes perdus à jamais, perdus l'un et l'autre, s'il ne consent à fuir ces lieux!... Ici, tout nous enveloppe d'affreux dangers!... Il y a dans cette famille des Forestan comme un souffle de corruption qui dessèche et noircit l'âme qui les approche!... Cette jeune fille, oh! je crains qu'elle n'ait deviné sa mère, et qu'elle ne l'imite un jour! Elle est perfide et fausse!... Il me semble, à la considérer avec attention, que par momens dans sa physionomie passe comme une ombre de pensée mauvaise!... Son regard étrange m'effraie quand il tombe sur Adolphe!... Oh! non! c'est une enfant! Quelle idée!... la douleur me rend folle!

Elle tressaillit soudain; un bruit pareil à celui d'une table qu'on renverse à terre venait de se faire entendre dans une chambre voisine. Elle écouta quelques secondes en retenant sa respiration : ce bruit partait de l'atelier d'Adolphe.

Elle se rappelle tout à coup avec un frémissement involontaire que Dernouville est depuis long-temps seul avec Alexandrine.

Elle se lève convulsivement pour sortir, quand elle entend la porte de l'atelier s'ouvrir avec force... Elle s'arrête, et se trouve face à face avec Alexandrine qui rentrait dans le salon précipitamment.

Alexandrine est très rouge ; il y a dans tous ses traits un grand trouble : sa robe, tout à l'heure fraîche et brillante, paraît froissée en quelques endroits.

— Qu'avez-vous donc, mademoiselle? dit Amélie d'une voix altérée; quelle agitation!

— Moi, madame!... mais non... je vous assure.

L'embarras d'Alexandrine semblait redoubler.

— Mais quel est donc ce bruit singulier que je viens d'entendre? demande vivement Amélie.

— Ah!... du bruit!... vous avez entendu du bruit?... répond Alexandrine en rougissant davantage.

Heureusement Adolphe rentra dans le salon. Son visage, beaucoup plus pâle qu'à l'ordinaire, frappa tout d'abord Amélie. Il affectait un air de calme et d'indifférence que démentait par momens l'inquiétude de ses regards.

— Nous sommes restés un peu long-temps, dit Adolphe d'un ton fort dégagé, mais je n'ai fait grâce à mademoiselle d'aucune de mes productions! elle a voulu tout voir, dessins, croquis, aquarelles... Tout cela est détestable! mais enfin elle doit convenir que j'ai fait preuve au moins de bonne volonté, à défaut de talent.

Alexandrine demeurait muette et confuse ; elle baissait les yeux pour échapper aux regards de madame Dernouville, qui tour à tour considérait son mari et la jeune fille.

— Mais qu'as-tu donc, ma chère Amélie? continua Dernouville avec un mélange de surprise et d'intérêt. Tu es pâle et tremblante absolument comme si tu venais de voir un fantôme.

— En effet, j'ai eu peur, dit sourdement Amélie.

— Et de quoi donc?

— Ce bruit que vous avez fait dans l'atelier m'a donné une secousse!...

— Ah! c'est donc cela! dit Adolphe en souriant avec contrainte; oui, tu n'as pas dû comprendre ce que c'était...

— Et je ne le comprends pas encore, Adolphe!

— C'est mon grand tableau, répliqua Dernouville avec beaucoup de volubilité; tu sais bien, ce tableau énorme qui représente une danse de satyres, imitée de Poussin!... Eh bien! il est tellement lourd avec son vieux cadre sculpté, qu'il m'est échappé des mains, quand je voulais le porter au jour pour le faire mieux voir à mademoiselle... et il est tombé par terre avec un fracas épouvantable.

— Ah! vraiment?... balbutia madame Dernouville les larmes aux yeux, je craignais un plus grand malheur!... Mais c'était bien simple à dire! pourquoi donc mademoiselle Alexandrine n'a-t-elle pas voulu me répondre tout à l'heure, quand je la questionnais?...

— Excusez-moi, madame, je vous en prie, dit Alexandrine avec une émotion croissante. J'étais si troublée! ce bruit!... je ne m'attendais à rien!... je vous assure!... quand ce tableau est tombé...

— Mais, à propos, où diable est-il donc, ce cher vicomte? interrompit Adolphe, qui vint au secours d'Alexandrine. Je parie qu'il a quitté sa jolie voisine pour courir après les papillons...

Une voix enrouée se fit entendre.

— Le voici! dit Adolphe en s'approchant du balcon qui s'ouvrait sur le jardin. Mon Dieu! comme il est rouge!... Il va se rendre malade à courir de la sorte au grand soleil!... Monsieur le vicomte!... venez donc, je vous en conjure! Vous êtes sans chapeau, et le thermomètre marque vingt-sept degrés.

— Je viens!... criait le vicomte en courant toujours.

Enfin il arriva tout époumonné, et se jeta dans un fauteuil.

XIX.

La chasse du vicomte avait été large et superbe. Sur les revers de son habit se débattaient sept ou huit papillons transpercés chacun d'une épingle.

— Mon cher vicomte, c'est une véritable frénésie, dit Adolphe. Un beau jour, au lieu de papillons, vous attraperez une fièvre cérébrale, une bonne fluxion de poitrine.

— Oui, papa, tu vas tousser toute la soirée, ajouta mademoiselle de Forestan.

— Bah! bah! je ne suis pas un petit-maître! reprit le vicomte dans une exaltation peu commune. Dieu merci, j'ai de la vigueur, et quand il s'agit de papillons, le soleil n'a pas de feux, l'hiver n'a pas de glaces! Mais, je vous en prie, regardez un peu ma chasse!... c'est magnifique... en moins de vingt minutes!... c'est incroyable!... Une *grande tortue* large comme la main, un sphinx à cornes de bœuf qui dormait comme un loir contre une tonnelle, un *petit bleu strié*, frais et brillant comme s'il sortait de sa nymphe!... Cas fort rare, excessivement rare, mes amis, car cet intéressant papillon a presque toujours le bout des ailes déchiqueté. C'est le premier, en bon état, que j'ai le bonheur d'attraper! Parbleu! voisine, vous pouvez vous vanter d'avoir pour jardin un vrai paradis terrestre! Il fourmille de lépidoptères! A la bonne heure! cela me donne une haute opinion de votre jardinier! J'aime à voir qu'il respecte les chenilles!

— Un peu trop, je vous jure, dit Adolphe en souriant. Il a pour elles de si grands égards qu'il leur abandonne tout le potager, et que nous ne pouvons pas avoir de légumes.

— Eh! qu'importe, mon ami, on en trouve toujours, des légumes! répartit le vicomte avec chaleur, les marchés abondent de légumes et de fruits!... Mais des papillons!... Oh! c'est autre chose!... Tenez, quand vous serez las de votre jardinier, donnez-le-moi, je vous donnerai le mien. Je n'en suis pas content le moins du monde depuis quelque temps, et s'il n'était pas très protégé par ma femme, je le mettrais tout de suite à la porte. Croiriez-vous que l'autre jour j'ai surpris mon butor qui levait déjà le pied pour écraser la chenille du grand paon de nuit!... une chenille verte, une chenille énorme avec de longs poils et des taches bleues comme des turquoises!... Le misérable! il allait consommer son crime!... Heureusement pour lui, je suis venu à temps encore!... je l'aurais tué, je crois!

— Et le drôle ne l'aurait pas volé, dit Adolphe en riant aux éclats. Mais comment se porte votre chenille verte maintenant, vicomte?

— A merveille, mon jeune ami. Elle file ou du moins elle fait semblant; dans huit jours elle sera chrysalide!... Corbleu! c'est une belle bête! Il faudra que je vous la montre ce soir. Elle est dans un cornet, sac à papier! Mais adieu, je vous quitte!... l'heure me presse!... Il faut qu'avant le dîner je prépare mes nouveaux enfans, que j'abrège leurs légères souffrances en faisant rougir leur épingle, et en leur introduisant dans le corps quelques grains d'arsenic, excellent préservatif contre les mites.

Amélie, tout à fait étrangère au bavardage du naturaliste, demeurait silencieuse, et regardait alternativement son mari et Alexandrine, qui, par momens, semblaient échanger quelques coups d'œil significatifs.

— Adieu, jolie et vertueuse voisine, dit le vicomte en s'approchant d'Amélie distraite et rêveuse. Permettez que je cueille sur vos joues de rose et de lis...

Et, se penchant sur elle, il colla ses lèvres sèches et pleines de poussière sur le front de madame Dernouville.

— Vous n'avez plus de rancune contre ma femme, n'est-ce pas? lui dit-il à voix basse. Allons! allons!... je vous en supplie à mains jointes, venez ce soir, voisine. Accompagnez votre cher époux au banquet de l'amitié.

— Je l'accompagnerai, monsieur le vicomte, répondit Amélie en élevant assez la voix pour être entendue d'Adolphe, dont la figure gaie et souriante parut tout à coup se rembrunir.

Alexandrine, en partant, fut sur le point d'aller embrasser madame Dernouville comme d'habitude; elle sembla hésiter quelque temps; mais, voyant la physionomie froide et sévère d'Amélie, elle n'osa point lui dire adieu, et la salua d'un air embarrassé.

Le vicomte était rayonnant de joie quand il monta dans sa voiture, avec ses papillons et la certitude que madame Dernouville viendrait dîner au château.

XX.

Amélie resta plongée dans les plus tristes réflexions, tandis que son mari allait reconduire le vicomte de Forestan jusqu'à la voiture. Adolphe rentra presque aussitôt dans le salon.

— Eh bien! dit-il en haussant les épaules avec un air de sarcasme qui tenait un peu de la colère, tu changes d'idée soixante fois par minute, Amélie!... C'est très bien!... c'est très bien! Voilà ce qui s'appelle user largement de son privilége de jolie femme!... Mais franchement, je trouve qu'une jolie femme ne gagne rien à être capricieuse!

— Adolphe, oh! tu as beau faire, répondit Amélie avec amertume; je comprends ta pensée!... Depuis quelque temps tu me presses beaucoup d'aller au château de Morlinière; mais tu es enchanté que je reste chez moi! Comme tu sais parfaitement le motif qui m'éloigne de madame de Forestan, tu croyais pouvoir, sans aucun danger, continuer tes instances, et m'appeler fantasque, capricieuse, ingrate!... Tu espérais que les choses se passeraient ainsi... que moi je ne quitterais pas la maison, et que tu pourrais du matin au soir rester avec cette femme sans témoin, sans obstacle!... Mais je vois que j'étais dupe!... Maintenant, Adolphe, tu peux être sûr que je t'accompagnerai toutes les fois que tu iras à Morlinière!... oui, tous les jours, deux ou trois visites par jour, si tu veux!... Ma présence au moins te punira!... Je serai sans cesse devant toi comme le remords!...

— Oh! oh! voilà des phrases magnifiques et sonores! répliqua Dernouville en battant des mains comme pour applaudir. Où diantre as-tu pêché cette belle sentence?... C'est dans *Clarisse Harlowe*, je parie!... dans ces vingt gros volumes que tu lis et relis du matin au soir. Mais, entre nous soit dit, ma chère, tu as grand tort de t'exalter l'imagination avec des romans!... La tienne est déjà trop romanesque. Je gage que par momens tu finis par te croire une *Clarisse*!... Avant peu tu me confondras avec Lovelace; j'en tremble!

— Tu ris, Adolphe, répondit-elle en baissant la tête et d'une voix mouillée de larmes. Mais ce que tu viens de dire pourrait bien arriver. Depuis quelque temps je ne te reconnais plus, et j'entends avec effroi les maximes de Lovelace sortir continuellement de ta bouche! On dirait que tu as adopté sa morale, ses principes, et que tu es comme lui mort aux sentimens honnêtes, froid et désenchanté.

— Désenchanté! c'est possible, ma chère Amélie. Je commence à voir un peu plus clair, et je prends les choses pour ce qu'elles valent. Par exemple, je foule maintenant aux pieds tous les préjugés absurdes de notre civilisation trembleuse et hypocrite! Je trouve que la vie est trop courte pour sacrifier continuellement ses goûts et son plaisir aux tristes convenances d'un monde qui ne donne absolument rien en échange! Je vis pour moi, non pour les autres! Je veux que tout le monde soit libre, et je veux l'être.

— Oh! je reconnais bien les leçons de madame de Forestan! s'écria douloureusement Amélie. Cette femme, décidément, je la hais!... Elle m'a pris mon bonheur!... Mais ce n'est rien encore!... elle a souillé ton âme! elle t'a fait croire, Adolphe, à force de mensonges et de ruses, qu'on peut être heureux sans la vertu... et que ces liens sacrés, le devoir et l'honneur, sont un joug importun dont les gens d'esprit savent bien s'affranchir.

— Allons! allons! c'est un véritable prône! dit Adolphe avec impatience, en croisant les bras.

— Je souhaite que sa fille Alexandrine ne lui ressemble point, Adolphe.

— Et moi, je te jure, c'est un vœu tout contraire au tien, que je forme, répondit Adolphe en s'aigrissant.

— Oh! tu n'as pas besoin d'employer les sermens, Adolphe!... je sais de reste, que mademoiselle Alexandrine te plaît presque autant que sa mère...

— Que veux-tu dire?

— Tu dois me comprendre, mon langage est clair.

— Non, non, de grâce, explique-toi, reprit Adolphe avec une agitation sensible.

— Adolphe, tout ce que je peux te dire... c'est que mademoiselle de Forestan est digne de sa mère!... et que celle-ci pourra bien se repentir un jour d'avoir une fille... qui sera peut-être son châtiment!...

— Oh! c'est insoutenable! dit vivement Adolphe en se dirigeant vers la porte. Personne n'échappe à l'amertume de tes censures! Elle s'attaque même à une pauvre enfant innocente!...

— Innocente, Adolphe!... interrompit-elle. Vous êtes restés tout à l'heure bien long-temps dans cette chambre...

— Amélie! Amélie! s'écria-t-il avec force en ouvrant la porte. Je sors, car tu me ferais perdre patience!... Adieu!

Il referma brusquement la porte sur lui.

XXI.

Huit jours se passèrent pendant lesquels survinrent d'assez grands changemens.

Adolphe était redevenu tout à coup doux et charmant pour sa femme. Il lui prodiguait une foule d'attentions et de prévenances gracieuses, auxquelles Amélie n'était plus habituée. Il restait des journées entières sans sortir de son atelier, et travaillait avec une ardeur extraordinaire, ou bien il ne bougeait pas de la chambre d'Amélie, et lui faisait à haute voix la lecture de quelques romans qu'elle affectionnait. Tantôt c'était *Clarisse*, ou *Delphine*, tantôt *Paul et Virginie*.

Madame Dernouville semblait renaître au bonheur. Sa physionomie, depuis long-temps mélancolique et souffrante, s'illuminait par intervalles d'une joie subite et radieuse; presque tous les jours elle allait se promener en voiture avec Adolphe, qui ne sortait plus seul que rarement. Sa correspondance avec la vicomtesse était moins active; il n'avait pas été lui rendre visite depuis qu'il avait dîné chez elle, le jour de l'arrivée d'Ernest.

Un matin, Dernouville dit à sa femme qu'il croyait convenable d'inviter à dîner la famille de Forestan, pour ne pas rompre avec elle des relations de bon voisinage, qui duraient déjà depuis plus d'une année. Amélie, bien qu'elle n'eût pas la moindre envie de recevoir la vicomtesse, pensa comme Adolphe qu'on ne pouvait guère remettre cette invitation toute de convenance; et le jour même, Dernouville écrivit au vicomte.

Le lendemain, M. et Madame de Forestan arrivèrent de très bonne heure avec leur fils et leur fille. La vicomtesse paraissait fort triste et préoccupée; elle était moins prévenante qu'à son ordinaire pour Dernouville, et le regardait de temps à autre avec une expression indéfinissable qui ressemblait beaucoup moins à la tendresse qu'au dépit.

Adolphe était pour elle d'une politesse exquise, mais un peu cérémonieuse et froide. Il avait l'air de vouloir éviter de se trouver seul avec la vicomtesse.

Il fut question d'abord d'aller faire une promenade en voiture aux environs, mais Adolphe fit observer que la chaleur était accablante, et qu'il valait beaucoup mieux rester à la maison jusqu'au dîner et sortir ensuite à la brune, pour aller respirer l'air frais du soir. Le vicomte trouva le conseil fort raisonnable et descendit au jardin avec son échiquier.

Ernest offrit le bras à madame Dernouville, Dernouville à la vicomtesse, et tous les quatre ils s'enfoncèrent dans les allées verdoyantes du parc.

C'était un enclos d'une quarantaine d'arpens et planté d'arbres magnifiques, au milieu duquel s'ouvraient de longues avenues qui correspondaient les unes aux autres par de petites allées diagonales très ombragées.

Au milieu du parc se trouvait une espèce de rond-point, carrefour de verdure d'où rayonnaient plusieurs grandes allées qui se terminaient chacune par une grille donnant sur la campagne.

Les quatre promeneurs marchaient de préférence dans les petits sentiers couverts, où les rayons du soleil ne pénétraient que faiblement à travers les branches. Alexandrine avait pris un livre et faisait semblant de lire, en les suivant à quelque distance.

Après une demi-heure de promenade, elle cacha tout à coup le livre dans son sac, toussa plusieurs fois avec une certaine affectation, et disparut dans une allée transversale : Adolphe tourna brusquement la tête; il marcha quelque temps encore avec la vicomtesse. Une assez grande distance les séparait alors d'Ernest et d'Amélie.

La préoccupation douloureuse de madame de Forestan avait fait place à la gaîté; elle pesait amoureusement sur le bras de son cavalier et lui parlait à voix basse d'une manière confidentielle et mystérieuse.

— Ainsi, Adolphe, tu m'aimes toujours? disait-elle avec un regard expressif.

— Ermance, vous seriez injuste d'en douter, répondait Adolphe d'une voix émue et tremblante d'hésitation.

— Mais, en vérité, vous n'êtes plus le même pour moi, Adolphe! Je ne vous voyais plus!... et vos lettres étaient d'une rareté incompréhensible!

— Vous savez bien, Ermance, que je suis obligé de prendre toutes les précautions possibles!...

— Ah! je vous le disais bien, Adolphe, vous me sacrifiez maintenant à votre femme!...

Et la vicomtesse laissa échapper un léger soupir.

— Non, vous ne pouvez le croire!... Je ne vous sacrifie à personne! Vous m'êtes toujours bien chère!... Mais vous me l'avez répété plus de cent fois, on vous observe! Il y a des gens qui vous épient, et votre beau-père, le comte de Forestan, est capable de faire un éclat qui aurait de terribles conséquences.

— Comme vous avez de la prudence, maintenant, Adolphe!... dit-elle avec un mélange de tendresse et de reproche.

— J'en ai toujours eu, vous le savez, Ermance. Votre réputation m'est aussi précieuse qu'à vous-même, et je mourrais plutôt que de la compromettre! Je vous jure que si je redouble de circonspection, ce n'est point à cause des exigences d'Amélie!... Au contraire, les caprices, les manières impérieuses me révoltent!... et ma femme a pris un excellent parti en ne me contrariant plus.

— Oh! vous êtes très bien ensemble, à présent, Adolphe... c'est à peine si vous osez m'adresser la parole, me donner le bras devant elle!

— Comment! vous êtes jalouse, Ermance! répartit Dernouville en riant.

— Oui! je le suis!... plus qu'Amélie, peut-être, répondit-elle avec un éclair dans les yeux, et si vous me trompiez!... Oh!... je ne répondrais pas de ma fureur, de mon désespoir, Adolphe!

— Ma chère Ermance, allons, ne vous exaltez pas! c'est vous faire de la peine et du mal très inutilement! Qui vous parle de vous tromper!... je n'en ai pas la moindre envie, je vous jure!... Il me semble, ajouta-t-il en souriant d'une manière significative, que je ne demande absolument qu'à vous prouver ma constance et mon amour.

Cette dernière phrase produisit un effet merveilleux sur l'organisation vive et nerveuse de madame de Forestan: elle serra plus fortement le bras d'Adolphe.

— Mon ami, dit-elle avec un frisson dans la voix, nous sommes bien mal ici! Je crois que nous pouvons sortir maintenant sans danger!... Votre femme est assez loin de nous; elle cause avec Ernest, et nous oublie!... Votre voiture est prête, n'est-ce pas?

— Oui, elle m'attend, répondit Adolphe avec un accent mal assuré. Elle doit être maintenant derrière la porte verte du parc. J'irai vous prendre là dans une demi-heure... Vous trouverez la porte entrebâillée... Mais séparons-nous pour ne pas donner de soupçons! Allez rejoindre Amélie; vous direz que je viens de monter en voiture, pour une affaire qui m'appelle à Orléans, et que je serai de retour dans deux heures! Justement je devais aller aujourd'hui chez mon notaire... Mon absence semblera très naturelle. Ermance, je vous attends. Soyez prudente.

La vicomtesse pressa contre son cœur la main d'Adolphe, et le quitta précipitamment pour aller rejoindre Amélie, qui devait être assez loin avec Ernest.

Dernouville respira comme soulagé d'un pénible fardeau; il s'assit morne et pensif sur un banc de pierre, et demeura quelque temps, la tête dans ses deux mains, comme un homme qui médite profondement.

Voici ce qu'il se disait dans le fond de son âme :

— Cette femme me gêne!... Son amour me fatigue! Comment faire pour rompre une liaison qui n'a plus de charmes pour moi? Oh! j'aurai beaucoup de peine à reprendre ma liberté. Je ne sais pourquoi, mais cette femme m'est presque odieuse maintenant!... C'était bon l'an dernier, quand j'étais encore passablement novice... mais, aujourd'hui que je sais le monde, c'est autre chose!... En vérité, par momens, quand je songe à l'âge de la vicomtesse et au mien, je me trouve horriblement ridicule! Cette maudite lettre, je ne puis l'oublier!... elle a fait en moi une métamorphose! Après tout, c'est peut-être pour le mieux! Il était bien temps que cela finît! Avant six mois, je parie que madame de Forestan sera presque une vieille femme! Elle a trois ou quatre plis sur le front qui sont effroyables au soleil! Pauvre Amélie, franchement, t'abandonner pour une femme qui touche à la quarantaine! Oh! ce serait absurde! A la bonne heure au moins Alexandrine!... ses vingt ans ne sont pas à dédaigner! Par ma foi, comme les goûts changent! moi qui ne pouvais souffrir les jeunes personnes, et qui n'appréciais que les beautés mûres!... j'étais un véritable écolier de troisième. Décidément, quand on est jeune, il faut une maîtresse jeune.

Mais ne laissons point passer l'heure, murmura-t-il en tirant sa montre. Elle doit être déjà dans l'allée des marronniers... Oh! véritablement, je fais un coup de maître!... Je ne me reconnais plus!... La mère et la fille!...

Il se mit à sourire; mais soudain l'expression de son visage devint très sombre.

— J'ai beau faire! je ne suis pas un roué!... je voudrais avoir le cœur de Lovelace!... Malgré moi, je frissonne!... j'ai des scrupules qui ressemblent à des remords!... Oui, ce que je fais est mal!... Ma conduite n'est pas celle d'un galant homme! Pauvre chère Amélie! comme je t'ai récompensée cruellement de ton amour! Ah! par momens, je regrette d'avoir connu cette femme! Elle a changé ma nature!... Elle m'a entraîné sur une pente rapide, qui mène peut-être au malheur!... N'importe! il faut continuer!... Les remords maintenant ne sont plus qu'une voix importune qu'il faut étouffer à deux mains!... D'ailleurs, à raisonner la chose philosophiquement, je ne fais de mal à personne!... Je m'amuse, voilà tout! je tâche de répandre quelque fleur sur cette vie arride et monotone! Je profite de ma jeunesse et du plaisir qui s'offre à moi!... Parbleu, la sagesse me viendra trop vite!... Il faut que je vive maintenant, que je vive bien, pour tout le temps que j'ai perdu à lire les poètes et les philosophes!... Amusons-nous, pardieu! amusons-nous!... Amélie n'en saura rien!... Mon Amélie, comme elle est aimante et bonne!... Ah! certes, elle vaut mieux que la mère et la fille! Elle est plus jolie, sans doute! Oui, mais c'est ma femme! ma femme! ce mot-là tue l'amour. Seulement, de la prudence! sachons désormais tout concilier, l'amour légitime et l'autre...

Il se leva de son banc, et regarda une seconde fois à sa montre.

— Elle est au rendez-vous, maintenant, murmura-t-il, dépêchons-nous. Il quitta le rond-point de verdure, et s'éloigna précipitamment. Il venait d'entendre à quelque distance, dans une allée transversale, sa femme et le jeune de Forestan, qui semblaient s'approcher à grands pas.

XXII.

Amélie marchait très vite comme si elle eût voulu fuir Ernest qui la suivait en lui parlant.

Ils paraissaient tous deux fort agités. Amélie était pâle, et son visage exprimait une sorte de frayeur indéfinissable.

— Non, disait-elle d'une voix tremblante, ne me suivez pas, monsieur Ernest!... je vous en prie!... Oh! laissez-moi, laissez-moi.

— Madame! au nom du ciel! Oh! ne me repoussez pas!... dit Ernest avec une inflexion tendre et suppliante. Vous le savez, mon seul bonheur c'est d'être auprès de vous! c'est de vous voir et d'entendre votre voix si douce qui va au cœur!...

— Mon Dieu! Ernest!... monsieur Ernest! songez qu'on peut nous entendre!... Votre langage, votre obstination singulière à me suivre!... tout cela pourrait être mal interprété!... Votre sœur est toujours à nous épier! elle est peut-être cachée dans quelque taillis!... Mon Dieu!... elle est si vindicative! elle ne vous aime pas; et, pour vous nuire, elle répéterait toutes vos paroles! elle les exagérerait!... Pensez-y donc, monsieur Ernest, si quelque rapport perfide, quelque lettre anonyme arrivait jusqu'à mon mari!... Ce ne serait pas la première fois!... et j'ai toujours soupçonné Alexandrine de cette méchanceté...

— Elle en serait bien capable, j'ai honte de l'avouer, dit Ernest en promenant autour de lui des yeux inquiets; mais vous pouvez être tranquille, ma sœur n'est pas dans le parc; elle est rentrée au salon pour lire; elle ne pense pas à vous, je vous jure!... Oh! ne me fuyez pas!... Amélie, restez encore! j'ai tant de joie ineffable à causer avec vous!... et c'est un bonheur que vous m'enviez maintenant!... Je le vois, je le vois, aujourd'hui ma présence vous fatigue!... je ne suis plus pour vous un ami, un confident!...

— Toujours, toujours, Ernest, dit-elle avec attendrissement. Dieu m'est témoin que de tous les hommes c'est vous qui m'êtes le plus cher... après Adolphe!...

— Après Adolphe! répliqua douloureusement Ernest en secouant la tête. Ah! qu'il est heureux, Adolphe!... il occupe la meilleure place dans votre cœur! vous l'aimez, vous l'aimez toujours!... Et cependant, qu'a-t-il fait pour cela?... qu'a-t-il fait pour obtenir une félicité que je voudrais payer de mon sang, de ma vie, de mon âme?... Vous seriez morte pour le rendre heureux, et toutes les larmes que vous versez depuis si long-temps, c'est lui, c'est lui seul qui vous les fait répandre!...

— Ernest!... que dites-vous?...

— Oui, vous l'aimez, madame, et il ne vous aime pas!...

— Vous êtes bien cruel de me dire une chose semblable, Ernest, répondit-elle avec un soupir. Pourquoi vouloir m'arracher le peu de joie qui reste au fond de mon cœur, pourquoi vouloir éteindre mon dernier rayon d'espérance?... Vous dites qu'il ne m'aime pas, Ernest... Hélas!... il n'est plus le même, j'en conviens! il m'a coûté bien des sanglots, bien des nuits affreuses et sans sommeil!... mais il se repent maintenant, il déplore avec amertume toute la douleur qu'il a répandue sur mes jours!

— Vous le croyez, Amélie! vous le croyez!

— Oui, je le crois, Ernest, car il ne sait pas mentir! Il est convenu franchement avec moi de tous ses torts... ils sont moins grand sans doute que je ne le pensais d'abord... Il m'a demandé pardon, et je n'ai pas eu le courage de refuser... Hélas! j'ai fait ce que j'ai pu, moi, pour oublier le passé... j'y parviendrai peut-être! Adolphe a toujours eu de l'affection pour moi, une affection véritable et profonde!

— Une affection profonde! interrompit Ernest avec un rire plein de souffrance. Ah! voilà donc tout ce que vous demandez! de l'affection! rien de plus! et ce froid sentiment vous suffit! A votre âge, Amélie, quand le cœur est bouillant, il faut de l'amour! il faut un cœur qui batte à l'unisson du vôtre; et ce cœur, ce n'est pas Adolphe qui vous le donnera maintenant! Toute sa tendresse, toute son affection véritable et profonde, comme vous le dites, eh bien! ce n'est qu'une dérision amère!... Qu'il vous donne son amour, à la bonne heure! ou du moins qu'il vous le rende!... Mais non, c'est impossible!... Il n'a jamais eu d'amour pour vous! L'amour n'est pas un feu qui s'éteigne après quelques jours d'ivresse et de bonheur! Oh! non, je le sais, Amélie, l'amour est durable! l'amour est éternel!

— Hélas! rien n'est éternel ici-bas, répartit madame Dernouville en essuyant une larme, ni l'amour, ni l'amitié, rien!... Tout s'use! tout finit.

— Oh! non, tout ce que vous dites là est desespérant! vous ne le pensez pas! c'est impossible! Oh! mettez la main sur mon cœur, Amélie!... Il dément vos cruelles paroles!... Malheureux que je suis!... ô Dieu! que ferai-je de tout cet amour qui déborde à torrent de mon cœur! Ah! si vous n'étiez pas la femme d'un autre, Amélie!...

— Ernest, je vous en conjure, dit-elle en tombant épuisée sur une chaise faite en branches d'arbre, ayez pitié de moi!... Donnez-moi du courage, au lieu de vouloir m'ôter le peu qui m'en reste! Hélas! vous dites que vous êtes malheureux!... Vous n'êtes pas le seul, peut-être, Ernest!...

— Amélie! chère Amélie!

— L'avenir me paraît bien triste et bien décoloré, continua-t-elle. Ernest, hélas! pourquoi n'êtes-vous pas mon frère?... vous êtes bon!... je vous aimerais!...

— Vous n'êtes pas ma sœur, Amélie, dit-il avec une exaltation difficile à peindre, et pourtant... je vous aime! faites comme moi!...

— Ernest! ah! votre cœur aurait compris le mien!...

— Ils étaient faits l'un pour l'autre! s'écria-t-il.

Et soudain, agité d'un tremblement convulsif, il pressa la main de madame Dernouville de ses lèvres frémissantes.

— Ernest, que faites-vous? On vient, murmura-t-elle saisie de frayeur, éloignez-vous! au nom du ciel!

Ernest disparut promptement dans une allée obscure. Son cœur bondissait de joie. Il avait compris qu'il était aimé.

XXIII.

Le bruit qu'Amélie venait d'entendre, c'était madame de Forestan qui s'avançait avec précipitation.

Elle paraissait en proie à une agitation violente; sa physionomie exprimait le trouble et la colère. Elle se retournait à chaque instant, et promenait ses regard de tous côtés comme pour chercher quelqu'un.

Amélie demeurait toujours assise dans un enfoncement de feuillage qui formait comme un berceau. Elle suivait avec inquiétude tous les mouvemens de la vicomtesse. Oh!... c'est insupportable!... Voilà plus d'une demi-heure que je le cherche!...

— De qui parle-t-elle? pensa madame Dernouville.

— C'est un mal-entendu, sans doute! reprenait la vicomtesse avec une impatience qui se peignait dans sa démarche et dans tous ses gestes! Je parie qu'il me cherche aussi de tous côtés dans le parc! Mon Dieu! quel contre-temps!... Il n'en fait jamais d'autres, maintenant.

L'attention d'Amélie redoublait à chaque mot de madame de Forestan.

— Non! non!... reprit cette dernière en portant son mouchoir à ses yeux, pour essuyer une larme que le dépit venait d'en arracher!... Tout cela, c'est arrangé d'avance! c'est fait avec intention!... Il veut me donner le change!... Il veut se débarrasser de moi!... il ne m'aime plus!...

Madame Dernouville tressaillit et se leva convulsivement.

— Il ne m'aime plus! reprit la vicomtesse, en s'arrêtant tout à coup morne et rêveuse, et laissant tomber sa tête sur sa poitrine.

Elle était alors dans le rond-point où madame Dernouville était assise.

Elles ne se trouvaient séparées l'une de l'autre que par une très faible distance.

Quoique la vicomtesse ne parlât qu'à demi-voix, son accent était clair et distinct, et madame Dernouville pouvait facilement entendre ce monologue, à l'exception de quelques mots auxquels son interprétation jalouse et furieuse suppléait sans peine.

— Oh! je suis sûre qu'il ne m'aime plus, qu'il me trompe! ajouta la vicomtesse après un moment de silence. Il s'est réconcilié avec sa femme.

Amélie s'avance tout à coup vers la vicomtesse. Celle-ci recule de surprise.

— Madame, vous m'avez dit tout à l'heure que mon mari venait de monter en voiture pour aller à Orléans?...

Amélie balbutiait, tant son émotion était forte.

— Oui, madame!... il me l'a dit du moins... répartit la vicomtesse avec une inflexion étrange.

— Je présume qu'une affaire très importante l'oblige à s'absenter, madame; néanmoins, un départ si prompt m'étonne! Il ne m'avait parlé de rien.

— En effet, il semblait fort pressé, ma chère Amélie! Il faut bien que M. Dernouville ait un motif grave pour s'absenter ainsi une heure ou deux... Autrement, vous conviendrez avec moi, continua-t-elle avec une expression de contrariété fort sensible, vous conviendrez qu'il aurait mieux fait de remettre son voyage à demain! Quand on invite les gens à venir passer la journée chez soi, il me semble que le premier devoir d'un maître de maison est de leur tenir compagnie.

La vicomtesse avait des larmes dans la voix, elle faisait tout son possible pour cacher sa mauvaise humeur, mais inutilement.

— Mon Dieu! madame, reprit Amélie avec beaucoup de douceur, je suis désolée que cette absence d'une heure ou deux vous contrarie à ce point. Je vous demande pardon pour mon mari! et je suis sûre qu'il ose compter sur votre amitié, sur votre extrême indulgence!... Depuis une quinzaine de jours, en effet, il a été forcé d'aller plusieurs fois à Orléans, chez son notaire, pour quelques affaires d'intérêt... Je ne sais trop lesquelles. Il ne m'a rien dit de précis...

— Mais où peut-il être?... murmurait la vicomtesse, qui n'écoutait pas Amélie. Comment se fait-il que cette voiture ne se soit pas trouvée à l'endroit indiqué?...

Tout à coup elle jette un cri de surprise.

— Qu'avez-vous, madame? demande Amélie.

— Tenez! là!... c'est lui! dit la vicomtesse en étendant la main devant elle.

Amélie regarde au bout de l'avenue que madame de Forestan indiquait du geste.

— C'est la voiture d'Adolphe qui vient de passer, dit Amélie frappée d'étonnement. Il ne fait donc que de partir?...

— Oh! le misérable!... le misérable!... s'écrie la vicomtesse en courant vers la grille.

Mais la voiture était déjà bien loin; elle disparut bientôt dans un tourbillon de poussière.

Amélie n'avait point compris l'exclamation furieuse de madame de Forestan.

— Elle n'a plus sa raison, pensait-elle en voyant l'agitation singulière de la vicomtesse.

Elle rejoignit enfin madame de Forestan.

— Je vous en prie, madame, expliquez-vous, dit Amélie avec intérêt.

— Ah! vous ne l'avez donc pas aperçu! s'écria la vicomtesse en se tordant les mains. Il est dans cette voiture!... avec une femme!...

— Avec une femme!

— Oui!... j'ai bien vu cette femme!... mais je ne l'ai pas reconnue!... Elle a mis la tête à la portière! et s'est retirée tout à coup!... Cette femme!.. oh! c'est sa maîtresse!... Le malheureux!...

— Que dites-vous, madame? Etes-vous bien sûre de ce que vous dites? Oh! non! c'est impossible! vous n'avez pas vu cela!... Non, il n'est pas dans cette voiture avec une femme!...

Amélie suffoquait; ses paroles étaient incohérentes, confuses.

— C'est un misérable! vous dis-je!... C'est un infâme!... s'écria madame de Forestan avec un torrent de pleurs.

— Madame!... je vous en conjure!... modérez vos transports!... songez devant qui vous parlez!... C'est mon mari!

— C'est mon amant! s'écria la vicomtesse avec une fureur concentrée.

— Malheureuse!

— Il nous trompe! il nous trompe toutes les deux, le lâche!...

La vicomtesse pleurait et sanglotait.

— Oui! j'étais bien sûre qu'il me trahissait, poursuivit-elle. Oh! mais quelle fausseté! quelle hypocrisie! Adolphe! Adophe! malheur à la femme que tu aimes, et pour qui tu m'abandonnes!

— Ainsi donc, tout est vrai! dit sourdement madame Dernouville en regardant la vicomtesse avec une expression de colère et de mépris indicible. Vous m'avez trahie de la manière la plus atroce! vous avez effrontément séparé le mari de sa femme! vous avez corrompu de vos affreux principes le cœur d'un honnête homme!... Honte et malheur à vous, madame!... Oh! vous serez punie! le ciel est juste!...

Amélie s'éloigna de la vicomtesse avec indignation.

Une heure après, madame de Forestan était encore à la même place, immobile et le front appuyé contre les barreaux en fer de la grille.

Ses yeux ne pleuraient plus, un feu sombre y brillait par moment comme un éclair; ses joues étaient pâles et frémissantes.

Elle songeait à la vengeance.

XXIV.

Madame de Forestan était enflammée d'une si violente colère que d'abord elle ne voulait rien ménager; et que si Dernouville fût revenu tout à coup, elle l'aurait poursuivi des plus sanglans reproches, en présence du vicomte lui-même. Par bonheur, Adolphe tarda quelques heures encore, et le courroux de la vicomtesse eut le temps de se calmer un peu. Elle comprit qu'elle ne pouvait faire un éclat sans se perdre, et l'idée seule du vieux comte de Forestan qui paraîtrait soudainement peut-être la vengeance à la main, cette idée, qui la glaçait de crainte, lui conseilla la prudence.

Mais quand elle put entretenir Adolphe en particulier, alors elle donna un libre cours à sa fureur, et voulut à toute force connaître le nom de la femme qu'elle avait aperçue avec lui dans la voiture.

Dernouville eut beau se renfermer dans un système de dénégation complète, et protester qu'elle avait mal vu, elle ne voulut pas prendre le change, et jura de se venger.

Adolphe, pour couper court à toutes les récriminations, ne vit rien de mieux que de se fâcher et d'élever la voix plus haut que cette femme outragée qui l'accusait.

Pendant cinq ou six jours, il ne remit pas le pied au château et ne répondit pas aux lettres désespérées de madame de Forestan.

Mais l'indignation juste et calme de sa femme le frappa bien plus vivement au cœur.

Elle lui dit qu'elle savait tout ; que maintenant il pouvait se considérer comme libre, qu'ils n'étaient plus rien l'un pour l'autre, et que les derniers liens d'amour et d'estime qui l'attachaient naguère encore à lui étaient pour jamais rompus.

Adolphe, accablé par les reproches de sa conscience, fut sur le point de se jeter aux pieds d'Amélie, en demandant pardon ; mais, dominé par l'amour-propre, il se contint, et laissa la vanité et les mauvaises passions l'emporter sur le remords.

L'harmonie fut donc encore une fois troublée au sein du jeune ménage, et désormais tout espoir de réconciliation s'évanouit dans leur cœur.

Le vicomte, fort affligé de ne plus voir M. et madame Dernouville, alla plusieurs fois les inviter lui-même à dîner ; mais il n'essuya que des refus, motivés tant bien que mal sur la santé chancelante d'Amélie et les affaires d'Adolphe.

Plusieurs jours de suite, Ernest vint s'informer des nouvelles de madame Dernouville, qui refusa de le recevoir, sous prétexte qu'elle était trop souffrante. Le pauvre jeune homme, comprenant bien qu'Amélie ne voulait plus se trouver seule avec lui, s'en retourna le cœur gonflé de chagrin et les yeux pleins de larmes.

Amélie fut plus triste encore peut-être ; car plus que jamais elle aurait eu besoin d'entendre les paroles douces et consolantes d'un ami véritable. Elle repassait douloureusement dans son esprit toutes les qualités aimables d'Ernest, et sa chaleur d'âme et sa générosité de sentimens ; elle ne pouvait s'empêcher de comparer cette excellente nature, naïve et sincère encore, malgré les passions orageuses d'une ardente jeunesse, avec Adolphe, qu'elle avait cru si noble, et dont l'amour était déjà blasé et vide d'illusions.

Quand elle pensait aux trahisons d'Adolphe, elle faisait tout son possible pour le haïr et s'abandonnait par momens à des projets de vengeance qu'elle repoussait ensuite avec indignation.

Elle se disait bien qu'après la conduite indigne et perfide de son mari, elle ne lui devait plus rien et n'était plus sa femme qu'aux yeux du monde ; mais tout à coup, à cette idée, elle frissonnait comme à la pensée d'un crime, et versait des torrens de pleurs.

Elle résolut un jour de tenter un dernier effort sur Dernouville et d'exciter en lui tous les aiguillons de l'amour-propre et de la jalousie. Elle lui parla d'Ernest avec une emphase extraordinaire, exalta singulièrement l'esprit de ce jeune homme, et sa gracieuse tournure, l'élégance et la finesse de sa taille, sa physionomie douce et mélancolique qui était faite pour lui gagner tous les cœurs. Adolphe se mordit les lèvres avec un dépit secret. Mais, devinant tout à coup l'intention d'Amélie, il se mit à renchérir encore sur l'éloge d'Ernest, et le vanta froidement avec une exagération maligne et railleuse, à laquelle madame Dernouville ne put se méprendre.

Il croyait pouvoir être parfaitement sûr de sa femme, et ne craignait point qu'elle songeât à la vengeance. Les principes rigides et inébranlables d'Amélie le rassuraient complétement, et ne permettaient pas même à la jalousie de s'éveiller au fond de son âme, bien qu'il y fût naturellement assez porté.

Cependant le vicomte de Forestan fut troublé un jour dans son bonheur de naturaliste. Il reçut de son père une lettre ainsi conçue :

« Mon fils, il se passe chez vous des choses que je ne puis souffrir. Je suis forcé de vous ouvrir les yeux! Votre femme mène une conduite scandaleuse... On dit partout que M. Dernouville est son amant; je ne le crois pas... non, je ne veux pas le croire... Autrement, je le jure devant Dieu, le crime serait déjà puni, et la main d'un vieillard aurait déjà vengé le nom des Forestan... Je vous l'ai dit souvent, mon fils, vous avez toujours été pour votre femme d'une indulgence qui est de la faiblesse! Vous n'avez jamais surveillé sa conduite!... mais je la surveille, moi! Dites-lui que que j'ai les yeux sur elle, et que je lui conseille fort de ne pas donner prise aux malveillans discours; car la moindre imprudence pourrait lui coûter cher. Dites-lui qu'elle se rappelle M. de Formont...

» Si vous respectez les cheveux blancs de votre père, mon fils, rompez toutes relations avec ce M. Dernouville. Je vous en conjure, je vous l'ordonne. »

Ce n'était pas la première fois que le vicomte recevait une lettre semblable de son père; mais jamais le vieux comte ne s'était exprimé d'une manière si terrible et si menaçante.

Le naturaliste fut comme foudroyé à la lecture de ces lignes formidables. Il ne les comprit pas d'abord, et fut obligé de les relire cinq ou six fois de suite avant d'en saisir à peu près le sens. Sa préoccupation fut si profonde qu'il oublia de prendre un grand papillon à queue de fenouil, qui était entré par hasard dans son cabinet.

Il eut d'abord l'intention de montrer cette lettre à sa femme et de lui demander l'explication d'un si étrange mystère; mais il crut devoir attendre encore, et descendit au jardin pour rafraîchir un peu sa tête brûlante, et se livrer à ses réflexions.

Le ciel était couvert de gros nuages noirs, à travers lesquels un rayon de soleil pénétrait de temps à autre, terne et blafard. Un vent lourd s'abattait par moment dans les feuilles et présageait un orage.

Le vicomte emporta machinalement sa pelote et son échiquier, et se dirigea vers le parc.

Après cinq ou six minutes de marche, il s'arrêta pour relire sa lettre, et s'assit sur un banc à quelque distance d'un petit kiosque situé à l'entrée du parc, et dans lequel Alexandrine avait l'habitude de venir dessiner depuis plusieurs jours.

— Diable! diable! murmura le vicomte en hochant la tête, il se passe chez moi des choses... et quelles choses, s'il vous plaît? Je voudrais bien voir!... mais c'est impossible!... c'est une allégation qui n'a pas le sens commun!... Ma femme mène une conduite scandaleuse... Oh! voilà qui est fort, par exemple, très fort... Ermance, un ange!... un ange esclave de l'opinion publique, et qui trouve un bonheur infini dans l'accomplissement de ses devoirs!... Il faut, ma parole d'honneur, que mon pauvre père ait cruellement baissé, pour croire des sornettes pareilles... Mais, voyons donc, qu'est-ce qu'il dit encore!... ce n'est pas tout!...

— Diantre! s'écria-t-il en frappant du pied, corbleu! ventrebleu! sac à papier... *Votre femme vous déshonore, peut-être! On dit M. Dernouville!...* Oh! c'est une indignité! c'est une infamie! c'est une lâcheté! un mensonge! une absurdité!... mon épouse, elle, me deshonorer!... Et comment cela, je vous prie?... Je voudrais bien voir!... Elle, madame la vicomtesse de Forestan, née Bertoche, de Bertoche, la fille du baron de Bertoche!... Oh! pas possible... physiquement impossible! Si jamais femme a été vertueuse, c'est la mienne! Si jamais époux a été moralement sûr de son épouse, c'est moi, sac à papier! Oh! si je tenais les calomniateurs!...

Un papillon blanc venait de se poser par terre à trois ou quatre pas du vicomte. Il interrompit son fougueux monologue pour jeter l'entonnoir de gaze sur le pauvre insecte plébéien, qui paya cruellement pour les calomniateurs; car le naturaliste indigné lui arracha la tête pour adapter au corps d'un autre papillon moins vulgaire, à qui les mites avaient dévoré les antennes. C'est ainsi qu'autrefois le peuple romain appliquait de nouvelles têtes aux statues impériales décapitées par les révolutions, et mettaient sur les épaules du vieux Galba le chef frisé du voluptueux Othon ou celui du gros Vitellius.

— C'est une chose bizarre et désolante, reprit le vicomte, après la décollation du malheureux lépidoptère, c'est une chose vraiment déplorable que la calomnie s'attache aux femmes les plus pures, comme la mite carnivore aux plus beaux papillons. Il faut que les langues aient bien du venin! Pauvre femme, incomparable femme! Ermance!... Ermance de mon cœur, va, tu peux être tranquille, les méchans ne parviendront jamais à ternir ta réputation, pas plus que ce vil insecte dont je parlais tout à l'heure ne réussira, dans sa rage impuissante, à flétrir le merveilleux éclat du grand sarpedon de l'Indostan!... Il est vrai que mon sarpedon a le ventre et le corselet bourrés d'arsenic, et que c'est un fameux préservatif... Mais n'importe!... une bonne, une excellente renommée, des mœurs pures et innocentes, un mari qui t'aime et te respecte, et qui te défendrait au besoin jusqu'à la dernière goutte de son sang; tout cela, j'espère, est une cuirasse assez bien trempée pour repousser les traits empoisonnés de la calomnie.

Diable! diable! mais j'y pense, continua-t-il en se frappant le front comme illuminé d'une inspiration subite. Ce bruit ridicule, c'est très probablement la jalousie ombrageuse de madame Dernouville qui l'a fait naître... Oui, certes, il n'en faut pas davantage! et la chose, encore envenimée par des bouches ennemies, sera parvenue jusqu'aux oreilles de mon père, qui n'a jamais été parfaitement disposé pour ma femme!... Oh! mais cela passe la permission!... Il faut que mon pauvre père ait entièrement perdu la tête!... qu'il tombe en enfance!... Au fait, cela n'est pas impossible... à soixante-dix ans passés! avec une goutte rongeuse qui lui travaille le cerveau!... Eh! vraiment, j'étais bien simple aussi de me préoccuper d'une lettre pareille! C'est le délire d'un vieillard! C'est une folie! N'y pensons plus! et faisons un tour de chasse avant que la pluie ne tombe, car ça ne va pas tarder! Quand l'orage commence, c'est le meilleur moment pour triompher des phalènes! Ils s'imaginent que la nuit est venue, et se mettent à voler en bourdonnant, mais le sommeil engourdit bientôt leurs ailes pesantes, et... Mais je vois ma fille!... C'est toi, ma petite Alexandrine! viens, que je t'embrasse.

Il courut au devant de sa fille qui se dirigeait précipitamment vers le pavillon, et la serra dans ses bras paternels avec un attendrissement pathétique.

Alexandrine paraissait inquiète et fort troublée.

XXV.

— Eh bien! où vas-tu comme ça, mon enfant? dit le vicomte en l'embrassant encore une fois.

— Moi, mon père?... je...

— Oui, tu voulais entrer dans ta salle de dessin, n'est-ce pas, reprit M. de Forestan en lui passant la main sous le menton avec une tendresse pleine de mignardise.

Alexandrine rougissait et pâlissait tour à tour; sa voix tremblait d'une singulière façon; tous ses mouvemens, toute sa physionomie annonçaient un trouble intérieur si violent, que son père lui-même, qui n'était pas en général très clairvoyant, ne put s'empêcher de le remarquer.

— Mais qu'as-tu donc, chère petite colombe? demanda-t-il en lui prenant le bras. Comme tu es rouge!...

— C'est le grand air !... répondit Alexandrine en balbutiant. Il y a long-temps que je me promène !...

— Ah ! oui, ce n'est pas étonnant ; il fait très chaud, et l'influence de l'orage te porte le sang à la tête. Il faut encore faire un petit tour de promenade. Allons, viens, prends mon bras ; nous allons visiter, si tu veux, le carré de pommes de terre ; je suis persuadé que nous trouverons un sphinx à tête de mort. Allons, viens.

— Mais je ne puis, papa... En vérité... Je serais bienheureuse de me promener avec toi !... Tu es si bon !... Je t'aime tant... Mais...

— Mais ?... Eh bien ! quoi ? parle !... Que veux-tu dire ? Est-ce que tu as du chagrin ? Conte-moi ça. Ta mère, peut-être, a grondé un peu !... Allons, ouvre ton pavillon, nous allons faire une petite conversation tous les deux, bien confidentielle ! Ouvre donc ! Est-ce que tu n'as pas la clé ?

— Non... je ne crois pas, répondit-elle avec une anxiété croissante.

Et ses regards inquiets se portèrent tout à coup vers le pavillon.

— Mais, parbleu ! la clé est sur la porte, dit le vicomte en pressant le pas. Hier soir, probablement, tu as oublié de la retirer.

Alexandrine essaya de retenir son père.

— Eh bien ! dit-il avec étonnement, tu m'empêches d'avancer ! Pourquoi donc ?... Mais, en verité, je ne te comprends pas le moins du monde ! Comment, tu ne veux pas venir dans ce kiosque, où tu dessines depuis quelques jours du matin au soir ?...

— Non, mon père ! je t'en prie, continua-t-elle d'une voix profondément émue. Restons ici !...

— Eh bien ! soit ! viens t'asseoir avec moi sur ce banc ! Mais, que diable, il y a donc un mystère dans ce pavillon ?...

— Non, je te jure !... Il n'y a rien d'extraordinaire... mes dessins, mes boîtes de couleurs...

— Ah ! parbleu ! j'y suis ! je devine, cria le vicomte en frappant des mains comme pour applaudir à sa merveilleuse sagacité. C'est une surprise charmante que tu veux ménager à ton petit père... qui t'aime comme la prunelle de ses yeux !... Oui, oui, je comprends ! tu es en train de peindre pour ma fête un tableau de papillons !... Oui, c'est cela même ! Pauvre chère mignonnette !... N'est-ce pas... n'est-ce pas ?

— Eh bien ! oui, mon père, dit-elle avec un accent plus assuré. Je veux te ménager une surprise, et je crois que tu seras content.

— Oh ! c'est délicieux ! c'est charmant ! c'est divin ! s'écria le naturaliste attendri, qui, dans sa joie délirante, faillit étouffer Alexandrine en l'embrassant. Mais dis-moi, cher bijou ! cher petit sphinx ! aimable paon du jour, quels sont les individus que tu as choisis ? As-tu de beaux modèles ? des lépidoptères intacts, vierges de toute espèce de déchirures ? Il fallait me consulter, cher ange ! je t'aurais confié une partie de ma collection ! j'aurais dirigé ta jeune inexpérience ! Mais, dis-moi, je t'en conjure, as-tu bien fait le tableau comme je le voulais ?... des fleurs au milieu, du chèvrefeuille, de la valériane, du géranium, oh ! oui, du géranium, de grosses touffes de géranium rosa, plante aimée du moro-sphinx qui tournoie en bourdonnant, et plonge au calice parfumé sa longue trompe en spirale sans jamais reposer un instant ses ailes infatigables ?... Ce beau sphinx, toujours de si bonne humeur, l'as-tu représenté fidèlement comme un tourbillon de flamme et de fumée ? Hélas ! mais que la peinture est impuissante !... avec tout le talent possible, tu ne parviendras jamais à rendre le mouvement perpétuel et rapide de ses ailes, et son carillon funèbre, qui a valu de ma part à cet intéressant fils de l'air, le surnom caractéristique de *Boum-Boum*.

Pendant la période interminable du naturaliste, Alexandrine, qui ne l'écoutait pas le moins du monde, regardait continuellement avec anxiété du côté du pavillon. Tout à coup, un roulement de tonnerre se fit entendre, et de grosses gouttes de pluie tombèrent lourdement sur les feuilles.

— Diantre ! voici la tempête dit le vicomte en courant vers le kiosque. N'attends pas qu'elle éclate et nous foudroie !... Tiens, petite, réfugions-nous dans ton sanctuaire, nous continuerons notre charmant entretien sur les insectes, et je te donnerai d'excellens conseils tandis que tu travailleras.

— Non, cher père, non, je t'en prie, dit Alexandrine en le retenant. Je ne veux pas te montrer mon ouvrage avant qu'il soit terminé... tu pourrais mal juger de l'effet ! D'ailleurs, je n'ai pas encore l'habitude de peindre les papillons.

— Eh bien ! c'est justement pour cela que je serais enchanté de surveiller l'exécution de mon tableau ! Songe qu'il doit figurer dans mon cabinet d'histoire naturelle, et qu'il me faut un véritable chef-d'œuvre. Allons, décidément tu ne veux pas que j'entre ?

— Non, je t'en conjure, répondit-elle avec l'accent de la prière et de la frayeur.

— Eh bien ! je m'en vais, mon beau petit *nacré*, je ne veux pas pénétrer de force dans l'intérieur de ta coque. J'aurais cependant donné beaucoup pour voir... mais, n'en parlons plus... Adieu, travaille bien, et moi je rentre à la maison ! Ventrebleu ! sac à papier ! quel orage. Oh ! je vais être transpercé jusqu'à la moelle des os... mais tant pis, je me résigne !

Il mit son échiquier sur sa tête en guide de parapluie, et courut à travers les plates-bandes, pour arriver plus vite.

Ce fut avec une joie très vive qu'Alexandrine le vit s'éloigner : elle s'élança presque aussitôt vers les marches du pavillon ; mais au moment de poser les doigts sur la clé, elle s'arrêta comme indécise. Sa main tremblait d'une étrange manière.

— Oh ! mon Dieu ! que vais-je faire ! murmura-t-elle avec épouvante. Malheureuse !... si l'on découvrait ! si ma mère pouvait se douter Ah ! je serais perdue !... Quelle honte pour moi !... C'est un crime peut-être !...

Elle fit un un pas en arrière, toute frissonnante.

— Alexandrine ! venez !... dit faiblement une voix dans l'intérieur du pavillon.

— Il m'attend ! reprit-elle. J'ai promis !... Il n'y a plus à reculer !... D'ailleurs, j'ai pour m'excuser l'exemple de ma mère !... Pourquoi ne ferais-je donc pas ce qu'elle fait ?... Allons !... allons n'hésitons plus.

Ce disant, elle ouvrit la porte avec résolution, et retira la clé de la serrure.

Puis la porte du pavillon se referma violemment.

XXVI.

Ce pavillon n'était percé que d'une seule fenêtre qui donnait peu de de jour, et qu'on apercevait à peine du dehors, car elle était presque entièrement masquée par des branches d'arbre et une touffe de lierre et de plantes grimpantes. Cette petite rotonde mystérieuse, dont Alexandrine avait fait depuis quelques jours son atelier de peinture, était parfaitement éclairée par un châssis vitré qui formait le plafond ; de sorte que par les temps les plus sombres, par la pluie comme par le soleil, il pénétrait toujours assez de lumière pour qu'on pût dessiner et peindre, beaucoup plus commodément que partout ailleurs dans le château.

Cependant Alexandrine ne semblait avoir pris en affection cette espèce de boudoir champêtre que depuis peu de jours ; auparavant elle n'y venait travailler que rarement, et n'y restait presque jamais plus d'une heure ou deux. Mais, à présent, elle y passait, pour ainsi dire, des journées entières, et n'en sortait absolument qu'à l'heure du dîner.

Ce brusque changement dans les habitudes d'Alexandrine n'avait point échappé aux regards perçans et scrutateurs de sa mère. Celle-ci n'avait fait encore aucune observation à sa fille, mais elle la surveillait avec plus d'attention, et se promettait bien d'éclaircir un mystère qu'elle ne pouvait comprendre. Depuis une huitaine de jours, elle n'avait pas vu Dernouville en particulier, et les lettres qu'elle avait écrites étaient restés sans réponses. Elle comprenait bien qu'Adolphe voulait rompre avec elle, et cette idée la torturait cruellement dans sa vanité de femme et dans son amour; car elle aimait passionnément Dernouville, et souffrait profondément de se voir délaissée.

Elle était bien sûre qu'Adolphe l'avait abandonnée pour une autre femme, mais quelle était cette femme? Voilà ce que madame de Forestan ne pouvait deviner, et néanmoins, des soupçons étranges et poignans tourmentaient de temps à autre son imagination malade: elle se rappelait que depuis une quinzaine de jours, Adolphe était d'une galanterie et d'une prévenance singulières pour Alexandrine; elle croyait même parfois avoir surpris entre eux quelques gestes, quelques regards d'intelligence. Alors elle frémissait de colère et de douleur, et, comparant la beauté jeune et fraîche de sa fille avec la sienne qui se fanait chaque jour davantage, elle sentait sa poitrine se gonfler de fiel et d'amertume; des larmes brûlantes sillonnaient ses joues.

A peine Alexandrine venait-elle d'entrer dans le pavillon, que la vicomtesse sortit tout à coup d'une allée sombre, et s'approcha de la porte, en marchant sur la pointe du pied.

— Que vient-elle faire ici? pensait-elle. Rien, certainement; il y dans tout ceci quelque chose d'incompréhensible!... Tout à l'heure, avant d'entrer, elle a bien regardé si personne ne pouvait la surprendre!... Depuis ce matin, je l'observe!... J'ai fait ce que j'ai pu pour la retenir auprès de moi!... Elle a trouvé le moyen de s'échapper!... Il faut absolument que je sache!... Que peut-elle faire dans ce pavillon?... Sa passion subite pour la peinture... ce n'est pas naturel!... Oh! c'est un prétexte, sans doute... Elle écrit peut-être... elle écrit à ses camarades de pension des lettres qu'elle veut me cacher!... Je n'en doute pas, je vais surprendre une correspondance secrète... avec un jeune homme, peut-être!... Oh! quelle idée!... quelle idée!... mon Dieu!... C'est à me rendre folle!... c'est à me faire commettre un crime!... Adolphe!... Adolphe!... Oh! s'il était vrai!... L'ingrat!... l'ingrat!... s'il me dédaignait pour ma fille!... Elle l'aime!... Je ne sais pourquoi j'ai cette pensée... mais je suis sûre qu'elle l'aime!... Grand Dieu! quel bruit!...

Elle venait d'entendre parler à demi-voix dans le pavillon.

Alexandrine n'était pas seule.

Madame de Forestan, agitée d'un tremblement convulsif, penche et colle son oreille au trou de la serrure... Elle n'entend plus rien. Mais tout à coup le bruit recommence!... C'est comme deux voix qui se répondent, l'une tendre et suppliante, l'autre faible et craintive!... Puis elle entend comme le bruit d'un baiser.

— Alexandrine! Alexandrine! s'écrie-t-elle en frappant avec force contre la porte. Que faites-vous là?... Ouvrez.

Elle ne reçoit aucune réponse.

— M'entendez-vous, Alexandrine? reprend-elle avec un accent impérieux et sévère. Je vous ordonne de m'ouvrir.

— C'est vous, maman?... dit Alexandrine d'une voix émue. Vous m'appelez?

— Je vous dis encore une fois de m'ouvrir!... à l'instant même.

— Oui, maman, j'y cours!... Rien qu'un instant! une seconde.

— A l'instant même, vous dis-je ! ou j'appelle votre père !... Je fais enfoncer cette porte !...

La vicomtesse frappait à coups redoublés ; sa voix était haletante et voilée par sa colère.

Et, comme Alexandrine ne se hâtait pas d'ouvrir, sa mère reprit avec encore plus de force :

— Malheureuse ! vous n'êtes pas seule !

— Si, maman, je vous jure !... balbutia la jeune fille avec une intonation de frayeur indéfinissable.

Au même instant, la fenêtre de l'atelier fut ébranlée violemment dans l'intérieur ; on la secouait rudement pour l'ouvrir, mais le bois des châssis, gonflé par l'humidité, et les gonds couverts de rouille, résistaient opiniâtrement aux plus vigoureux efforts.

La vicomtesse s'élança derrière le pavillon, et distingua un instant, à travers les rideaux de mousseline, une main qui n'était pas celle d'une jeune fille.

— Alexandrine ! s'écria-t-elle avec emportement, voulez-vous bien ouvrir !... ou j'appelle le jardinier ! et je fais jeter bas cette porte à coups de pioche !... Malheur à vous, si vous tardez à m'obéir !

— Jean ! cria-t-elle d'une voix vibrante de colère, apportez votre bêche !... courez !...

Cette exclamation furibonde produisit un effet magique. La porte s'ouvrit aussitôt : mais Alexandrine, pâle et tremblante, la tenait à deux mains, comme pour défendre l'entrée du pavillon à sa mère.

— Un homme est avec vous, malheureuse !... Quel est cet homme ?

— Je suis seule !... je vous jure !... bégayait Alexandrine, les joues blanches comme de l'albâtre

— Vous mentez, vous dis-je !... quelqu'un est avec vous !... Je vais savoir qui !...

Alexandrine se mit tout à coup devant la porte, et barra le passage avec son corps et ses deux bras qui frissonnaient.

— Quoi !... malheureuse !... vous osez !

Et la vicomtesse essaya de la repousser en arrière, mais inutilement.

— Vous n'entrerez pas, ma mère ! dit sourdement Alexandrine, dont les dents claquaient.

— Ah ! je n'entrerai pas ! et qui donc pourra m'en empêcher ?

Alors ce fut une véritable lutte. La vicomtesse, haletante, étreignait avec force les deux mains d'Alexandrine, qui faisait d'incroyables efforts pour repousser la porte contre sa mère.

Pendant ce temps-là, on ébranlait toujours la fenêtre avec violence, mais elle ne cédait pas, et les vitres se brisaient avec fracas les unes après les autres.

— Jean, s'écriait la vicomtesse, allez appeler mon mari !.. tous mes domestiques ! Venez tous !

Mais le jardinier était beaucoup trop loin, pour que la voix de sa maîtresse, affaiblie par la fatigue de cette lutte opiniâtre, pût arriver jusqu'à lui. Il ne bougeait pas et continuait à déterrer des pommes de terre en sifflant.

Enfin, la vicomtesse, épuisée de lassitude, et dans une exaspération impossible à rendre, frappa sa fille au visage.

— Ah ! vous me frappez !... dit sourdement Alexandrine en secouant la tête avec menace. Mais vous ne savez donc pas que je peux vous perdre !... Tenez !... voyez cette lettre !...

Madame de Forestan poussa un cri terrible et faillit tomber à la renverse. Elle venait de reconnaître une lettre qu'elle avait écrite la veille à Dernouville, en lui faisant mille protestations d'amour, et le suppliant de revenir.

— Cette lettre !... oh ! rends-moi cette lettre !... dit-elle d'une voix éteinte.

— Je la garde ! répondit Alexandrine d'un air de triomphe.

— Ma fille, je t'en conjure, rends-moi ce papier... Je ne dirai rien à ton père... je te pardonnerai...

— Non !... non !... ma mère, ne me pardonnez pas ! dites à mon père tout ce que vous voudrez !... Je ne dirai rien, moi !... Cette lettre parlera beaucoup mieux.

— Ah ! malheureuse enfant, tu menaces ta mère...

— Non, je prends ma revanche, répondit Alexandrine, les dents serrées.

— Cette lettre !... je t'en supplie !

— Non !...

— Ah ! tu me refuses ! tu me refuses ! Je l'aurai bien de force !...

— Essayez !...

Madame de Forestan essaya d'arracher la lettre à sa fille, mais elle vit bien que c'était une chose impossible.

— Oh ! Dieu !... cette lettre, qui te l'a donnée ?...

— C'est mon secret...

— Parle, je t'en conjure. Dis-moi, ce n'est pas lui qui te l'a donnée ?...

— On ne me l'a pas donnée, je l'ai prise, dit Alexandrine avec un sourire plein d'amertume.

— Mais quelqu'un est dans ce pavillon ? reprit la vicomtesse, en s'élançant tout à coup avec impétuosité contre Alexandrine, qui fit plusieurs pas en arrière de la violence du choc.

— Adolphe ! s'écrie la vicomtesse en pénétrant dans l'intérieur du pavillon. Misérable ! vous trahissiez la mère pour séduire la fille !

— J'ai profité de vos leçons, madame, répond froidement Dernouville.

— Ah ! vous êtes un infâme !

— Silence, madame !... Il est inutile de faire une esclandre qui vous perdrait vous et votre fille ! reprit Adolphe avec une émotion douloureuse et profonde. Croyez-moi, prenons l'un et l'autre le meilleur parti, et taisons-nous... Vous m'avez dit mille fois que l'amour ne pouvait pas durer toujours, et qu'on était fou de résister aux inspirations de la jeunesse et du plaisir !... Il n'y a plus maintenant, il ne peut plus y avoir d'amour entre nous... Adieu, madame !... adieu, mes yeux s'ouvrent !... Je vois combien j'étais insensé !... et quelle est ma cruauté folle, mon ingratitude envers cette douce et incomparable Amélie, que j'ai rendue pour vous si malheureuse !

— Ah ! vous êtes un indigne, monsieur, murmura la vicomtesse au milieu des sanglots. Il ne vous suffisait donc pas de me tromper, de me trahir... cette lettre que j'ai eu la faiblesse de vous adresser, vous êtes assez lâche pour l'avoir livrée à ma fille, qui veut s'en faire une arme contre moi...

— Non, madame, je n'ai pas commis cette lâcheté ! répliqua Dernouville avec une indignation profonde. C'est votre fille qui a pris cette lettre dans mon portefeuille ; je vous jure qu'elle l'a fait à mon insu, et que je ne suis pas complice d'une pareille infamie. Alexandrine, continua-t-il avec l'accent de la prière, je vous en conjure, donnez-moi cette lettre... que je la déchire aux yeux de votre mère.

— Non, monsieur, non, je ne rends pas cette lettre, dit Alexandrine d'un ton résolu ; je ne la donnerais pas à ma mère pour tous ses diamans ! c'est ma seule arme ! Avec cela, je ne crains pas ma mère ! je suis tout aussi forte qu'elle ! je la brave !

— Vous êtes une fille dénaturée ! s'écria Dernouville, plein d'horreur.

— Je suis la fille de ma mère ! répondit Alexandrine avec une inflexion railleuse. Je suis telle qu'on m'a faite !... Depuis quinze ans on me gronde, on m'humilie, on me bat... Maintenant que je suis grande... eh bien ! je me venge !...

La vicomtesse avait senti ses genoux se dérober sous elle; n'ayant plus la force de se soutenir, elle tomba dans un fauteuil, anéantie.

— Ma mère avait un amant, reprit Alexandrine. J'ai voulu faire comme elle! j'ai pris un amant!...

— Monstre!... murmura la vicomtesse, qui s'évanouit.

Dernouville s'empressa de lui jeter de l'eau fraîche au visage, pour la rendre à la vie; et, dès qu'elle eut rouvert les yeux, il s'enfuit, dévoré de honte et de remords.

— Elles sont aussi viles l'une que l'autre! pensait-il. Voilà donc pour quelles femmes j'abandonnais Amélie!... Oh Dieu! comme j'étais aveugle!

XXVII.

Il s'éloigna rapidement comme d'un lieu maudit.

Son cœur était bourrelé de remords. Il aurait voulu pouvoir se transporter tout à coup devant Amélie pour tomber à ses pieds, lui demander pardon, et mourir s'il ne l'obtenait pas.

Une métamorphose étrange et subite venait de s'opérer en lui, comme pour le punir. Il pensait avec de profonds battemens de cœur qu'Amélie était bonne et charmante, et qu'il ne pouvait plus être aimé d'elle.

Par une espèce de réaction bizarre et fatale, il n'avait jamais été plus amoureux d'Amélie, dont il s'exagérait encore la beauté.

— Malheureux! pensait-il douloureusement, quelle était ma folie, mon aveuglement déplorable!... Ai-je donc pu trahir la confiance et l'honneur, fouler aux pieds mes devoirs et tout ce qu'il y a de plus sacré sur la terre!... Ai-je donc pu violer effrontément la foi conjugale, quand j'avais pour compagne la plus noble, la plus dévouée des créatures, et la plus belle aussi!... Ah! qu'ai-je fait?... J'ai ruiné mon bonheur, mon avenir!... J'ai commis une action indigne!... Oui, je me fais horreur!... Oh! le plus faible et le plus insensé des hommes, comme je me suis laissé conduire au mal!... Cette femme, cette malheureuse femme, avec sa démoralisation profonde, elle m'a perdu!

Et sa poitrine était pleine de sanglots.

— O ciel! reprenait-il avec un tressaillement d'épouvante, il est trop tard peut-être!... Si elle ne voulait plus me pardonner... si je n'étais plus rien pour elle qu'un obstacle odieux!... Si elle en aimait un autre!... quelle idée! je frissonne!... Ernest!... ce jeune homme l'aime passionnément!... Il ne la quitte plus, et pendant mon absence, tous les jours!... Oh! non! c'est impossible! ce serait trop affreux!... Mais ce matin, que me disait-elle donc?... Oui, je me rappelle!... il y avait dans son regard, dans sa voix, une expression de douleur et de menace!...

Et, portant la main à son front comme pour rassembler ses souvenirs, il se mit à repasser dans son esprit l'entretien qu'il avait eu le matin même avec sa femme.

Au moment où, comme à l'ordinaire, il se disposait à sortir pour ne plus rentrer de la journée sans doute, Amélie, en proie à une agitation violente, lui avait dit d'un accent profondément ému :

— Adolphe, je t'en conjure, quittons ce lieu, quittons ce pays funeste, où, pour notre bonheur à tous deux, il n'eût jamais fallu venir!... Il en est temps encore!... Fuyons!... je t'en supplie!... Je n'ai pas de reproche à me faire!... Je suis pure encore!... Mais tu n'as pas voulu me croire!... tu as fait ce que tu as pu, Adolphe, pour arracher de mon cœur tout ce qu'il enfermait pour toi d'amour et de tendresse!... Hélas! je te le disais bien!... Adolphe, j'en aime un autre! Et peut-on répondre de soi, quand on est jeune, quand on brûle dans l'âme, oui, quand on aime!... quand l'amour parle, et la vengeance!...

Adolphe, bien qu'il ne crût pas devoir prendre au sérieux une révélat.on semblable, en avait demandé pourtant l'explication, en souriant avec une indifférence affectée.

Amélie avait répondu d'une voix altérée :

— Ta confiance ou plutôt ton aveuglement me fait peur, Adolphe!... Tu ne voudras donc jamais me croire?... ne t'avais-je point assez prévenu?... Hélas! tu as continué de m'abreuver d'humiliations et de chagrins!... Maintenant, Adolphe, je te le répète... il est trop tard!... Tout ce que j'avais pour toi d'amour est tari dans ce cœur que tu as brisé!... J'aime un autre que toi... j'aime Ernest!...

Adolphe avait d'abord été sur le point de se fâcher ; mais, ne donnant pas la moindre importance à un aveu qui lui semblait arraché par le dépit il avait pensé qu'Amélie cherchait tout simplement à lui faire, peur, il avait secoué la tête en souriant une seconde fois d'un air incrédule.

— Oh! ne ris pas Adolphe !... car je frissonne, quand je pense que demain il y aura la haine entre nous, peut-être, oui, la haine et le mépris, comme une barrière infranchissable!... Adolphe, sais-tu bien que je tremble chaque fois que tu t'éloignes. Sais-tu bien que je ne suis plus maintenant sûre de moi-même!... O mon Dieu! que faire... que faire ?... Adolphe, tu me dédaignes! tu m'outrages!... et un autre que toi, un homme jeune aussi, beau, généreux, ardent, un autre m'aime!... Adolphe!... sauve-moi, sauve-moi... j'ai peur!

— Et moi, je suis parfaitement tranquille, ma chère amie, avait répondu Dernouville avec une gaîté contrainte. En tout cas, pour te calmer complétement, tu n'as qu'une chose à faire, défends ta porte à M. Ernest pendant une quinzaine de jours, et promène-toi le plus possible au grand air. Rien n'est meilleur que l'exercice et la promenade pour fatiguer l'amour et l'affaiblir! Crois-moi, c'est un remède excellent, quand on a l'imagination vive et les passions un peu trop ardentes.

Et, sans attendre la réponse d'Amélie, il était sorti presque aussitôt.

Toute cette scène qui s'était passée le matin, Adolphe se la rappelait avec un sentiment de terreur vague et profonde.

— Elle voulait m'effrayer, assurément, se disait-il en pressant le pas. Oui! je connais trop bien Amélie!... sa bouche seul parlait!... ce n'était rien qu'une menace arrachée par la douleur!... Mais cependant, si tout ce qu'elle m'a dit était vrai!... Dieu!...

Et, glacé d'une horreur subite, il hâte sa marche.

Un roulement de tonnerre se faisait entendre par intervalles, la pluie tombait à larges gouttes; l'horizon était noir d'orage!

Pendant ce temps-là, madame Dernouville s'abandonnait à la plus sombre affliction. Assise auprès du balcon, la tête penchée sur la poitrine, elle regardait machinalement les nuages plombés et lourds d'électricité qui s'entre-choquaient dans l'espace, et le tourbillon de poussière et de feuilles que le vent soulevait par rafales.

— Oh! disait-elle, c'en est donc fait!... Plus de bonheur!... Mon amour est orageux et noir comme cet horizon!... Adolphe! Adolphe! je t'aimais!... et c'est toi, cruel, qui me condamnes au crime, au remords, au malheur!... Oh! d'un moment à l'autre, la force qui m'a soutenue jusqu'ici peut m'abandonner... Alors!... alors!... Mais je dois fuir... Il le faut!... Puisque je n'ai plus d'appui, de protecteur, courons me jeter dans les bras d'une mère adorée, qui me défendra de moi-même!... Oui, j'y suis résolue!... Demain, je pars!... je vais la trouver... je ne la quitte plus!... Ecrivons-lui donc sans perdre un instant!... Il faut tout lui dire, toute la vérité!... Dussé-je mourir de honte... il le faut!

Et, prenant une plume avec précipation, elle se met à écrire.

Elle commençait à peine sa lettre, quand on sonne à la porte d'entrée.

— C'est Adolphe! dit-elle en se levant. Mon Dieu! je vous remercie.

Vous me l'envoyez peut-être pour me sauver !... Oui ! tentons un dernier effort... conjurons-le de fuir !... jetons-nous à ses pieds !...

La porte s'ouvre. C'est Ernest de Forestan.

XXVIII.

Il est très pâle ; son visage exprime la douleur et l'abattement.

Amélie demeure immobile au milieu de la chambre.

Ernest s'approche d'elle, et veut lui prendre la main. Elle se recule et détourne la tête pour ne pas le voir

Enfin elle se décide à rompre le silence.

— Monsieur Ernest, dit-elle avec une inflexion tendre qu'elle s'efforçait de rendre sévère, c'est mal, c'est bien mal !... Vous m'aviez promis de ne pas venir !...

— Je viens vous dire adieu, madame !... Je pars.

— Vous partez ?

— Hélas ! oui, répondit-il d'une voix sourde. Que ferais-je ici désormais !... vous m'avez défendu de vous voir !... C'est bien ! je ne vous verrai plus, Amélie !... Je voulais m'éloigner sans vous dire adieu ! Je l'espérais !... Je n'en ai pas eu la force !...

—Hélas ! murmura faiblement Amélie d'un accent voilé de larmes, moi, je vais rester seule, abandonnée ! sans amis !... Mais du courage !... du courage !... Ernest !... Oui, partez !

— Partir sans vous presser la main !... Ah ! vous êtes cruelle, madame !... Je n'emporterai pas de nos adieux une parole douce et consolante !...

— C'est un reproche, Ernest !... Je ne le mérite pas !... Ah ! je suis bien à plaindre !...

— Je le suis plus que vous, peut-être, Amélie !...

— Ernest !... oh ! pourriez-vous comparer ce que nous souffrons l'un et l'autre !... Vous êtes jeune... vous êtes libre !... Une pauvre femme est esclave !... elle n'a plus que la mort pour s'affranchir d'un joug éternel que le monde impose !... Mais vous, Ernest, l'avenir vous appartient tout entier !... Et bientôt... dans quelques mois peut-être, l'image d'une amie sera pour jamais effacée de votre âme !...

— Que dites-vous !... Amélie... Oh !... vous ne le croyez pas !... vous ne me feriez point cet outrage !... Amélie, je vous le jure, je vous le jure solennellement, ce cœur que vous avez fait battre, il ne battra jamais pour une autre !... Hélas ! et voilà donc comme le mariage assortit les cœurs !... Vous êtes la seule femme au monde que j'aie aimée, et vous ne m'aimez pas... vous êtes à un autre !... vous êtes esclave d'un homme qui vous rend chaque jour plus malheureuse, d'un homme que vous méprisez !...

— Que je méprise, Ernest !... interrompit-elle sévèrement. Oh ! quel langage !

— Oui, continua-t-il avec une douloureuse énergie, vous le méprisez, madame, c'est un infâme !...

Monsieur !... oubliez-vous devant qui vous parlez !... Je suis la femme de l'homme que vous outragez !...

— Que j'outrage ! répliqua-t-il avec amertume. Et c'est vous qui prenez sa défense !... Moi je le hais, je le hais !... et croyez-moi, j'ai pour cela des raisons bien fortes, qui ne sont pas celles que vous supposez peut-être !... Vous ne me forcerez pas de vous les dire... vous les savez, Amélie !... Dispensez-moi de rougir en parlant de ma mère !...

— Oui, Ernest, laissons cela.

— Oh ! voilà bien le cœur humain ! continua-t-il après un moment de silence. Passions bizarres, inexplicables !... contradictions perpétuelles ! Cet homme qui vous a fait tant de mal, cet homme que vous devriez haïr avec toutes les forces de votre âme, eh bien ! vous l'aimez toujours ! Oui, vous l'aimez !

— Je le voudrais, Ernest !... murmura-t-elle avec une singulière expression de tristesse.

— Et l'homme qui serait heureux de mourir pour vous, Amélie, poursuivit-il, l'homme qui vous aime, comme on n'a jamais aimé, oh Dieu ! vous ne l'aimez pas ! Vous ne l'aimerez jamais !...

— Jamais, Ernest !... répondit-elle en sanglotant, je n'oublierai jamais que je suis la femme de M. Dernouville !

— Adieu !... pour toujours !...

Et en disant cela, Ernest veut s'éloigner, le désespoir dans l'âme. Il y avait quelque chose de profondément agité dans toute sa physionomie, quelque chose de sinistre.

— Ernest ! ne me quittez pas encore ! dit Amélie d'une voix suppliante en courant à lui pour le retenir. Ne me quittez pas de la sorte !... vous m'avez lancé un regard qui m'a fait mal !... O mon ami, pas de colère dans nos adieux, pas de reproches !...

Auriez-vous le cœur de m'en vouloir ?... Ah !... plaignez-moi plutôt... plaignez-moi ! Vous êtes bon, noble, généreux, une autre femme, plus heureuse, pourra vous aimer sans crime !... Oh ! si je le pouvais !

— Qu'entend-je, Amélie !... Répétez-moi ce mot !... Je vous en conjure !...

Et il s'empare des mains d'Amélie ; il les couvre de baisers brûlans, mêlés de larmes.

— Laissez-moi, Ernest ! au nom du ciel !

— Amélie ! reprend-il impétueusement, un seul mot de votre bouche ! un seul !... que je l'entende et je pars !... et j'emporte du bonheur pour toute une éternité.

— Hélas ! que voulez-vous, Ernest ?...

— Je vous aime !... vous le savez !... poursuivit-il avec délire. Oh ! dites-moi, dites-moi que vous m'aimez !...

Amélie recule avec un mouvement d'épouvante. Il s'élance vers elle.

— Ernest ! vous me glacez d'effroi. Partez !...

— Amélie !...

Il veut la prendre dans ses bras. Elle résiste, et d'une voix vibrante d'indignation :

— Que voulez-vous faire, monsieur ?... s'écrie-t-elle en le foudroyant d'un regard. Sortez !... sortez, je ne vous aime pas !...

— Eh bien !... répond sourdement Ernest, je vais mourir à vos pieds.

Et tirant de sa poche un poignard, il s'en frappe.

Heureusement Amélie a détourné le coup en arrêtant avec force le bras d'Ernest. La lame n'a fait qu'effleurer sa poitrine d'une légère atteinte. Mais, aussitôt, malgré les efforts désespérés d'Amélie, il parvient à dégager son bras qu'il lève de nouveau pour se frapper.

— Arrête ! s'écria douloureusement Amélie. Je t'aime !...

L'arme tombe de la main d'Ernest. Il se jette aux genoux de madame Dernouville, et les embrasse. Il la serre contre sa poitrine.

— Fuyez maintenant, dit-elle avec une intonation frémissante. Si je vous suis chère... oh ! n'abusez pas de ma pitié, de ma faiblesse !... fuyez !...

— Amélie !... pas encore !... rien qu'un instant !... ma vie pour un instant !...

Madame Dernouville s'échappe avec effort de l'étreinte convulsive et brûlante d'Ernest. Elle court vers sa chambre à coucher ; il la suit, il y pénètre malgré la résistance d'Amélie.

La porte se ferme brusquement. Un coup de sonnette se fait entendre dans la chambre à coucher.

XXIX.

Le domestique entre aussitôt ; mais ne voyant personne :

— On a sonné, dit-il en regardant autour de lui. Tiens ! où est donc madame ?... Ah ! j'entends du bruit... Oui, dans sa chambre... deux voix !... M. Ernest est avec elle. C'est singulier !... Diable ! faut-il que j'entre ?... ma foi ! je ne sais pas trop... Voyons toujours.

Il s'approche avec précaution de la chambre à coucher, colle son oreille contre la serrure et frappe légèrement à la porte.

— Madame ! dit-il avec hésitation, madame !... vous avez sonné ?... Rien !... Apparemment qu'on n'a plus besoin de moi. Hum ! hum ! c'est singulier !... Est-ce que madame voudrait faire comme monsieur, maintenant ?... Au surplus, ça m'est égal... ce n'est pas mon affaire.

Au moment où le domestique se dispose à quitter le salon, Dernouville paraît le visage pâle et décomposé.

Il relève d'une main ses cheveux qui lui tombent sur le front et dégouttent de sueur. Il murmure en marchant quelques mots inarticulés : tout, dans ses gestes et dans sa physionomie annonce une émotion des plus violentes.

— Monsieur est souffrant? demande le domestique.

— Je n'ai besoin de rien. Laissez-moi, répond Dernouville avec vivacité.

Le domestique se retire à l'instant même.

Adolphe se met à marcher avec agitation, les bras croisés, la tête penchée sur la poitrine, dans l'atitude d'un homme gravement préoccupé.

— Elle n'est pas là ! dit-il avec un soupir. Pauvre femme ! elle pleure sans doute ! elle m'attend !... Oh ! que je suis coupable ! En vérité, je n'ose paraître devant ses yeux ! Je tremble comme le meurtrier qui va se trouver face à face avec sa victime !...

Il s'assied dans un fauteuil, et demeure quelque temps muet, immobile, la tête dans ses deux mains, absorbé dans ses réflexions poignantes.

— Hélas ! reprend-il avec un accent découragé, il est trop tard maintenant ! Quand je lui demanderais pardon à genoux, quand je verserais des torrens de larmes amères pour expier mon crime, hélas ! hélas ! pourrais-je effacer le souvenir au fond de son cœur ? pourrais-je anéantir le passé ?... Non, jamais ! Elle ne m'aime plus !... J'ai tué l'amour et la pitié dans son âme ! J'ai fait tout ce que j'ai pu pour y mettre la haine !... Ainsi donc plus d'espérance, plus de bonheur domestique ! plus rien que le mépris et la haine autour de moi !... Je n'aurai pas un cœur où je puisse épancher le mien avec confiance !... Mes chagrins, mes remords, il faudra seul en porter le fardeau, il faudra seul en boire l'amertume !... Mon Dieu ! mon Dieu ! que je suis à plaindre !

Il retomba dans un morne et profond silence. Des sanglots secouaient sa poitrine. Il reprit enfin :

— Mais elle est si bonne, si généreuse ! Quand elle verra combien je souffre, quand elle verra mon repentir et mes larmes, il est impossible qu'elle ne me pardonne pas !... Oui, je suis bien coupable, mais cruellement puni ! Je l'aime aujourd'hui cette femme au cœur d'ange que j'ai si indignement offensée !... Je l'aime !... et c'est là mon châtiment !... car je ne suis plus digne d'elle, et je vais lui faire horreur !... N'importe !... il faut la voir !... Courons !... Elle est dans cette chambre sans doute !... Elle pleure !... Amélie !... Amélie !...

Il l'appelle, et veut ouvrir la porte de la chambre à coucher. Le verrou est mis en dedans.

— Amélie, c'est moi !...

Aucune réponse. Il frappe... rien.

Alors il prête l'oreille, et croit entendre quelque bruit à travers la porte.

— Amélie, je t'en conjure!... viens!...

Il entend comme le bruit d'une fenêtre qui s'ouvre violemment.

— Amélie! poursuit-il d'une voix suppliante, en frappant avec plus de force.

Aussitôt la porte s'ouvre. Amélie paraît tremblante et pâle. Elle baisse la tête et n'ose tourner les yeux sur Alphonse.

XXX.

— Chère Amélie! s'écrie Dernouville en la serrant dans ses bras, ne pleure plus!... Va, mes yeux sont ouverts!... Grâce! pardonne-moi!...

Elle ne fait aucune réponse, et demeure la tête baissée, muette et sanglotante.

— Oh! je t'en supplie, continue Adolphe avec un inflexion déchirante, ne détourne point la vue!... Amélie, rien qu'une parole, un regard!... Oh! laisse-moi sécher tes larmes avec mes baisers, pauvre ange!... Elles tombent sur mon cœur et le dévorent!... Oui! je suis un cruel, un infâme... Je t'ai abreuvée d'amertune!... Ah! j'avais un bandeau sur les yeux!... mais il est tombé!... Je vois mon crime dans toute son horreur!... Il est bien grand, mais ta bonté est plus grande encore!... O toi, la plus généreuse des femmes, toi qui pouvais me punir, et qui ne l'as pas fait!... Pardonne-moi... pardonne-moi!... Je t'admire comme je t'aime!... Oh! si tu savais!... Je t'aime!...

— Adolphe! Adolphe! murmure-t-elle d'une voix brisée, en essayant d'échapper à la convulsive étreinte de son mari, hélas!... fuis! fuis! laisse-moi!...

— Ne me repousse pas, mon Amélie!... au nom du ciel! pitié... Je veux t'obéir!... Demain nous partons!... Demain... à l'instant même si tu l'ordonnes!... Nous quittons pour jamais ce pays funeste!... Je te le jure, Amélie, je ne verrai plus cette femme qui est la cause de tous nos malheurs! Je la hais maintenant! je la méprise! et je t'aime!...

— Adolphe! s'écrie-t-elle en tombant à genoux, foule-moi sous tes pieds! Je ne suis plus digne de toi!...

— Que dis-tu?

— Je suis coupable!...

— Toi!... non, c'est impossible, Amélie! Tu es un ange!... Oh! pardonne!...

— Le pardon!... dit Amélie toute frissonnante, c'est moi qui l'implore! J'en ai besoin!... Je t'ai trahi! tue-moi!

— Amélie!... ta raison s'égare! reviens à toi je t'en conjure!... relève-toi!...

— Non!... je veux mourir à tes pieds!... Je te dis que je suis coupable!... Adolphe!... tu n'as pas voulu me croire!... Il est trop tard!... Tue-moi!... tue-moi!... je me suis donnée à un autre!...

— Ciel!... Mais ce n'est pas vrai!... tu veux me punir!... m'épouvanter!... Oh! c'est trop cruel, Amélie!... Venge-toi, mais sans te calomnier!... Par tout ce qu'il y a de plus sacré au monde, par les cheveux blancs de ton père, je t'en supplie, rétracte ce que tu viens de dire!...

— J'ai dit la vérité!

— Non! non! c'est un mensonge! s'écrie Adolphe avec un gémissement tiré du fond de sa poitrine; c'est un mensonge horrible!... Toi, la plus noble, toi, la plus pure des femmes!...

— Je ne le suis plus, Adolphe!

Alors une idée affreuse passe comme la foudre dans l'esprit troublé d'Adolphe, une idée à s'arracher le cœur, à se briser la tête contre les murs. Tout à l'heure... la porte de la chambre à coucher était fermée en dedans... le verrou était mis... on parlait... Amélie n'était donc pas seule!...

Il s'élance précipitamment vers la chambre d'Amélie, pousse la porte et regarde partout avec des yeux effarés. Il voit une fenêtre ouverte... Au bas de cette fenêtre, dans le jardin, la plate-bande a gardé l'empreinte de plusieurs pas.

— Il est parti! murmure faiblement madame Dernouville en retombant à genoux.

— Qui donc?

— Ernest de Forestan!...

— Lui! s'écrie Adolphe d'une voix sourde.

— Il était dans cette chambre avec moi tout à l'heure!

Adolphe pousse un cri lamentable, et tombe sans connaissance.

ÉPILOGUE.

Le jour même, Ernest prétexta des affaires qui le rappelaient à Paris; et, sans vouloir entrer dans aucun détail, il partit presque immédiatement.

Il était dans une agitation difficile à décrire.

Le vicomte de Forestan ne comprenait pas le moins du monde tout ce qui se passait autour de lui; il ne voyait que des physionomies tristes, abattues; et, par une fatalité bizarre, il n'avait jamais été plus gai. Le temps, quoique toujours très chargé de vapeurs, avait paru s'améliorer dans la soirée; il ne pleuvait plus; et bien qu'un roulement de tonnerre se fît entendre encore par intervalles, l'orage ne semblait pas imminent, et le naturaliste avait profité d'une éclaircie pour faire autour des chèvrefeuilles sa chasse habituelle aux sphinx et aux phalènes.

La récolte n'avait pas été mauvaise, et le brave homme en était enchanté. Aussi questionna-t-il à peine son fils qu'il n'essaya point de retenir; il l'embrassa machinalement, et ne pensa plus qu'aux nouveaux hôtes qu'il allait héberger dans sa collection.

Toute la famille était réunie au salon depuis quelques heures; la vicomtesse demeurait immobile, silencieuse; elle était d'une pâleur mortelle, et ses yeux se tournaient de temps à autre, avec une expression de haine profonde, vers Alexandrine, qui se mordait les lèvres et secouait la tête, en regardant sa mère comme pour la braver.

Le vicomte, assis devant une table sur laquelle étaient des boîtes d'insectes, et tous ses instrumens de naturaliste, embaumait un sphinx énorme qu'il bourrait d'arsenic, de camphre et de coton. Quand il eut terminé cette opération, il fit rougir à la flamme de la bougie une longue aiguille, avec laquelle il empala l'un après l'autre cinq ou six malheureux phalènes encore tout pleins de vie, qui secouaint leurs ailes frissonnantes dans une agonie atroce. Ensuite il trancha la tête à plusieurs papillons qui avaient le malheur d'être fort communs; et ces têtes vivantes, dont les antennes remuaient encore, furent habilement adaptées au corselet de quelques papillons plus rares dont la tête avait été mangée par les mites.

Vers neuf heures du soir, de violens coups de tonnerre retentirent de nouveau; la pluie tombait avec impétuosité.

Le vicomte ne paraissait pas s'en apercevoir, et travaillait toujours avec la même ardeur. Un profond silence régnait dans le salon.

Soudain un roulement de voiture se fait entendre. On sonne à la grille. Une chaise de poste entre dans la cour.

C'est le vieux comte de Forestan.

La vicomtesse pâlit à cette apparition. Il est sombre et sévère; il la regarde avec une expression qui la glace d'effroi. Alexandrine est triomphante, son grand-père la couvre de caresses.

Quant au vicomte, il reste quelques momens la bouche béante, un sphinx empaillé dans la main. Il est comme pétrifié, et ne peut comprendre ce qui a déterminé un homme de soixante-dix ans passés, goutteux et mal portant, à faire un voyage semblable en chaise de poste.

Enfin, il retrouve la parole, et demande à son père la cause d'une arrivée si soudaine.

— Vous saurez tout demain, mon fils, dit le comte en fronçant les sourcils.

Onze heures venaient de sonner; le vieillard était fatigué de sa route, il demande à se mettre au lit.

Puis se penchant à l'oreille de la vicomtesse, il lui dit d'une voix basse et pleine de colère :

— Demain, madame, nous aurons une explication définitive.

Chacun se retira dans son appartement.

Minuit sonna.

Madame de Forestan était dans une angoisse mortelle.

Ce témoignage accablant qu'Alexandrine a toujours entre ses mains, comment le ravoir?... si la malheureuse allait montrer cette lettre au comte...

— Oh! alors, je serais perdue! pensait la comtesse en frissonnant.

Cette lettre il faut l'arracher des mains d'Alexandrine!... à l'instant même.

— Oui! dussé-je employer la force! dit-elle avec un redoublement de terreur! Mais comment faire?...

Elle resta long-temps plongée dans ses réflexions.

Alexandrine, avant de se coucher, relut plusieurs fois encore avec un plaisir cruel la lettre de sa mère : elle avait trouvé cette lettre dans le portefeuille d'Adolphe, et, reconnaissant tout à coup l'écriture, elle avait trouvé le moyen de lire ce billet et de le cacher sans que Dernouville s'en aperçût.

Le matin, dans le pavillon du parc, tandis qu'Adolphe ne songeait qu'au bonheur ineffable qui l'attendait dans les bras d'une jeune fille, amoureuse et belle, celle-ci pensait avec une joie délirante qu'elle avait à présent dans les mains une arme redoutable contre sa mère : elle se promettait bien de s'affranchir au plus tôt d'un joug insupportable, et caressait au fond de son cœur des idées de vengeance.

Elle aimait Dernouville, et sa mère ne lui semblait plus désormais une rivale dangereuse.

— Maintenant, pensait-elle, je ne tremblerai plus devant ma mère, et je la forcerai bien de me laisser faire ce que je voudrai!... il faudra bien qu'elle ferme les yeux sur ma conduite.

. . . .

Enfin, elle cacha la lettre sous son oreiller, et s'endormit.

L'orage grondait toujours, et de pâles éclairs illuminaient par instans le ciel ténébreux et couvert de nuages.

Le comte de Forestan, malgré les fatigues du voyage, ne dormait pas encore. Assis dans un fauteuil, la tête appuyée sur une main, il réfléchissait profondément. Jamais son visage n'avait été plus sombre.

De temps à autre quelques paroles vagues et confuses s'échappaient de ses lèvres.

— Malheur à elle, murmurait-il sourdement, si elle est coupable!

La chambre du vieillard n'était pas éloignée de celle d'Alexandrine.

C'était une nuit affreuse. La tempête redoublait de moment en moment; la pluie et la grêle fouettaient les vitres, le vent s'engouffrait lugubrement dans les cheminées et les longs corridors du château.

Alexandrine, plongée dans un profond sommeil, rêvait qu'Adolphe, ivre et brûlant d'amour, l'étreignait dans ses bras frémissans, quand un coup de tonnerre épouvantable la réveille en sursaut.

Elle se lève à demi sur un coude, et promène dans toute la chambre des yeux inquiets.

Soudain, elle jette un cri de frayeur.

Une femme enveloppée d'un peignoir blanc, une bougie à la main, est penchée sur la commode et semble chercher quelque chose dans les tiroirs.

— Qui est là? demande Alexandrine d'une voix étouffée, comme dans un cauchemar.

— Silence! c'est moi!...

— Vous, ma mère!...

— Silence! dit la vicomtesse en s'approchant du lit.

— Que venez-vous faire dans ma chambre à cette heure? reprend Alexandrine avec un tressaillement involontaire.

— Ma fille, je t'en conjure!... rends-moi cette lettre!...

— Votre lettre à M. Dernouville? Non, vous ne l'aurez pas.

— Tu veux donc me perdre?

— Je ne veux plus être malheureuse, ma mère!... Voilà tout!... Je veux avoir les moyens de me venger!

La vicomtesse regarda sa fille d'un œil étincelant; elle fit un pas vers elle avec une expression terrible; mais, s'arrêtant tout à coup, elle reprit d'une voix qu'elle s'efforçait d'adoucir et qui tremblait de fureur.

— Au nom du ciel! ma chère Alexandrine, fais ce que je te demande!... Dis-moi où est cette lettre!... Déchirons-la!... Songe que si par malheur elle tombait entre les mains du comte, je serais perdue!

— Je le sais, répondit Alexandrine amèrement.

— Ah! tu refuses!

Et la vicomtesse, hors d'elle-même, bouleverse tout dans les armoires et dans la commode.

Enfin, après de longues recherches infructueuses, en déployant un châle elle fait tomber un papier sous enveloppe et le ramasse vivement.

Alexandrine s'élance brusquement de son lit, pour arracher des mains de sa mère ce papier mystérieux.

La vicomtesse repousse violemment sa fille, et persuadée que cette lettre est la sienne, elle y met le feu et la jette dans un coin de la chambre; puis, tandis qu'elle retient fortement Alexandrine, le papier brûlant se consume et vole en cendres.

— Eh bien! espères-tu encore me faire trembler au moyen de cette lettre? dit la vicomtesse avec un sourire plein de colère et d'amertume. Fille dénaturée, c'est à mon tour maintenant de te punir!... Malheureuse! je n'ai qu'un mot à dire, un seul, et je te fais enfermer dans une maison de correction!

— Encore une fois, je vous en défie, ma mère! réplique Alexandrine avec une inflexion sardonique. Parlez, et je parlerai.

— Mais on ne te croira pas! dit la vicomtesse en haussant les épaules. Avec une parole, je peux te faire rentrer sous terre!... Je n'ai qu'à dire, moi, que je t'ai surprise dans les bras d'un homme!...

— Dans les bras d'un homme qui est votre amant, n'est-ce pas, ma mère?... Voilà ce que je saurai bien répondre, moi!

— Dis-le si tu l'oses! Tout le monde dira que tu mens!...

— Et cette lettre! l'accusera-t-on aussi de mensonge? réplique sourdement Alexandrine avec une intonation menaçante, en tirant un papier de dessous l'oreiller de son lit.

La vicomtesse a reconnu cette lettre. C'est la sienne.

— Quoi ! s'écrie-t-elle en pâlissant, je ne l'ai donc pas détruite ?...

— Non, c'est ma correspondance avec Adolphe, que vous avez brûlée tout à l'heure !...

Et Alexandrine pousse un éclat de rire plein de méchanceté.

— Silence !... Au nom du ciel, ma fille ! dit la vicomtesse d'une voix émue et suppliante. Si ton grand-père allait s'éveiller !...

— Qu'il vienne ! ça m'est égal ! répond Alexandrine.

— Cette lettre... je t'en conjure !...

— Non !...

— Je l'aurai ! dit la vicomtesse au comble de l'exaspération.

Alors commence une lutte affreuse entre la mère et la fille...

Tout à coup la porte s'ouvre ; le vieux comte de Forestan s'élance dans la chambre, un pistolet à la main.

— Que vois-je ? s'écrie-t-il, pâle et glacé d'horreur.

— Lisez ! murmure Alexandrine les dents serrées, les lèvres blanches et frémissantes.

Le vieillard prend la lettre ; mais à peine y a-t-il jeté les yeux, que, d'une voix foudroyante :

— Infâme ! s'écrie-t-il ; et, saisissant le bras de la vicomtesse, il lui brise la tête d'un coup de pistolet.

Alexandrine pousse un cri terrible, et tombe évanouie sur le corps sanglant de sa mère. Le vieux comte s'enfuit !...

Presque aussitôt une autre détonation se fait entendre. Il venait de se tuer.

JULES LACROIX.

FIN.